邪宗館の惨劇

阿泉来堂

角川ホラー文庫
23342

目次

プロローグ

燃え盛る炎が、客室を出た僕の視界を赤く染め上げていた。

じりじりと肌を焦がす熱気は一秒ごとに勢いを増し、立ち昇る黒煙によって数メートル先も見通しが利かない。

「真由子《まゆこ》！」

「天田《あまだ》くん！」

互いの名を呼び合い、僕たちは手を強く握った。

築四十年を超えるホテル。客室前の廊下のひび割れた天井が轟音《ごうおん》をたてて一部崩れ、同時に窓ガラスが砕け散る。きゃっと悲鳴をあげた真由子を引き寄せ、肩を抱えるようにして瓦礫《がれき》の合間を進んでいく。

ひどい有様だった。壁のあちこちが見るも無残に焼けただれ、ごうごうと燃え上がる炎は赤い触手を縦横無尽に走らせていた。

――助けて……熱い……。

——誰か……手を貸して……娘が……。

現実とも幻ともつかぬような無数の呻《うめ》き声が途切れ途切れに耳朶《じだ》を打つ。僕は半ば意識を閉じ、それらの声を遮断しながら進み続けた。

ふいに、真由子の足が止まる。肩を摑《つか》んでいた手が外れ、危うく前のめりに転倒しそうになった。

「真由子、立ち止まっちゃダメだ。早く避難しないと」

腕を引こうとしても、真由子は何も答えずに僕と別の方向を見据えている。等間隔に並んだ客室の一つ。炎にあぶられてドアは焼けかかっており、部屋番号はわからない。崩れた天井の瓦礫のせいでドアの下半分は塞《ふさ》がっており、このままでは開きそうになかった。

「そんな……」

真由子の顔から色が消えた。同時に目を剝《む》いた彼女は、あろうことか炎に包まれているドアへ近づいていく。僕は慌てて彼女を抱き止め、後ろに下がらせた。

「何やってるんだよ。近づいちゃダメだ」

「何って……天田くんには聞こえないの？」

非難するような彼女の声に続いて、目の前のドアが内側から激しく叩《たた》かれた。二度、三度とドアは激しく揺れ、その奥からはくぐもった声がする。

「……まさか、この部屋は……」

僕は唖然《あぜん》として呟《つぶや》き、目の前のドアを凝視する。

激しくドアを叩く音。その合間に助けを求めるくぐもった声が続く。

「まだ中に……いるのか？……」

かろうじてそう呼びかけた声は頼りなく、ドアの向こうには届かなかったかもしれない。けれどそのすぐ後に、中からははっきりと声がした。煙たさに呻き、激しく咳《せ》き込みながら、それでもなお一筋の希望にすがる悲痛な声が、僕の名前を呼んだのだ。

「たすけてくれ……耕平《こうへい》……」

第一章

1

「――ねえ、天田くん」

呼吸を封じられているかのような息苦しさに目を覚まし、僕は大きく息を吸い込んだ。

隣に座る真由子が、心配そうに僕の顔を覗《のぞ》き込んでいる。

「大丈夫？　なんだか、うなされていたけど」

「……ああ、大丈夫。なんでもないよ」

乾いた笑い声で取り繕い、額の汗を拭《ぬぐ》う。ぐっしょりと汗に濡《ぬ》れた手に眉《まゆ》を寄せてから、僕は車内をざっと見回した。

待ち合わせ場所である旭川《あさひかわ》市の駅前から乗車した定員二十五名の小型バス。車内には僕と真由子の他に運転手を除いて四人しか乗客の姿は無かった。道が悪いせいか、ガタガタと不快な音が車内に響く。身体を硬いシートに押し付けられるような感覚から、バスが勾配《こうばい》を上っていることを察した。

「いま、どの辺り？」

問いかけると、真由子は軽く頭《かぶり》を振った。

「よくわからない。結構前に山道に差し掛かって、もうしばらくはこんな感じ」

視線で窓を示した真由子に倣って外を覗く。ガードレールの向こう側は深い森になっているようで、数メートル先も見通せないような暗闇に包まれていた。陽の落ちた空からはバケツの水をひっくり返したような雨が降り注ぎ、窓ガラスのみならずバスの天井を破壊せんばかりの勢いで雨音が響いていた。

「なんでも、国道が渋滞しているから迂回《うかい》するために山道を進むんだって。運転手さんと他のお客さんが話してた」

窓の外を見つめながら、なるほど、と相槌《あいづち》を打つ。こんな大雨の中、舗装されているのかすらも怪しいような道を走るなんて、運転手は随分と思い切った進路変更をしたものである。渋滞を避けるためとはいえ、危険はないのだろうか？

続けて何か話そうと思い窓から視線を外すと、すでに真由子は手元の携帯電話に視線を落としていた。口を開きかけた僕は、しかしそのまま言葉を彷徨《さまよ》わせ、結局何も言わずに口を閉じる。何か言ったところで、お互いの気分が晴れるわけでもない。そんなあきらめに似た感覚が胸中に渦を巻き、重々しいため息が自然と漏れた。

僕たちは旭川市近郊の烏砂《からすな》町で行われる慰霊祭に向かっている。一年前にこの町の温泉街で起きた火災事故の死者を弔う集いだった。

——あれからもう、一年になるのか。

心中でそう呟き、僕はもう一度重く息をついた。事故当時、付き合って半年ほどだった僕と真由子の関係は今も続いている。だが、その関係は果たして正しいものだったのかと、最近では疑問に感じていた。僕たちは互いを求めているのではなく、依存しあっているだけなのではないか。本当の意味で相手を必要としているのではない。ただ、同じ苦しみを共有し、傷をなめ合うことで繫《つな》がっているだけなのではないか。

今回の慰霊祭だって、当然のように参加を決めた真由子に対し、僕は終始気が乗らなかった。彼女に押し切られる形で承諾したものの、できることなら来たくなかったというのが本音だった。またあの地を訪れる勇気が出なかったからだ。

煮え切らない態度をとる僕に対し、真由子は怒りをあらわにした。この事は、僕たちの関係に決定的な亀裂を入れたようで、ここ二週間ほど彼女は僕の家に寄りつかなくなっていたし、機嫌を直してもらおうと食事に誘っても、なしのつぶてだった。なまじ怒りの原因が分かっているからこそ、僕としてもどんな言葉をかけるべきかがわからない。

結局は彼女の無言の圧力に負け、一緒に慰霊祭に行くことにはなったが、旭川に来る道中でも、駅でバスに乗り込んでからも、僕たちの間にはたとえようのない気まずさと沈黙が常について回っていた。

「──あらまあ、あなた、お母さんと旅行中にあの火事に遭ったの」

ぼんやりと見るともなしに窓の外を眺めていると、後方の席から女性の声がした。周囲をはばからぬ大きな声で、聞き耳を立てなくても聞こえてしまう。

「お母さん、気の毒だったわねぇ」

やや大げさな口調で、女性は憐《あわ》れむような表情を作り、隣に座る同年代の男性を見た。

「まったくだ。その若さで親御さんを失うなんて、嘆かわしいことだよ」

「はあ」

優しげな中年男性の声に続き、遠慮がちに相槌を打ったのは、僕と真由子の二つ後ろの席に座る若い女性だった。僕たちと同年代か少し年下くらいだろうか。

女性から通路を挟んで隣の席に座る中年の男女は、おそらく夫婦なのだろう。二人とも外見やファッションから五十代そこそこという印象を抱かせる。男性は細身で頬がこけており、豊かな髪には白髪が目立った。一方、妻らしき女性は夫とは対照的に横幅があり、威勢のいい声を車内に響かせていた。恵比須《えびす》のようなまるまるとした顔のせいか、人なつっこい印象を抱かせる。

「さぞ大変だったでしょうねえ。この一年、どうやって過ごしていたの？　親戚《しんせき》に面倒を見てくれる人はいたの？　学校は？」

「いえ、社会人なので学校は……保護者も必要ありませんし……」

矢継ぎ早に問いかけてくる中年女性に対し、若い女性は再び遠慮がちに、たどたどしい口調で返す。その様子が『家族を失って悲しんでいる』ように見えるのだろう。夫婦はしきりに、母親を失った彼女を憐れむような言葉をかけ続けていた。

「ウチもあの火事で、この人の両親を亡くしてしまったの。私たちは運よく避難できたけど、それからの生活が大変。家を残してくれたのはいいけれど、あちこちリフォームで直さなきゃならなかったし、相続税だって馬鹿にならないでしょう？　遺品整理だって楽じゃなかったわ。ようやくあれこれ片付いて、引っ越しが済んで落ち着いたばかりなの。高二の息子なんてすっかり落ち込んじゃって、成績も下がる一方なのよ」

「そうですか……」

「もっと親孝行するべきだったなんて、今更ながら思いますよ。あなたも同じではないかな？」

苦笑交じりに問いかけながら、夫は小鬢《こびん》をかいた。若い女性は肯定も否定もせず、曖昧《あいまい》にうなずくばかりだった。

「申し遅れましたが、私は光原守《みつはらまもる》。こっちが妻の信代《のぶよ》です」

「どうもぉー」

「……米山美佐《よねやまみさ》です。どうも……」

ぎこちない自己紹介を返す美佐に、夫妻は更に踏み込んだ質問をして彼女を困らせる。彼らなりのコミュニケーションなのかもしれないが、標的にされた美佐はいい迷惑だろう。それ以上、彼らのやり取りに聞き耳を立てるのもはばかられ、僕は視線を前に戻した。

僕と真由子、後方の三人を除くと、バスに乗っているのは光原夫妻と同年代らしき運転手と最前列に座っている四十代半ば頃の男性客が一人。シートから軽く身を乗り出し、運転手に何事か話しかけている。男性客の言葉は聞き取れないが、運転手は元来が声の大きい人物らしく、「旧国道に……」や「わかってるよそんなことは……」などと相槌を打っているのが聞き取れた。急な路線変更に対し、男性客が意見しているのだろうか。

「ちょっと、何きょろきょろしているの？」

真由子は僕の脇腹を肘《ひじ》でつつき、恥ずかしいからやめてよ、と小声で続けた。

「いや、別に。それよりさ、慰霊祭に参加するのはこれだけなのかな？　ずいぶん少ない気がするんだけど」

「そのことなら乗車するとき、運転手さんが言ってたじゃない。向こうの手違いで、バスの手配が遅れたから、先発と後発に分けたって。私たちは後発だから、これしかいないってことでしょ」

「そっか、なるほど――」

言いかけた僕の言葉を、突如として鳴り響いた鋭い音が遮った。それがタイヤのスリップ音だと気付いた直後に、ふわりと身体が宙に浮くような感覚。次いで後方の席から甲高い悲鳴が上がり、前方の男性客が身をかがめるようにして椅子にしがみつく。バスは制動を失って路面を横滑りし、対向車線にはみ出して車体をガードレールに激しくこすりつけていた。運転手の唸《うな》るような声と共に、少しずつ速度は下がっていったが、それでも止まる気配はない。

「真由子――」

隣に座る真由子を抱きかかえるようにして、僕は衝撃に備える。バスは右へ左へ蛇行を繰り返し、最後には路肩の大木に激突してようやく停車した。

「うひゃああ……えーっと、みなさん、大丈夫ですか？」

どこか間延びしたような運転手の声が車内に響く。顔を上げ、真っ先に真由子の様子を確認すると、彼女は僕の腕の中で赤子のようにその身を縮めていた。

「真由子、大丈夫か？」

「……うん、なんとか」

たっぷり五秒以上かけて、彼女はそう応じた。怪我をしている様子はない。僕の顔をぼんやりと見上げ、それからきょろきょろと周囲を見回して、何が起きたのかをゆっくり理解しようとしているようだった。

「ちょっと、なにやってるのよ！　危ないじゃない！」

「いったいどういう運転をしているんだ！　酒でも飲んでいるのか！」

後方の座席にいた光原夫妻の罵声《ばせい》が飛ぶ。二人は文句を言える程度に無事らしく、通路を挟んで隣に座る美佐にも目立った外傷は見られなかった。

すいませんすいませんと何度も平謝りしながら、運転手はセルを回そうとするのだが、エンジンはかからなかった。ギアを乱暴に動かし、クラッチを踏みつけ、何度も挑戦するが、やはりうんともすんとも言わない。ひびの入ったフロントガラスの向こうでは、ボンネットから白煙が上がっているようだった。

「ちょっと、動かなくなっちゃったの？」

信代が不安げに声を一変させ、弱々しく問いかけた。運転手はそれに答えることなく、グローブボックスから懐中電灯を取り出し、降りしきる雨の中へと飛び出していく。前方の男性客がそれに続き、物見遊山とばかりに光原夫妻もどたどたとバスを降りていった。

「真由子、ここでじっとしてて。いいね？」

こくこく、とうなずいた真由子を残し、僕も昇降口からバスを降りた。途端に凄《すさ》まじい量の雨が僕を打ちつけ、あっという間に全身びしょ濡《ぬ》れになった。初夏ということもあり、寒さを感じるほどではなかったが、それにしたって雨に濡れるというのはいい気分はしない。車内に引き返そうかとも思ったけれど、自分たちが乗っていたバスが見上げるほどの大木に突き刺さっている光景を前にして、思わず視線を奪われた。「こりゃあ、駄目そうだなぁ」という運転手の言葉がなくても、誰がどう見たってバスは廃車同然だった。

フロントバンパーが大きくひしゃげ、前輪タイヤは無残にも潰《つぶ》れている。あと少しでもスピードが出ていたら、運転手や男性客も命に係わる大怪我をしていたかもしれない。

「駄目って、どうするのよぉ。私たち、このままここで立ち往生ってこと？」

「まったく、どうなっているんだ。あんた、責任を取って代わりのバスを寄越してくれよ」

当然のように権利を主張する夫妻に対し、運転手は雨に濡れた顔をぶるぶると振った。

「それが、さっきからそうしようと思ってるんですが、どうも圏外でして、どこにも連絡がつかんのです」

「えぇ？　そんな……」

「どうしてくれるんだ。いったいどうやって責任を……」

声を荒らげようとする光原をそっといさめるように、前方席の男性客が間に入った。

「まあまあ、少し落ち着きましょう。ここで運転手さんを責めたところでどうなるものでもないでしょう」

「あら、あなたは？」

不満げな声で問いかけた信代に対し、男性は「申し遅れました」と自己紹介をする。

「私は辻井《つじい》と言います。皆さんと同じ一年前の火災事故の生き残りです。本当は妻と娘も連れてくる予定だったんですが、どうにも都合が合わなかったので一人で来ました。こちらの飯塚《いいづか》さんとは、一年前にもお話をしていたので、ちょっとした顔見知りといったところです」

辻井に同意を求められ、飯塚と名乗った運転手が制帽を取り、ぺこりと頭を下げた。そのやり取りによって少し熱が冷めたのだろう、不服そうに溜息《ためいき》をつきながらも、光原夫妻は必要以上に運転手を責めようとはしなかった。

二人の様子を満足そうに見てから、辻井は改めて飯塚に問いかける。

「飯塚さん、バスの中に毛布などはありますか？　最悪の場合、ここで朝を待たなくてはならないわけですし」

「ええ、あの、そういったものはあるにはあるんですが……」

飯塚の返答はなにやら歯切れが悪い。

「何か問題でもあるのかね？」

光原がもどかしげに訊《たず》ねると、飯塚はばつが悪そうに後頭部をかき、バスの後方を指差した。雨に打たれ、金属的な雨音を響かせている車体には、フロント部分がひしゃげている以外におかしな点はなさそうに思われたが、後方へと回り込んだ瞬間、その場にいた全員があっと声を上げた。

「ガードレールが破損して、後輪が車道から落ちちまってるんですよ。それに加えてこの大雨ですから、万が一、地滑りでも起きようもんなら……」

飯塚はそこで言葉を切った。何が起きるかは、言われずとも理解できる。

車体と接触し、ひしゃげたガードレールは支柱の部分が傾き、用を成していない。その向こうは切り立った斜面で、地の底を連想させるほど深く暗かった。もし、傾いた車体が斜面から滑落でもしたら……。

そんな想像が頭を巡り、車内に残してきた真由子の身を案じずにはいられなかった。

「ですから、車内で一晩過ごすというのはちょっと難しいですねぇ。どこか、雨風をしのげる場所でもあればいいんですが……」

どこか他人事《ひとごと》のように言って、飯塚は顔を伝う雨水を手で拭《ぬぐ》った。

降りしきる雨の勢いは衰えず、風も強い。このまま屋外で野宿というわけにもいかないだろう。だが、こんな山道付近に都合よく民家があるようにも思えない。実際、ここへ来るまでの道中に家の明かりらしきものなんて見かけなかった。

「冗談じゃないわ。こんな嵐の中、当てもなく歩き回れっていうの？　遭難したらどうするのよ？」

そうだそうだ、と再び息を合わせて文句を垂れる光原夫妻。飯塚は困り果てたように頭を抱える。確かにこの先のことを考えると、僕だって頭を抱えたくなった。二人が飯塚を罵《のの》りたくなる気持ちも、わからないでもない。しかし今は、この状況をどう脱するかという点に意識を向けるべきだ。ここで雨に打たれながら詮《せん》のない言い争いをしていても、一向に事態は好転しない。そう主張しようとした矢先だった。

「──あの、あれは何でしょうか？」

辻井が怪訝《けげん》そうな声を上げた。彼が指差したのは、数メートル前方の、バスが停車しているのとは反対側の上りの斜面だった。飯塚が懐中電灯を向けると、そこには深く生い茂った木々に隠れるようにして石段のようなものがあり、その脇に一メートルほどの大きな岩でできた柱──いや、石碑のようなものが建っている。辻井は飯塚から懐中電灯を受け取り、迷いのない足取りでその石碑へと近づいていった。

「文字はほとんど消えていますが、最後のここだけ読み取れますね。ええと、『教』、

『白』、最後は『館』かな？」

「何かの施設、ですかね？」

飯塚が訊《き》いた。辻井は何事か考え込むようにして口元に手をやる。

「ええ、きっとそうですよ。寺院なのか、それとも神社かはわからないが、きっと何かの施設があるんです。見た所、この階段もそれほど長くはなさそうだ。行ってみませんか？」

唐突な問いかけに何と答えればいいかわからず、僕は傍らの光原夫妻と目を合わせた。

「でも、本当にあるかどうかも分からないし……」

「建物があったとしても危険がないとは限らないしな」

「だとしても、ここで雨ざらしになるよりはずっとマシでは？　もちろん強制はしませんが。それに何もなければ、それこそ戻って来ればいい話でしょう」

揃って否定的な意見を述べる夫妻をやんわりと退け、辻井は強い口調で言い切った。

確かに彼の言う通り、このままここにいても状況は好転しそうにない。後続の車がやってくる保証もないし、黙っていて携帯が通じるようになるとも思えなかった。

同じことを、光原夫妻や飯塚も考えたのだろう。しばし互いを牽制《けんせい》し合うような視線のやり取りをしてから辻井に向き直り、僕たちは彼の提案を受け入れた。

得体の知れない建物へ避難するという話を聞いて、真由子は怒りとも呆《あき》れともつかぬ複雑な表情を見せた。だが、このままバスに留《とど》まる事は出来ないのだとわかると、どうにか納得してくれた。後方の座席で不安そうに俯《うつむ》いていた米山美佐にも同じ説明をすると、こちらが拍子抜けするほどあっさりと首を縦に振った。

2

そうして僕たちは、飯塚が車内後部にある道具入れから取り出した懐中電灯を一人一つずつ所持して、辻井の提案通りに嵐の吹きすさぶバスの外へと踏み出したのだった。

辻井の予想通り、石段はさほど長くはなかった。頭上を覆う木々の葉を雨除《あまよ》けにしながら階段を上り、ひらけた空間に出た僕たちの視界に飛び込んできたのは、白く巨大な匣《はこ》を思わせる建造物だった。吹き付ける雨や風をものともせず、暗闇の中に鎮座するその姿は、ある種の幽玄さを感じさせ、この世のものとは思えぬ異様な雰囲気を醸し出していた。いくつか見受けられる窓には格子がついており、それが外部からの侵入者を拒んでいるのか、それとも中から逃げ出そうとする者を閉じ込めるためのものなのかは、判断がつかなかった。

どこかのわき道から車で乗り入れる方法があるらしく、建物正面の門の前には駅前のロータリーのような、ゆったりとしたスペースがあった。見上げるほどの高さを有する鉄柵《てっさく》は風雨にさらされたせいか、かなり朽ち果てている。両開きの扉部分も片方は外れて倒れ、もう片方も蝶番《ちょうつがい》の部分だけでかろうじて繋《つな》がっているだけで、およそ門の用を成してはいなかった。辻井を先頭に、おそるおそる敷地に侵入した僕たちは、アーチ状になった正面玄関へのアプローチを慎重に進んでいく。

「大きい建物……」

隣を歩いていた真由子が小さく呟《つぶや》いた。僕は軽く相槌《あいづち》を打ち、

「何に使われていたんだろう……」

独り言ともつかぬような声で返した。他の面々も、物珍しそうな顔を隠そうともせず、好奇心に溢《あふ》れた眼差《まなざ》しで建物を見上げていた。

「こんな山奥に随分と立派な建物ですな。寺でもあるのかと思ったが、何かの研究施設だろうか？」

光原守が誰にともなく訊ねる。応じたのは先頭を行く辻井だった。

「見たところ宿泊施設という感じですね。どこかの企業の保養所か、あるいは……」

「あるいは？」

光原信代が興味深げに問う。辻井は少し悩むような仕草を見せてから、懐中電灯の明かりを正面玄関の木製の扉へと向けた。高さ三メートルほどはあるかという巨大な両開き式の扉に表札やプレートの類《たぐい》は掲げられていなかったが、そのちょうど目線の高さに一対の『眼』があった。それぞれがソフトボールくらいの大きさをした眼が瞬《まばた》きするこ

となく、こちらを凝視しており、それらの間には車輪のようなマークが描かれている。

「何か宗教的な施設というわけか。この図形、どこかで見た気がするが……」

光原が記憶をたどるように言ったが、何の図形かは浮かばなかったらしい。

「宗教……？」

僕の後ろで米山美佐がぼそりと繰り返した。眉根《まゆね》を寄せた彼女は、身を乗り出すようにして扉の図形を見つめ、すぐに視線を伏せる。その後、どこか思いつめるような表情をして指の爪を噛《か》む彼女の横顔に不気味なものを感じ、僕は意識的に目を逸《そ》らした。

「とにかく中に入りませんか。いい加減、風邪ひいちまう」

飯塚が、まるで誰かに責があるかのような物言いで主張した。

辻井は苦笑交じりに肩をすくめ、他の面々も複雑な表情ながらも同意する。

「でも、鍵《かぎ》がかかってるんじゃないかしら？」と信代。

「とりあえず開くかどうかやってみましょう」

懐中電灯を飯塚に預け、辻井は取っ手を握った。

当然、鍵がかかっていて開かないものとばかり思っていたのだが、大方の予想を裏切って扉はゆっくりと開いていった。同時に、頬を撫《な》でる冷たい空気が建物内から漂ってくる。閉め切った屋内とはいえ、クーラーでもつけているかのような不自然な冷気に、僕はたまらず身震いした。真由子も同じことを感じたようで、雨に濡《ぬ》れた二の腕を不安そうにさすっている。

「よかった。開きましたね。さあ入りましょう」

「いいのかしら、勝手に入っちゃって」

そう言いながらも、信代は遠慮する素振りも見せず、ずかずかと中に入っていく。後に続いて足を踏み入れた途端、鼻先を甘い香りがくすぐった。その後すぐに香りは消え去ってしまい、その正体を探し出すことはできなかったが、他の乗客たちも鼻をすんすん言わせて匂いを嗅《か》いでいたので、僕の錯覚というわけでもないらしい。

「緊急事態ですから仕方ありません。それに……」

そうこうしているうちに、再び辻井が意味深げに言葉を彷徨《さまよ》わせた。一同の視線を集めた彼は軽く咳払《せきばら》いをして、

「――ここにはもう、誰もいない。廃墟《はいきょ》なんですよ。たぶんね」

と続けた。その言葉通り、建物の中に入った僕たちを最初に迎えたのは、見上げるほど広大で静まり返ったエントランスホールだった。耳を澄ましてみても、人の気配など微塵《みじん》も感じられない。広々としたエントランスには等間隔に柱があり、それらを繋ぐようにして、細く長い布が幾重にも張り巡らされていた。元は白かったのだろうが時間の経過か、あるいは単に周囲が暗いせいもあって、どことなく薄汚れて見える。その布にどういう意味があるのかはわからないが、なんとも名状しがたい異様な雰囲気は伝わってきた。

「ふぅ、なんだか気味が悪いが、雨露はしのげそうですね」

飯塚がくたびれた革靴を踏み鳴らしながら安堵《あんど》の声を漏らす。大理石なのかリノリウムなのかはわからないが、光沢のある硬い床に足音を響かせながら、僕たちはひと塊となってエントランスホールを進んでいく。やはり不躾《ぶしつけ》な侵入者たちを迎える主《あるじ》の姿はなく、壁面にあるステンドグラスを打つ雨音だけが不気味なほどに響いていた。

「辻井さんの言う通り、誰もいないみたいですね」

飯塚が周囲に視線を走らせながらぼやくように言った。

「廃墟というのも正しいようだ。しばらく人の手が入っていないようですしね」

光原が受付のようなカウンターの天板に指を滑らせ、ふっと息を吹きかける。だだっ広いエントランスには調度品のようなものはなく、がらんとした寂しさを感じさせる。壁面には額のようなもの一つもなく、床は汚れ放題であちこち泥だらけである。壁面には額のようなものが掛けられていた跡はあるが、今は何もない。その代わりに、何かをこすりつけたようなシミや汚れが多数見受けられた。奥は長い通路になっていて、傍らには上階へと続くであろう階段がある。吹き抜け構造になっている二階を見上げると、重厚そうな扉があり、劇場の入口のような雰囲気を漂わせていた。

少しばかり悩んだ後で、僕たちは一階の通路を進むことにした。全員が並んで歩けるほどの幅を持つ廊下の壁や天井もまた同様に汚れていて、荒れ果てた印象を受ける。

「随分ひどい有様だけど、ここで何があったんですかね」と飯塚。

「さあねえ。辻井さん、何か知ってるんですか？」

光原の質問に、それまで黙々と歩を進めていた辻井が、おもむろに口を開いた。

「──ええ、まあ」

「曖昧《あいまい》な返事ですねえ。もったいぶらないで教えてくださいよ」

飯塚が突っ込むと、辻井は立ち止まって振り返り、僕たち全員の顔を順繰りに見据えた。

「私も人づてに聞いた話なので確実なことは言えませんが、多分ここは『白無館《はくむかん》』です」

「白無館……？」

無意識に繰り返した僕に頷《うなず》いて、辻井は続ける。

「とある宗教が聖域としていた施設です。石段の所に石碑があったでしょう？　あれにはおそらく、そういった内容が記されていたんでしょうね」

「しかし辻井さん、どうしてそんなことをご存じなんです？　前に来たことがあるとか？」

光原がからかうような口調で言った。その目はあからさまな好奇心に満ちている。

「いいえ、来たことはありません。ですが、ニュースで見たことはあります」

「ここで事件が？」

信代が恐る恐る訊《き》くと、辻井はこくりとうなずく。

「信者の大量死事件があったんですよ。この場所で集団生活をしていた信者たちが互いに殺し合ったとかで、一時は大々的に報じられた事件です」

「信者が殺し合い？」

途端に悲鳴じみた声を上げ、信代はぶるぶると身体を震わせる。

「なんでも、薬物の過剰摂取によって正気を失った数名の信者が暴れ、大勢が犠牲になったといいます。中には四肢を切断されるという異常な殺され方をした信者もいたとか。そういった経緯から、麓の町の住民はここを『邪宗館《じゃしゅうかん》』などと呼んでいるそうです」

辻井の語る異様な話の内容に、僕は思わず息を呑《の》んだ。

「どうして宗教団体が薬物なんか……」

信じられない、とでも言いたげに真由子が顔をしかめた。それに対し、辻井は少しばかり皮肉げな笑みを浮かべ、

「怪しげな新興宗教にはそういうものがつきものなんですよ。洗脳、監禁、薬漬け。あいう連中はね、神の救いだの仏の導きだのと言いながら、やっていることはヤクザと大して変わらない。要は信者を募り、その財産を寄付させ、反発されないように死ぬまで飼い殺しにすることなんですから」

まるで自らがその体験者であるかのような言い草である。これまでの落ち着いた喋《しゃべ》り方とは違い、どことなく感情的な辻井の様子に、僕は妙な居心地の悪さを感じ始めていた。

「この事件、当時はテレビなんかでも報じられたはずですが、みなさんはご存じありませんか？」

辻井は再び僕らを順繰りに見回したが、名乗りを上げる者はいなかった。

「まあ、そもそも事件内容があまりに過激でしたし、遺族への配慮や社会的影響に鑑《かんが》みて各局が自主規制し、長い期間は報道されなかったようですからね。ご存じないのも無理はないかもしれません」

一人で納得したようにひと呼吸置いてから、辻井は更に続ける。

「この事件の犠牲者は六十数名を数え、世間のバッシングを受けた宗教団体は一時、解散の危機に瀕《ひん》しました。ところが今でも存続し、遺族への賠償金問題など、多くの問題を抱えながらも運営されているようですよ。あんなことがあった後でも信仰を失わない信者が多数いるというのですから、まったく宗教というのは不思議なものですね」

そう水を向けられ、僕は咄嗟にうなずいた。真由子や他の連中も似たような反応を示したが、唯一、美佐だけがはっと表情を強張《こわば》らせ、胸の辺りで両手を握り締めている。異変に気付いた真由子が「大丈夫？」と声をかけても、美佐はただただうなずくばかりで言葉を発しようとはしなかった。

「こわいわねぇ。そんな事件、あったかしら？　ねえあなた」

「私もよく覚えていないな。ニュースと言えば株か芸能人のスキャンダルくらいしか興味が無いものでね」

はっはっは、と呑気《のんき》に笑う光原を前に、辻井は変わらぬ平静さで肩をすくめ、踵《きびす》を返して歩き出す。ほどなくして道は突き当たり、『礼拝室』とプレートの掲げられた部屋があった。両開きのドアは取り外されていて、十六畳ほどの室内の様子が露《あら》わになっている。

真っ先に目につくのは、部屋の奥に設置された小さな祭壇だった。もっとも、祭壇と言っても今はその名残があるだけで、腰くらいの高さをした木組みの台は四つある足の一つが折れて傾いている。その上に載っていたであろう文様入りの布は床に投げ出され、べったりと血痕《けっこん》らしきシミが付いていたり、乱暴に踏み荒らされた跡があった。周囲には蠟燭《ろうそく》や燭台《しょくだい》、朽ちた造花、銀製の杯、お鈴やおふだのようなものまで散乱している。

一見すると、仏教系の法具が多く見受けられるが、この建物も祭壇も、ごく一般的に知られるお寺なんかとは明らかに雰囲気が違っていた。何より、大勢の人が殺された現場であるという事実が、そのことを助長している。左右の壁に残る血しぶきの跡がやけに生々しく、僕は人知れず寒気を覚えていた。

部屋の左右の壁にはぽっかりと口を開いた通路があり、どちらもゆるい傾斜のついた坂道になっていた。扉などで仕切られてはおらず、通路の先には仄暗《ほのぐら》い闇が続いている。そして祭壇の奥の壁には大きな絵画――いや仏画のようなものが掲げられていた。そこにも血の跡が残されていたが、壁や床ほどの惨状ではない。

図の中には無数の仏の姿が描かれているようだったが、しかし一見して何かがおかしいように思えた。描かれている仏の顔が歪《ゆが》んでいたり、やたらと大きかったり、がりがりにやせ細っていたりして、通常の仏のそれとは明らかに異なっている。

「これは曼荼羅《まんだら》ですよ。密教などで用いられる絵図ですね。興味がおありですか？」

「いえ、僕はこういうのはあまり……」

手を軽く振って応じると、辻井は「やっぱり」とでも言いたげにうなずいた。

「そうでしょうね。こういうものに興味を示すのは宗教家か、よほどの好事家くらいのものだ。それにこれは『特別』なもののようですし」

「はぁ、特別ですか……」

「人宝教《じんぽうきょう》は、こうした特別な曼荼羅や神仏像の制作に力を入れていましてね。というのも、ここがまだ現役で使用されていた頃の話らしいですが」

「人宝教……？」

耳慣れない響きだった。無意識に繰り返した僕に、辻井は強くうなずいた。

「それがこの場所に居を構えていた宗教団体の名称です。表向きは仏教を基盤とした新興宗教でしてね。事件当時、かなり勢いのある組織として話題でした。黙っていましたが、実は私の妻も信者の一人でしてね。この場所のことも、前に妻から聞いていたんですよ」

「ほう、身内に信者が？」

光原が驚いたような声で問い返す。すると辻井は、ふっと表情を緩め、

「ええ、そうは言っても、ここにいたわけではありませんよ。妻が入信したのは、ほんの一年前ですからね。ここで信者の大量死事件が起きたのは、五年も前のことです」

一年前。それが僕たち全員の共通点でもある、あの火災事故の時期を指しているのは、誰にとっても明白だっただろう。そのことをあえて口に出す者もなく、しばしの間、僕たちの間には重苦しい沈黙が降りた。

「事件の後、人宝教は新たな教主を立てて生まれ変わりました。妻が言うには、かつての教祖は利己主義に走り教えに背いてしまったがゆえ神の怒りを買ったのだとか。その時の過ちを正すためにも、今は信者が一丸となって教団を支えています。被害者遺族への賠償金の支払い、各地域でのボランティア活動、アジアやアフリカの飢餓に苦しむ子どもへの食料や医療用ワクチン提供などといった活動を続け、かつてカルトと呼ばれた人宝教はその汚名をそそごうとしているそうです」

あくまで妻の受け売りですが、と付け足して辻井は口の端を持ち上げた。そしてそのまま右の壁の先にある通路へ足を踏み入れていく。わずかな時間、置いてけぼりにされる形になった僕たちは、渋々といった調子で辻井を追いかけた。

長くゆるやかな下りの勾配《こうばい》は徐々にカーブを描いていく。進むほどに湿ったかび臭さが充満していく地下通路の床には、随所に水たまりのようなものがあり、チロチロと水の流れるような音がどこからともなく聞こえていた。

「きゃっ！」

すぐ隣で、真由子が唐突に声を上げた。同時に僕の腕が彼女の方へと引っ張られる。何かにつまずいて転びそうになったのだろう。僕は慌てて彼女の手を摑《つか》み返し、倒れないように支えた。どうにか転倒は免れたものの、真由子はよろよろと足をふらつかせ、壁に手をつこうと左手を伸ばす。その拍子に、ぱき、と乾いた音がして何かが床に転がった。古びた壁の一部が剝《は》がれ落ちたのかと思ったが、すぐにそうではないと気づく。

真由子が倒れ掛かっていった壁には、くりぬかれたようなくぼみがあり、そこに一体の木像が佇《たたず》んでいる。高さは百二十センチくらいか。一見すると古びた仏像のようで、筋骨隆々とした身体に憤怒《ふんぬ》の面相、下半身には甲冑《かっちゅう》を纏《まと》っている。右手には大きな金棒のようなものを掲げ、左腕は二の腕の辺りから折れて欠損していた。床に目をやると、本来そこにあるべき腕が無残にも転がっている。真由子の手が当たった拍子に折れてしまったのだろう。よく見ると、木像のあちこちが薄汚れ、黒く変色している。こんな湿気の多い場所に長く放置されたせいで木像自体が劣化していたのかもしれない。

「どうしよう……壊しちゃった……」

「仕方ないよ。わざとじゃないんだから」

「けど、なんだか不気味で……バチが当たったりしないかな？」

真由子は不安そうに言いながら僕の手を強く握る。

「……ん、これって……」

改めて懐中電灯を木像へと向けた時、礼拝室で曼荼羅図を前にしたときと同様の感覚に襲われた僕は、無意識に息を呑《の》んだ。

それはたぶん、強烈な違和感だったのだろう。はっきりと何がおかしいとは口に出せない。だが、曼荼羅図を前にしたときに生じた違和感と同じものをこの木像からも感じるのだ。どこか歪《いびつ》で気味の悪い、何かが決定的にずれてしまっているような不思議な感覚。正体不明の違和感はみるみる膨れ上がり、得体のしれない怖気《おぞけ》となって内側から僕の身体を駆け巡る。見れば見るほど、精巧に作られたその木像が、奇怪な存在にしか認識できず、とても手を合わせるという気持ちになれなかった。

気味が悪いのはそればかりでなく、折れた左腕の欠損部がぬらぬらと光を反射させていた。顔を近づけてみると、ほんのりと甘い香りが漂う。ちょうど、この建物に入った時に嗅《か》いだものとよく似た香りだった。ぽたりと糸を引いて滴ったその液体は、まるで血のように赤く……。

「――ねえ、早く行こう。置いて行かれちゃうよ」

真由子に促され、僕ははっと我に返る。半ば強引に腕を引かれ、先を行く乗客たちを小走りに追いかけた。その後も一定の間隔で木像は配置されており、暗闇のなか無言で僕たちを睨《にら》みつけていた。極力そちらを見ないようにして、徐々に上りの勾配に変化する地下通路を進んでいくと、やがてカーブの外側となる右手の壁に一枚の扉が現れた。鉄製の重厚なその扉は、辻井がノブを摑《つか》んで引くと、ぎぎぎ、と軋《きし》んだ音を立てながらゆっくりと開き、中からは窓ガラスを叩《たた》く強い雨音と生ぬるい空気が同時に溢《あふ》れ出してきた。

扉の先には、広間と呼ぶにふさわしい大きな部屋があった。天井が高く、やや縦長で、左右の壁には大きな棚がいくつも並び、何かの書物や調度品などが忘れられたように残されていた。板敷の床は建物の他の部分と同様に、血痕らしきものでどす黒く汚れている。正面奥の簡素な造りをした祭壇には中央に香炉、それを挟む形で燭台が置かれ、上部には注連縄《しめなわ》が巡らされていた。

そして、その祭壇の更に奥には――。

「なんだ、ありゃあ……」

はわわ、と声を震わせた飯塚に続き、他の面々も祭壇の奥にあるものを見て言葉を失っていた。広間の奥で忘れられたように佇んでいたのは、見上げるほど巨大な木像だった。全長は三メートル近くあるだろうか、蓮《はす》の華を象《かたど》った台座の上に立ち、僕たちを見下ろしている。一見して仏像の類《たぐい》だろうと想像がつくのだが、そのシルエットはどことなく歪だった。両腕は異様に長く、右手には錫杖《しゃくじょう》を持ち、左手を開いて下に向けている。背中には三対、合計六本の腕が生えていて、上段、中段、下段とそれぞれの方向に広げられていた。それらの手には何か法具らしきものが握られているが、それぞれがどんな役割を持つのか僕にはわからない。その姿かたちから、お寺などで目にするお釈迦《しゃか》様を連想したが、しかしここでも僕は、奇妙な違和感を覚えずにはいられなかった。先程、地下通路で見かけた木像と違い、この像は全体的な仕上がりが粗い。特に下半身は台座と一体化している状態で、まだ木から形を削り出している途中の未完成品を見ているような感じがする。

しかし、だからといってこの像が作りかけた状態で放り出されたとも思えない。こちらを見下ろすのっぺりとした顔には、何もかもを見透かすかのような目が据わり、一文字に結ばれた口元は今にも何事か喋《しゃべ》り出しそうな雰囲気を漂わせている。神仏の姿を表しているからそう思うのかもしれないが、言葉にできない異様な迫力を感じずにはいられなかった。

「ここは、寺院の本堂のような場所ですね」

辻井が感心したような声を漏らした。

「ここで大勢集まって祈りを捧《ささ》げていたというわけか。だがそれにしてはずいぶんと質素だね」

光原がそう続け、忌々《いまいま》しいものでも見るような目で室内を見回す。その間に祭壇へと近づいた辻井はポケットから取り出したライターで燭台《しょくだい》の蠟燭《ろうそく》に火をつけた。途端に周囲が明るく照らされ、陰影を濃く浮かび上がらせる。不思議なもので、さっきまでは無表情に見えた像の顔が、今は少しだけ笑っているように見えた。

降りしきる雨音はますます勢いを強め、広間の壁の上部に取り付けられたガラス窓を強く叩いている。その位置関係から想像するに、この広間は半地下に当たるのだろう。たとえ外が晴れていても、これではろくに光など入って来そうにない。

「なんだか……怖い……」

小さな声で真由子は呟《つぶや》いた。そう感じたのは彼女だけではないらしく、誰もが怯《おび》えたような顔をして広間を見回していた。巨大な木像にじっと見られているような不快感がそうさせるのかもしれない。広さは申し分ないし、雨風も防げる。休むにはちょうどいい場所かもしれないが、この部屋に長く留《とど》まるのは気が進まない。はっきりと何がどう嫌なのかと問われると困ってしまうが、とにかくここには居たくなかった。

そんな説明のつかない気持ちを抱いたのもまた僕だけではないようで、誰が言い出すでもなく、示し合わせたかのように僕たちは広間を後にして、地下通路に戻っていった。

ぐるりとゆるやかな円を描く地下通路は回廊状になっているらしく、先へ先へと進んでいくと、見覚えのある部屋に続いていた。一階廊下の突き当り、小さな祭壇のある礼拝室だ。つまりこの地下通路は、右へ行っても左へ行っても、いずれは同じ場所に戻ってくるようにできているというわけである。

「一周して戻ってきちまいましたね。どうします？」

飯塚が呑気《のんき》な口調で他人事《ひとごと》のように言った。

「こっちの通路は、別館に通じているようですね。行ってみましょうか」

再び辻井を先頭に、僕たちは礼拝室を出てすぐ左手にある別館への通路を進む。しかし、歩き始めて間もなく厳重に施錠された防火扉のようなものが立ちはだかり、それ以上進むことはできなかった。そのすぐ脇には雑然とした物置があり、中から蠟燭やランタンを発見。早速火をつけてみると温かみのある暖色の光が僕たちの周囲を赤々と照らした。

そのことに安堵《あんど》する者も多かったが、しかし、見える箇所が増えたことにより、建物内の惨状もまた浮き彫りになった。壁や床に残る生々しい血痕《けっこん》がそこかしこに出現し、そのことがかえって僕たちを鬱屈《うっくつ》とした気分にさせる。来た道を戻り、階段を上るまでの間、僕は出来る限り『惨劇の跡』を見ないよう意識した。

二階廊下には等間隔にドアが並び、それぞれ個室になっていて、全部で二十ほどの個室があった。一つの部屋は八畳くらいあり、文句を言わなければ四人で寝泊りできる広さだった。三階には大きな広間がいくつかあり、隅の方に敷布団やシーツ、枕といったリネン類が山と重ねられていた。室内や廊下はまるで竜巻が通過したかのような有様で、破壊された家具や調度品が所狭しと散らばっている。割れた窓ガラス、壁や天井、床に残された無数の黒い染み。これらが全て、殺戮《さつりく》の痕跡《こんせき》だとしたら……。

そう考えただけでいても立ってもいられず、僕たちはそそくさと二階へ下りた。

一通り見て回った結果、二階が一番被害が少なく、荒らされていない部屋も多かった。快適とまでは言えなくても、疲れた身体を休ませることはできそうだった。幸い、着替えなどは持っていたので、濡《ぬ》れた服のまま過ごさずに済みそうだ。

各々が使用する部屋を確保し、何かあったら互いに声をかけるということにして、僕たちはそれぞれ個室で休むことにした。

3

不気味な建物で一夜を明かすことは気乗りしなかったが、それでも雨に打たれながら夜を明かすよりはマシだった。適当な部屋を見繕い、がらんとした室内に荷物を降ろすと、真由子はため息混じりに壁にもたれてしゃがみ込む。

「大丈夫か、真由子？」

こんな状況で気が滅入《めい》るのも当然だろう。声をかけると、彼女は小さくうなずきながら、華奢《きゃしゃ》な身体を丸めるようにして膝《ひざ》を抱えた。

「災難だね。こんなことになっちゃうなんて」

「そうだね。でも大丈夫。きっと明日《あした》になれば助けが来てくれるはずだよ」

意識して明るく語り掛けたところで、真由子の表情は一向に晴れなかった。おのずと僕らの間には気まずい沈黙が漂い始める。

この数週間、真由子はよくこんな顔をするようになった。何か思いつめるような、悲しそうな表情。無言のうちに責められているような気がして、僕はこの顔をまともに見ることが出来ない。僕たちの間に会話が無くなってしまった原因が何なのか。どうすればもう一度、明るく笑う真由子の顔を見られるのか。僕にはそれがわからない。そのことを彼女に直接訊《き》くこともできず、ずっとこんな状態が続いているのだった。

いや、本当はわかっている。一年前のあの日、僕がとった行動のせいだ。一年という月日は僕たちの間に生じた決定的な亀裂を埋めてはくれなかった。真由子はいい加減、僕に愛想を尽かしてしまった。つまりは、そういうことなのだろう。

無理に言葉をかけるのをあきらめ、僕は真由子から少し離れた位置に腰を下ろす。互いに手を握るでもなく、肩を寄せ合うでもなく、曖昧《あいまい》な距離で僕らは口を閉ざし、何をするでもなく時間が過ぎるのを待った。

そうしてどのくらいの時間が過ぎただろう。不意にこんこん、とドアがノックされた。はい、と応じると、遠慮がちにドアが開かれ、美佐が顔を覗《のぞ》かせた。

「あの、米山です。こちらに女性の方……いますよね？」

真由子はほんの一瞬、困惑したように首をひねったが、すぐに立ち上がり、

「ええ、どうかしましたか？」

「もしよかったら……その……一緒に行きませんか？」

要領を得ない申し出に、真由子は再び困惑する。だが、すぐにその意図を察したようで、軽く笑みを浮かべた。

「もしかしてトイレのこと？」

美佐はばつが悪そうにうなずいた。

「いいわ。ちょうど私もしたかったから。たしか、この階にもトイレがあったはずよね」

ドアを開き、真由子は美佐を伴って廊下に出ていく。

水は流れないかもしれないけど、その辺にするよりはマシだよな、などと考える僕を部屋に残し、二人の足音は遠ざかっていった。

皆瀬《みなせ》真由子と僕が出会ったのは、今からちょうど一年半前だった。

大学を出て教員になってからというもの、日々仕事に追われていた僕は、プライベートを充実させる余裕などなく、三十まであと数年という歳になっても恋人の一人も見つからず、自宅と職場を往復するだけの味気ない毎日を送っていた。たまの休みに一人で出かける気にもなれず、家に籠《こも》って結局は仕事をしていたり、学級内の問題や保護者への対応、教頭のご機嫌窺《うかが》い、その他もろもろの事に頭を悩ませ、鬱々《うつうつ》とした日々を送っていた。

そんなある時、同じ職場の若狭和臣《わかさかずおみ》という先輩教師に誘われて食事に出かけると、見知らぬ女性が二人いた。一人は若狭の恋人で、もう一人はその職場の同僚だという。

それが、真由子との出会いだった。

真由子は町で有名な洋菓子店でパティシエとして働いていた。毎日朝早く出勤し、勤務を終えてからも新商品の開発などで忙しく、休みだって週に一度しか取れない。毎日必死に働き、ふと気づけば二十の半ばを過ぎてしまっていた。そうやって仕事に身を捧げる真由子を慮《おもんぱか》って、同僚である袴田絵里子《はかまだえりこ》が若狭に相談し、そして若狭が僕を紹介することにしたという流れだった。

ひと目見て僕は真由子に惹《ひ》かれていた。まだ十代かと見まがうほどの透明感を宿す白い肌にコントラストのきいた黒髪。切りそろえられた前髪の下で凜々《りり》しく輝く瞳《ひとみ》は、見ているだけで吸い込まれそうだった。一見するとやや冷たく感じられる端整な顔立ちだが、愛嬌《あいきょう》のある口元がその雰囲気を打ち消している。彼女が軽く微笑むだけで僕の身体は軽くなり、そのまま天に舞い上がってしまうのではないかという錯覚すら覚えた。

映画や音楽の趣味は合わなかったけれど、読書好きな彼女の話は面白く、何時間でも聞いていられた。涙もろく、亀の産卵のドキュメンタリーでボロボロ泣くくせに、流行《はや》りの恋愛映画には見向きもしない。そんな普通の子とは少しずれている感性も、僕の琴線に触れた。出会ってからひと月もする頃には、僕はもう真由子に夢中だった。

真由子と付き合い始めたのをきっかけに、それまでの味気なかった日々が一気に色づき始め、生徒に「最近明るくなった」「女でもできたんじゃないの」などとからかわれても、笑って受け流せるほどの余裕も生まれた。周囲の教員たちとも気さくに会話ができるようになったし、教頭にどやされる回数も減った。何より、仕事をするのが苦痛ではなくなった。自分なりにやりがいを見出《みいだ》し、ただただ消極的だった部活指導にも積極的になれた。バレーボールの経験はないが、専門書を購入して熟読し、ぎこちなくも指導しようとする僕の姿勢を、生徒たちも笑顔で受け入れてくれた。

僕を取り巻く環境は劇的に変化した。それはきっと、真由子に出会えたことが大きく関係している。いや、それ以前に真由子との出会いを与えてくれた若狭のおかげだろう。

止まっていた僕の人生の歯車が回り始めたのはきっと、彼と出会ってからだった。こうして今も真由子と一緒にいられるのも、すべては彼のおかげなのだ。

そんな彼に、今の僕と真由子の関係を見られたら、なんと言われるだろう。考えるまでもなく、がっかりされるに決まっている。あの事故から一年が経った今、僕と真由子は、一緒にいても目を合わせることすらしなくなっていた。気持ちが冷めているわけでは決してない。僕は真由子を変わらず愛している。それどころか、大切に思う気持ちはむしろ深まっていた。それはきっと真由子だって同じだろう。けれど僕はもうずっと、真由子の笑った顔を見ていない。優しく微笑む表情を思い出せなくなりそうなほどに。

今も脳裏をよぎるのは、思いつめたような真由子の表情。そして僕を責めるようなあの眼差《まなざ》し。もう昔のようには戻れないのかと、真剣に考えることが多くなった。けれど、それでも僕は、いつの日かまた昔のように彼女と笑い合える日が来るのを心のどこかで期待している。

僕たちの関係はきっと修復できる。些細《ささい》なものでもいい。何かきっかけがあればきっと。

そう、きっと——。

がちゃ、とドアが開く音で、僕は物思いから立ち返った。

「遅かったね」

声をかけると、真由子は小さな声で「少しおしゃべりしてたの」と端的に応じた。

真由子は、いくばくか明るい表情をしていたが、僕と目が合うと、またすぐに不機嫌そうなむっつりとした顔に戻り、元の場所に座り込む。

そしてまた、僕たちの間には重苦しい沈黙が降りた。窓ガラスに打ち付ける雨音だけが、かろうじて時間の流れを感じさせていた。

「——何も、訊いてくれないんだね」

不意に、そんな言葉を投げかけられ、僕は顔を上げた。真由子は下唇を嚙《か》みしめ、何かを我慢するみたいに眉根《まゆね》を寄せている。

「何も……って？」

「だから、ここ最近のこと。私たちのこと」

もどかしそうに、真由子は声のボリュームを上げた。

「僕たちの、こと？」

答えに窮した僕を見て、真由子は落胆したようにため息をつく。

「……いい。なんでもない」

「なんだよ。話したいことがあるなら言ってくれよ」

「いいって言ってるでしょ。話なんてない」

ぴしゃりと叩《たた》きつけるような口調を最後に、真由子は口を閉ざした。

彼女がこうなってしまうと、喋《しゃべ》らせるのは簡単じゃない。食い下がろうとした僕を一《いち》瞥《べっ》し、「着替えるから外出てて」と真由子は最後通告を突きつけてきた。こんな時、何か言っても逆効果にしかならない。きっと、僕と一緒にいることに苦痛を感じているのだ。

もしかすると真由子は、今回の旅を僕と過ごす最後の時間にするつもりなのではないか。一緒に慰霊祭に行くというのも、僕との関係に決着を付けるいい機会だと思っているのかもしれない。

もちろん、そのことをはっきりと口に出すことも、考え直してくれと率直に伝えることも、僕には出来ないのだけれど。

4

部屋を出ると、廊下には光原夫妻の姿があった。壁に設置されている建物の見取り図を眺めながら、何やら話し込んでいる。

「それにしてもお腹が空《す》いたわ。食堂に何かないかしら?」

「おいおい、何を言っているんだ。何かあったとして、食べられるはずがないだろう。それより、こんな何もない部屋じゃ休むに休めんよ。下の応接室ならソファくらい残っているかもしれんが……」

そこで僕の姿を認め、軽く会釈した夫妻は、そのままこちらに背を向け階段を下りていく。二人の姿をぼんやりと見送った僕は、懐中電灯の明かりを頼りに、仄暗《ほのぐら》い廊下を歩きだした。相変わらず建物内はしんと静まり返り、自分の靴音がやけに大きく感じられる。角を曲がり、階段を降りようとしたところで、ちょうど二階に上がってきた辻井と踊り場で鉢合わせになった。

「おや天田さん。どうしたんですか」

「いや、その……」

部屋を追い出されたとは言えず、しかし他に言い訳も浮かばない僕はもごもごと口ごもる。そんな僕を見て、辻井はふっと優しそうな笑みを浮かべた。

「彼女さんと喧嘩《けんか》でもしましたか？」

「……ええ、まあ」

図星を指され、僕は渋々うなずいた。どうしてわかったのか訊《き》こうとしたが、僕が相当情けない顔をしていたのだろうと思い当たり、訊くのをやめた。

「羨《うらや》ましいですね。喧嘩できる相手がそばにいるというのは」

どこか物悲しそうに呟《つぶや》き、辻井はエントランスの方へ遠い目を向けた。

「辻井さん、ご家族は？」

「妻の他に娘がいます。それと、秋にはもう一人生まれる予定でね」

「そうですか。おめでとうございます」

「ありがとう」

そう返してきた辻井の表情はやはり重く、じっとりと曇っていた。

「嬉《うれ》しく、なさそうですね」

「いや、そんなことはないよ。ただ少しばかり不安でしてね」

「不安？」

繰り返した僕を一瞥し、辻井はうなずいた。

「さっきも言ったように、妻は人宝教にのめり込んでいて、家庭よりも、そっちの方が大事なんですよ。もちろん、娘の世話はちゃんとしてくれているけどね。夫婦の間には会話らしい会話なんてほとんどない。たまに、私にも教団の集まりに来ないかと声をかけてくるくらいで、それを断ると烈火のごとく怒りだす始末でして」

それほどまでに、彼の妻が宗教に入れ込むのは何故なのだろう。そこにどんな理由があるのだろうかと純粋に疑問を感じたものの、ずけずけと質問するのは躊躇《ためら》われた。

辻井の横顔が、質問する前からその話題を避けようとしているみたいだったからだ。

「今回の慰霊祭も、本当なら家族みんなで来るつもりだったのですが、妻は相変わらず教団の活動で忙しくてね」

「娘さんも一緒に活動を？」

「いえ、娘は入信してはいません。というより、まだしていないと言うべきかな。最近じゃ妻の勢いに負けて、小難しい本を読まされているから」

肩をすくめ、辻井は苦笑する。

「あの火事さえなければ、こんなことにはならなかったんだがね」

確認しなくても、それが一年前の火災事故を指しているのはすぐにわかった。思いつめたような辻井の横顔に苦悶《くもん》の色が混じる。

「あの火事で娘は瓦礫《がれき》に身体を挟まれたんです。すぐに救出することが出来なくて、長い時間苦しんだ。駆け付けた救急隊に救助されて病院へ運ばれたが、顔や腕に火傷《やけど》の痕《あと》が残り、下半身は動かなくなってしまいました。娘はまだ六歳だったのに……」

湧き上がる激情を必死にこらえているようだが、声の震えまでは隠せていなかった。愛する娘を襲った悲劇。その後の家族の苦悩。日々、傷ついた娘を目にする辻井のつらさは、きっと僕なんかには計り知れないだろう。この場で気の利いた言葉をかけることはできるかもしれないが、何を言ったところで、彼が抱える苦しみを和らげることは不可能だろう。

会話はそこで中断され、僕はどう声をかけるべきかがわからず黙り込んだ。やがて、重苦しい空気に気がついたのか、辻井はさっと暗い表情を取り除き、

「おっと、つい暗い話を聞かせてしまいましたね。そろそろ部屋に戻ります。天田さんも少し身体を休めた方がいいですよ」

そう言い残し、辻井は二階へ上がっていった。彼の丸まった背中を見送りながら、僕は脳裏に焼き付いた一年前の光景を思い返していた。

『――たすけてくれ……耕平……』

あの時の若狭の声は、今も僕の耳に鮮明に残っている。辻井の娘の足が二度と動かないのと同じように、僕の耳にこびりついたこの声もまた、二度と消え去ることはないのだろう。

——今はそんなこと、考えるのはよそう。

心中に呟き、気を取り直すようにして腕時計を確認すると、すでに午後十時半を過ぎていた。まだ眠るには早く、だからと言ってすることがあるわけでもない。この気味悪い建物を散策する気分にもなれなかったが、喉《のど》の渇きを覚え、僕の足は自然と食堂へと向いた。

階段を降り、一階の廊下に出ると、ひときわ静寂が強まった気がした。まるで何者かが息をひそめ、僕に襲い掛かるのを今か今かと待ち望んでいるような、ある種の暴力的な視線をあちこちから感じる。もちろん、そんなものは暗闇に対する恐怖心が作り出した幻想でしかないのだが、そうとわかっていても自然と足がすくんだ。

一歩一歩、自分の足音にすらも過敏に反応し、耳に神経を集中して廊下を進む。

「あれ、開いてる」

ぽつりと、そんな言葉が漏れた。食堂へと続くドアが半開きになっていて、中から光が漏れている。ドアの磨《す》りガラス越しにぼんやりと光っているのは、物置で発見したランタンの光だろう。暗がりを明るく照らしてくれる炎の光はしかし、どことなく不吉な輝きを放っていた。

「誰か、いますか?」

声をかけても反応はない。生唾《なまつば》を飲み下し、慎重に中を覗《のぞ》き込むと、食堂内の様子が窺《うかが》えた。テーブルや椅子が多く残されていたが、それらは入口付近に雑然と積み上げられ、バリケードを形成していた。そこから崩れた椅子があちこちに散らばっていて、床や壁、窓ガラスには随所に血のシミのような跡が点々と残されていた。いったいどれだけの人数がここで互いを殺し合ったのだろう。バリケードを作った人間がいたということは、この場所に籠城《ろうじょう》した人間がいたことになる。窓には頑丈な格子がついており、そこから外に出るのは不可能そうだった。逃げ場を失い、バリケードを破られて襲われた信者たちは、さぞ恐怖に慄《おのの》いたことだろう。そういう相手に襲い掛かり、命を奪った連中は、やはりまともな精神状態ではなかったのだろうか。

この場所に残された恐怖と暴力の残滓《ざんし》をまざまざと見せつけられたような気がして、僕は耐え難い息苦しさを感じていた。

「あの、誰かいますか?」

バリケードの山を避《よ》けて食堂の中に進みながら声をかける。当然のように返事はない。窓際のテーブルの上に、ランタンが忘れられたように置き去られていた。これがここにあるということは、誰かが持ってきたに違いない。

「あの、誰か……」

もう一度声をかけながら、食堂の中央辺りに歩を進めた時、僕は思わず息を呑《の》んだ。

食堂の隣は厨房《ちゅうぼう》になっていて、ドア一枚で食堂との間を行き来できる。学食なんかによくあるように、胸の高さのカウンターが設置されていて、そこから食事の受け渡しができるようになっていた。そのカウンター越しに見た厨房の床、スチール棚の端からはみ出すようにして床の上へと不自然に投げ出されているのは、人の足だった。

まさかと思いながら、僕はカウンターから身を乗り出し、厨房内を覗き込む。ピクリとも動かない両足は、紺色のズボンに履き古した革靴を身に着けていた。心なしか、並んだ両足の角度がおかしい気がする。

「飯塚さん?」

それらの持ち主が誰であるかを即座に特定し、僕はその名を呼んだ。だが、やはり足は動かず返事もない。何故そんな所に横たわっているのか。疲れ果てて眠ってしまうにしたって、もう少しましな場所があるだろう。

「あの、飯塚さん、大丈夫ですか?」

カウンターをぐるりと迂回《うかい》し、開きっぱなしのドアから厨房へ足を踏み入れながら、再度呼びかける。その拍子に足元で、びちゃ、と湿った靴音が響いた。

ひゅっと息を呑んで、僕は動きを止める。ゆっくりと視線を足元へ落とした瞬間、床に広がった赤黒い液体を踏んでしまったのだと気がついた。慌てて足を上げて後ずさる。床のタイルに黒い靴跡が残った。

——これ、血なのか?

心中に呟きながら、液体が流れてきたであろう先を視線で辿《たど》る。スチール棚の向こう、投げ出された足の持ち主の姿がゆっくりとあらわになっていく。

予想した通り、そこにいたのは運転手の飯塚だった。仰向けに横たわった飯塚は、その目を大きく見開いて虚空を見据えたまま事切れていた。首筋にはぱっくりと開いた傷があり、そこから大量の血液が噴出したとみえ、壁や床を濡《ぬ》らしている。だが、それよりも異常だったのは、遺体の四肢が切断され、無造作に投げ出されていたことだった。両腕は肘《ひじ》の部分、両足は膝《ひざ》の部分で切断されていて、切り落とした手足は床のタイルの上に無残にも投げ出されている。

——なんで……どうして……？

そんな問いかけを自分に繰り返しながらも、僕は激しい拷問でも受けたかのような飯塚の亡骸《なきがら》から目が離せなかった。少し前まで普通に会話をしていた相手が、物言わぬ死体になった。既にその目から光を失った飯塚は、苦悶の表情を浮かべ、暗闇を睨みすえている。

「うっ……！」

胃の中から熱いものがせり上がり、腰を折ってシンクにその中身をぶちまけた。身体がスチール棚にぶつかった拍子に、鍋《なべ》や調理器具の類《たぐい》がガラガラと音を立てて床に落ちる。そんなけたたましい金属音すらも耳に入らない程、僕は気が動転していたのだろう。ひとしきり胃の中身を吐き出した後で踵《きびす》を返し、食堂のバリケードを避け、気がつけば廊下に飛び出していた。

早く誰かに知らせなければ。その一心で走り出そうとした時、斜め向かいの部屋のドアが視界に飛び込んできた。ドアの上部には『応接室』と書かれたプレートが掲げられている。

つい先ほど、光原夫妻が応接室で休もうと話していたことを思い出し、僕は荒々しくドアを開いて中へと駆け込む。応接室にはいくつか家具や調度品が残されていた。部屋の中央には向かい合う形で革張りのソファが置かれ、間にテーブルがある。他の部屋と同様に、床や壁のあちこちに血痕《けっこん》のようなものが残されていた。

光原夫妻はこちらに背を向ける形で肩を並べてソファに座っていた。二人の姿を認め、僕はほっと胸をなでおろしつつ声をかける。

「光原さん、大変なんです。飯塚さんが向こうで――」

言いかけた言葉は、しかし虚空を彷徨《さまよ》うようにして掻《か》き消えた。

次の瞬間、うわあああ、という叫び声が室内に響き渡る。脚に力が入らず、その場にしりもちをついたところでようやく、叫んだのが自分だと気がついた。

互いに寄り添うように腰かけた光原夫妻の両手足は切り落とされ、おびただしい量の血液がソファと床を濡らしていた。二人の首筋は飯塚と同じように切り裂かれ、身体から切り離された四肢は、二人の膝の上やテーブル、床などに乱雑に投げ出されている。まだ乾いていない濃厚な血液が、ひたひたとテーブルから床に滴っていた。

「……どうして……こんな……」

それ以上は言葉にならなかった。いったい誰が、何のためにこんなことをしたのか。飯塚を殺し、光原夫妻を殺した人間が、今もこの建物の中にいるのか……。

矢継ぎ早に浮かんでくる疑問に対し、僕は頭《かぶり》を振った。僕たちが来てから、建物の中に誰かが入ってきた気配はなかった。もちろん、気づかれないようこっそり入ってきたのならば別だが、仮にそうだとしても、なぜ僕たちを殺す？　しかも、こんな残酷な方法で殺さなくてはならない動機は一体なんだ？

焦りと動揺で埋め尽くされた頭でどれだけ考えたところで、まともな答えなど出るはずもなかった。わけが分からない。いや、そもそも理由なんてないのだろうか。

──理由……。

そこで僕はハッとした。光原夫妻の死体の状態。そして先の飯塚の亡骸。四肢を切断された異常な殺害方法。それは辻井が語る人宝教の信者たちの殺され方と同じではないだろうか。そのことに気がついた瞬間、これまでとは別種の、得体のしれない恐怖感が僕を押し包んでいった。

呪い。そんな言葉が頭をよぎる。この廃墟《はいきょ》には死んだ信者たちの幽霊が出るとでもいうのか。そして、侵入してきた僕たちのような人間を襲い、同じ目に遭わせているとでも？

普段ならば馬鹿馬鹿しいと一蹴《いっしゅう》するであろうそんな想像はしかし、光原夫妻の死体を目の当たりにしたこの状況では笑い飛ばせなくなっていた。無数の死者を生み出したこの呪われた建物の中に、今も彼らの怨念《おんねん》が渦を巻いている。そして、それらが牙《きば》を剝《む》き、僕たちに襲い掛かってくるというおぞましい光景を想像し、全身が瘧《おこり》にかかったように震え出す。

厨房から逃げ出した時と同様に、僕は再び何か叫びながら、その場を離れ、廊下を駆け抜けて二階へ上がった。そして、真由子が待つ部屋へ駆け込むと、バッグを枕代わりにして横になっていた彼女に駆け寄り、有無を言わせずその身体を強く抱きしめた。

「わっ、ちょっと、どうしたの？　いきなり何するのよ？」

真由子は不愉快そうに声を上げて僕の腕から逃れると、身を守るようにして身体をよじった。

「急いでここから逃げるんだ」

真由子の肩を強く摑《つか》み、困惑する彼女をじっと見つめながら、確かめるように告げた。

「え？　逃げるって何、どういうこと？」

「いいから早く逃げよう。今すぐ！」

言うが早いか、僕は真由子の手を取り立ち上がらせる。

「ちょっと、乱暴にしないで……」

なおも抵抗しようとする彼女の手を強引に引いて部屋を飛び出した。再び一階へ向かう途中、辻井と美佐がいるであろう部屋をノックし、二人の名を呼んでみたものの、反応はなかった。やむなくドアを開いてみても、中はもぬけの殻である。

「くそ、どこ行ったんだよ！」

八つ当たりのように声を荒らげながら、廊下を駆け抜けて階段を降りる。エントランスに響き渡る僕と真由子の足音。その一つ一つの合間に、何者かの足音が重なって追いかけてくるような気がして、何度も背後を振り返ってしまう。

「天田くん、ねえ、ちょっと待ってよ」

「いいから来てくれ。話はあと——」

そこまで言って、僕は言葉を切った。立ち止まり、反射的に真由子の身体を抱き寄せる。

「なに……あれ……辻井さんと、美佐さん……？」

真由子の声は哀れなほどに震えている。その問いかけに答える余裕は、僕にはなかった。

エントランスの入口付近の床が大量の血で濡れている。柱の側にうつぶせで横たわっているのは辻井だった。顔をこちらに向け、苦悶《くもん》の表情で口の端から血の筋を垂らし、その背中には深々とナイフが突き立てられている。そして扉の手前であおむけに倒れている美佐は、胸や腹に複数の刺し傷のようなものがあり、血だまりに沈むようにして息絶えていた。蠟《ろう》のように白い顔には一切の生気が感じられず、まるで精巧に作られた人形が、表情のない寝顔を晒《さら》しているかのようであった。

「いやあああ！」

静寂を引き裂いたのは真由子の悲鳴だった。頭を抱え、髪の毛をかきむしるようにして叫ぶ真由子を、僕は力の限り抱きしめ、平静を保つよう呼びかける。悲痛な声はエントランスに反響し、建物を震わすかのようにこだました。

僕はすぐに立ち上がり、入口の扉を開こうと取っ手に手を伸ばした。だが、そこにはいつの間にか鉄の鎖が巻かれ南京錠で固定されていた。これではサムターン錠を解除したとしても扉は開かない。

「誰がこんな……」

言いかけたところで僕はハッとする。犯人だ。そうに決まっている。もしかすると二人は、ここから逃げ出そうとしたところで殺人犯に見つかり、襲われてしまったのかもしれない。そんな漠然とした想像が頭をよぎる。辻井の遺体のそばには薪《まき》を割るのに用いられるような斧《おの》が打ち捨てられていた。鈍く光る刃先にはべったりと血が付着している。

――まさか、この斧で飯塚さんや光原夫妻の手足を？

想像しただけで腰が抜けそうになった。あのようなおぞましい行為に使われた凶器が目の前に転がっている。その事実だけで、何かとてつもなく恐ろしいものを目にしたかのような錯覚に陥り、冷や汗が止まらない。

――次は、僕たちが……？

最悪の想像を頭から追い出すようにして、僕は何度も首を横に振った。疑いようがない事実から、必死に目をそらそうとしているのが自分でもわかっていた。

外は相変わらずの嵐に見舞われ、吹き付ける風雨の勢いはやみそうにない。

それでも、こんなところにいるよりはましだった。

「真由子、しっかりするんだ。別の出口を探そう。きっと裏口か何かがあるはずだ」

僕は再び真由子の手を引いて来た道を引き返し始めた。

僕が手を強く握ると、彼女もまた同じ強さで握り返してくる。そういえば手をつないだのなんていつぶりだろうなどと、この場に似つかわしくない感慨が湧き上がってくるのを意識して抑えながら、一階の廊下を進んでいく。食堂や応接室で僕が目にした光景を、なるべくソフトな表現で真由子に伝えると、彼女は今にも泣きだしそうな顔をして、不安そうに唇をかみしめた。

「それじゃ私たち以外はみんな死んじゃったってこと？」

「たぶん、そうだと思う」

間違いなくその通りなのだが、あえてぼかすような物言いをしたのは、少しでも真由子に安心してほしいという悪あがきにも似た心情からだった。

やがて廊下の突き当りにある礼拝室に行きつくと、真由子は不意に足を止めた。

「ここ、怖いわ」

そう思うのは無理もない。僕だって、あの異様な木像を横目に暗い地下通路を進むのは気が進まなかった。

「でも他に逃げ場なんてないんだよ。この先の広間の窓に格子はなかった。そこからなら出られるかもしれない。それが無理なら、二階か三階の窓から飛び降りるしかないんだ」

僕がそう説明すると、真由子は思いつめたように黙り込む。

「……わかった。いいよ」

わずかな逡巡の後、真由子は覚悟を決めたように首を縦に振った。彼女なりに、この状況を理解し、恐怖を押し殺してくれたのだろう。僕たちは意を決して地下通路へと足を踏み入れた。決して離れぬよう固く手をつなぎ、ゆるやかな勾配《こうばい》を下っていく。道は徐々にカーブし始め、左の壁にはくぼみが現れる。二体、三体と、視界の端に木像が映り込むたびに、それらが今にも動き出すさまを幻視し、心臓が早鐘を打った。

やがて通路は上りの坂道に変化し、右手の壁に鉄扉が現れる。飛びつくようにして扉を開き、身体を滑り込ませて素早く閉めると、僕はその場にへたり込んだ。

「真由子、大丈夫か？」

「うん……」

端的に応じて、真由子もまた床に座り込む。

奥の祭壇にある蠟燭《ろうそく》の火が、広間をほんのりと照らしていた。最初にここを訪れた時、辻井が灯《とも》したものだ。部屋の四隅には依然として闇が凝《こご》り、そこに何かが潜んでいてもすぐには気づけなそうだった。辺りを見回した僕は、部屋の右側の壁、その上部にある窓に目を付けた。手近にあった棚を足場にして真由子を上らせ窓を開けると、途端に騒がしい雨音が響いてきた。

「どう？　何か見える？」

「ここ、中庭なのかな。たぶん出られると思う」

真由子が様子を窺《うかが》ったところ、窓の外にはすぐ地面があるという。やはりここは半地下で、窓の高さが地面の高さであるらしい。飛び降りたりして怪我をする心配もなさそうだった。そのことに安堵《あんど》しつつ、真由子を補助して狭い窓枠から外へ押し出す。

「大丈夫か？　周りに何がある？」

外に出た真由子が何事か返してきたが、雨音に邪魔されてうまく聞き取れなかった。

――仕方ない。まずはここから脱出して、あとのことは、それから考えよう。

そう思い、横倒しになった棚に足をかけたその時、ずずず、と何か重たいものを引きずるような物音がした。

はっとして動きを止め、窓枠に手をかけたまま、僕は音のした方を振り返る。広間の正面、朽ちた祭壇の奥にある巨大な像が真っ先に目に留まった。

「なんだ？」

小さく呟《つぶや》いたのと同時に、窓の外から真由子の悲痛な叫び声がした。

「真由子、どうした？」

慌てて声をかけたが返答はなかった。窓枠に頭を突っ込んで外を見ても、塗りつぶしたような闇が広がるばかり。地面に叩《たた》きつける雨音とごうごうと吹きすさぶ風のせいで、真由子の気配すらも感じられなかった。

「くそ！」

もどかしさに毒づいた時、再び、ずずずず、という重い音が広間に響いた。そして次の瞬間、蠟燭の火がふっと消え失せ、辺りは一瞬で深淵《しんえん》の闇に閉ざされる。

ピピ、と小さな電子音がした。視線を落とすと腕時計は午前零時を示していた。

「――うっ！」

闇の中で歪《いびつ》に蠢《うごめ》く何者かの気配がして息を呑《の》む。その直後に原因不明の息苦しさと、全身を無数の腕で摑《つか》まれたような感覚に襲われた。強烈な眩暈《めまい》を感じて足元がふらつき、棚から足を踏み外した僕は、そのまま床に倒れ込んでしまった。

――なんだ、何が……？

自問したところで答えは出ない。ただ、ひたすらに意識がもうろうとし、五感に膜を張ったかのような感覚が僕の身体を支配している。頭を打ったわけでもないのに、ぐるぐると視界が回転していた。

ぎい、ずずず。

ぎい、ずずず。

強い酩酊《めいてい》状態のような意識の中、深い闇の奥底から、ずるりと這《は》い出した闇の塊が、不快な音と共に僕の目前へと迫った。だが不思議なことに、そこにいるはずの『何か』の姿は、はっきりと像を結ばない。ある種の幻めいた存在を前にして、僕は呼吸すらも忘れていた。確かなことは、その邪悪な存在によって、僕は一切の自由を封じられてしまったということだった。

——ばけもの。

それが人間ではない、なにかおぞましい存在であることは疑いようがなかった。すぐ目の前にいるはずなのに見えない。そんな矛盾した視界の中で、その『何か』は僕をじっと見据えている。まるで、何かを催促するみたいに。

頭が、胸が、絞り上げられているかのように痛む。

「まゆ……こ……」

絹を裂いたような真由子の悲鳴が脳内に反響していた。飯塚や光原夫妻、そして美佐と辻井。彼らの変わり果てた姿が走馬灯のように通り過ぎていく。

どうしてこんなことになったのだろう。

どうすれば、僕たちは助かることが出来たのだろう。

およそ意味のない問いかけを無為に繰り返しながら、僕は自分が死にたくないという気持ちよりも、ただただ真由子を死なせたくないという思いを強く抱いていた。

――嫌だ。こんな終わり方……。

あの時、自分の死を予感した若狭もこんな風に思ったのだろうか。
答えのない疑問が唐突に浮かんでは消えていく。

できることなら、もう一度。

そう、もう一度……。

祈るような気持ちで繰り返す僕の意識に呼応するかの如く、眼前の闇だまりがぬるりと笑った。次の瞬間、僕の身体を強い衝撃が襲い、五体が引きちぎられるような激しい痛みと強烈な寒気に襲われる。
そして、僕の意識は底なしの闇の淵《ふち》へと落ちていった。

第二章

1

「──ねえ、天田くん」

不意に名前を呼ばれ、僕は目を開けた。

視界に飛び込んでくるのは、見覚えのあるバスの車内と、隣に座る真由子の姿。

「ま、真由子！」

「わっ、なに、どうしたの？」

思わず声を上げた僕に驚き、真由子は怪訝《けげん》そうに眉根《まゆね》を寄せる。

「ごめん……その……」

何か言おうとしても、まともに言葉が出て来なかった。僕はしばし呆然《ぼうぜん》としてバスの車内や真由子を、そして他の乗客を交互に見やった。

「ちょっと、ねえ大丈夫なの？　怖い夢でも見た？」

真由子は呆《あき》れたような声で言った。荒い呼吸を整えつつ、僕は彼女に視線を戻し、何度かうなずいて見せる。

「あ、いや、そうなのかな……」

――なんだ、この感覚は？

僕は内心で自問する。前にも見たことがあるような光景。前にしたことがあるような会話、やり取り。何かがおかしい。そんな気がしてならない。

「何それ、寝ぼけてるの？」

相手にしていられない、とばかりにため息をついた真由子は、そのまま視線を手元の携帯電話へと落とした。取り残されたような気分になりながらも、僕は自分が置かれた状況を理解しようと思考を巡らせる。

慰霊祭へ向かうバス。車内には僕たち以外に四人の乗客と運転手が一人。窓の外は深遠の闇に閉ざされていた。

「あらまあ、あなた、お母さんと旅行中にあの火事に遭ったの」

後方の席から女性の声がした。周囲をはばからぬ大きな声。

「お母さん、気の毒だったわねぇ」

「ああ、まったくだ。その若さで親御さんを失うなんて、嘆かわしいことだよ」

「はあ」

後方の席に座る若い女性に話しかけているのは五十代くらいの中年夫婦。バスの前方では、男性客が運転手に何事か話しかけている。特に変わった所もない、普通の光景だった。

ついさっきまで気味の悪い建物の地下にある広間にいたはずなのに、なぜ僕はここに座って、悪路を行くバスに揺られているんだろう。

あれは夢だったのか。寝苦しさに耐えかねて見た悪夢だったというのか。だとしたら、随分と滑稽《こっけい》な話である。小さな子供じゃあるまいし、少し怖い夢を見ただけでこんなにも動揺してしまうなんて。

――情けないな。

心中で独り言《ご》ち、僕はため息をつきながらシートに背を預けた。慰霊祭に行くという重圧によって、普段は見ないようなリアルな夢を見てしまったのだろうか。そういえば、夢に出てきた乗客たちは皆このバスに乗っている人たちだった。うたた寝をしているうちに現実と夢との境目が曖昧になってしまったのかもしれない。

そんなことを思いながら、しばらく車内の面々の様子を見るともなしに窺《うかが》っていると、

「ちょっと、なにきょろきょろしてるの？　恥ずかしいからやめてよ」

真由子は顔をしかめ、肘《ひじ》で僕の脇腹をつついた。

――あれ……？

ふと、強い既視感《デジャヴ》に見舞われ、僕は呆気《あっけ》にとられた。

「真由子……あのさ……」

この奇妙な感覚を説明しようと口を開きかけた時、突如としてタイヤのスリップ音が響き、車体が大きく横に振られた。僕は咄嗟《とっさ》に真由子を抱き寄せて衝撃に身構える。バ

スはそのまま路肩の大木に激突。シューシューと音を立て、ボンネットからは白煙が立ち上った。

「ちょっと、なにやってるのよ！　危ないじゃない！」

「いったいどういう運転をしているんだ！　酒でも飲んでいるのか！」

後方の座席に座っていた中年夫婦の罵声《ばせい》が飛ぶ。運転手はエンジンがかからないことを確認すると、グローブボックスから懐中電灯を持ち出しバスを降りていった。

その後を追う男性客や中年夫婦の背中を見つめながら、僕は胸やけがするような不快感をひしひしと感じていた。

「真由子、大丈夫か？」

「うん、たぶん。何があったの？」

その問いかけに対し、僕はほとんど直感的に答えを見出《みいだ》していた。

「事故だ。バスがスリップして、ガードレールが外れて、後輪が……」

うわ言のように吐き出される自分の言葉が、どこか他人のもののように感じられた。

「天田くん？」

真由子が不安そうな顔をして僕を見上げている。すぐに外に飛び出したい衝動を抑え、僕は真由子の隣に座り直して「大丈夫。大丈夫だ」としきりに繰り返した。

しばらくすると、外に出ていった四人が戻ってきた。全員がずぶ濡《ぬ》れで、髪の毛や衣服を気にしながら車内に戻るや、重々しい表情をあらわにしている。

「ええと、皆さん、このバスはスリップして脇道の木に激突しました。ガードレールの一部が破損し、片方の後輪が路肩の斜面に落ちている状態です。重みや振動で車体が滑落する可能性があります。危険ですから荷物を持ってすぐに避難しましょう」

はきはきとした口調で説明したのは、運転手ではなく前方席の男性客だった。真由子は「どういうこと？」と頭の上に疑問符を浮かべ、表情を強張《こわば》らせている。二つ後ろに座っていた若い女性客も同じような反応をしていた。

「あの、辻井さん！」

咄嗟に声を上げ、僕は立ち上がった。男性客が、不思議そうに首を捻《ひね》る。

「どうして私のことを？」

自己紹介もしていないのに何故名前を知っているのか。彼がそのことを疑問に思うのも当然だった。しかし僕はその問いを無視して一方的に質問する。

「避難というのは、石段を上った先にある建物に行く、ということですか？」

「はあ、そうですが……？」

辻井の返答は、僕に一つの確信をもたらした。

夢で見たのと同じ出来事が、今まさに起きているのだと。

バスを降りた僕たちは、降りしきる雨のなか山道を進み、車道脇にひっそりと建つ石碑の前で立ち止まった。石碑に記された文字の大半は消えかかっており、『教』『白』そして『館』という部分だけが読み取れる。

――人宝教、白無館。

夢の中で、辻井が口にしていた建物の名称をそこに当てはめてみる。石碑の朽ち果て具合、暗闇のせいで見通しのきかない石段、周囲の深い森と降りしきる雷雨。どれをとっても夢で見た光景と瓜二《うりふた》つだった。

歩きながら全員で自己紹介をしたところ、やはり乗客たちの名前も僕の記憶の通りだった。誰一人として見知らぬ人物はいなかったし、名前と顔が一致しない人物もいない。嘘みたいな話だが、僕は自己紹介をするより先に全員の名前と顔を記憶していたことになる。

予知夢。そんな言葉が僕の脳内を占めていた。

今までの人生でそんなものを見たことはない。そもそも僕にはそういう、超常的な力なんてものは備わっていないのだ。超能力の存在自体を否定する気はないけれど、積極的に受け入れるつもりもない。けれど、いざこんな状況に置かれてみると、その考えも改める必要があるのかもしれない。

僕の記憶――と呼んでいいのかはわからないが――通りに、石段はさほどの時間もかけず上り終えることができた。その先には広い敷地があり、夜の闇に溶け込むようにしてあの白く巨大な建物がそびえていた。敷地前のロータリーも、敷地を覆うようにめぐらされた鉄柵《てっさく》も、正面玄関前の重厚な門も、見覚えのあるものばかりだった。

これから僕たちは、この建物の中に入る。そして夜が更けた頃、ここにいる全員が何者かによって殺害されてしまうのだ。

僕や真由子までもが、例外なく……。

「――天田くん、どうしたの？」

隣を歩く真由子が心配そうに尋ねてきた。そこで少しばかり冷静になる機会を得た僕は、自分の至らなさに内心で嘆息した。僕が置かれている状況がどうであれ、まずは不安そうにしている真由子に言葉の一つでもかけてやらなくてはならないのに、そこに気が回らなかった。

「なんでもないよ。大丈夫だから」

そう返した言葉も、どこか頼りなく感じたのだろう。真由子はその表情を和らげることなく、うつむくようにして僕から視線を逸らした。

「それにしても、こんな山奥に随分と立派な建物ですな。寺でもあるのかと思ったが、何かの研究施設だろうか？」

光原守の問いかけに、辻井が応じる。

「見たところ宿泊施設という感じですね。どこかの企業の保養所か、あるいは……」

辻井が懐中電灯の明かりを正面玄関の木製の扉へと向ける。三メートルほどはあろうかという巨大な両開き式の扉、その目線の高さにあるのは、人のものらしき両眼と、その間に描かれた車輪のような図形。

「人宝教……」

思わずつぶやいた僕の声に、辻井が反応する。

「おや天田さん、詳しいですね。確かにこれは人宝教という新興宗教団体のシンボルマークです。どなたかお知り合いに信者がいらっしゃるのですか？」

「いえ、そういうわけじゃないんですけど……」

辻井は驚き半分、関心半分といった表情をして僕の顔を覗《のぞ》き込んでくる。その理由をうまく説明などできないので、僕はばつの悪い沈黙を決め込むしかできなかった。

「どうでもいいが中に入りませんか。このままじゃ風邪ひいちまう」

飯塚の一声によって、辻井は気を取り直し取っ手を摑む。鍵《かぎ》のかかっていない扉はゆっくりと開かれ、建物の内部が露《あら》わになった。白で統一された壁や天井。エントランスの柱に注連縄《しめなわ》のように巡らされた布切れ。そしてあちこちに残された黒い血痕《けっこん》。そのいずれに対しても、僕は数えきれないほどの既視感を覚えてしまう。

乗客たちは、懐中電灯の光に照らされた内部の様子に息を吞《の》み、その不気味さに逐一声を上げていたが、彼らとは全く違うベクトルで、僕はたまらないほどの恐怖感を抱かずにはいられなかった。

エントランス奥の廊下を歩きながら、辻井はここがかつて人宝教の施設であり、恐ろしい大量殺人が行われた現場であることなどを説明している。光原夫妻や飯塚が思い思いの反応を示すなか、僕はというと、ろくに会話に参加することもできず、さながら夢遊病患者のような足取りでついていくのが精いっぱいだった。

やがて突き当りにある『礼拝室』にたどり着く。祭壇の奥の壁には、大きな曼荼羅《まんだら》が掲げられていた。そこに描かれた異形めいた神仏の姿や湛《たた》える眼差《まなざ》しすらも、どこかで見たような感覚に陥り、僕は強い眩暈《めまい》を覚えた。危うく壁に手をついた僕を、真由子がそっと支えてくれる。

「天田くん、本当に大丈夫？　少し休んだら？」

「うん、大丈夫。大丈夫だから……」

ダメだ。真由子に心配はかけられない。僕は意識して何でもない風を装い、地下通路へと進んでいく乗客たちに遅れないよう、真由子の手を取って歩き出した。

この期に及んでもなお、僕は理解できない現象を完全には受け入れられず、何かの間違いではないかと思い込もうとしていた。ここまで見聞きした光景や会話に対する既視感。それらはすべて僕の勘違いで、予知夢を見た気がしているのも、ただの思い過ごしなのではないか。そう思いたかった。でなければ、この先に起こるのは……。

「きゃっ！」

すぐ隣で、真由子が唐突に声を上げた。それと同時に、僕の腕が彼女の方へと引っ張られる。わずかに先んじて真由子の腕を摑《つか》んでいた僕は、彼女が壁の方に倒れていかないよう強く身体を支えた。

「ありがとう、天田くん」

転倒を免れた真由子がホッと胸をなでおろす。だが次の瞬間、彼女は再びわっと声を上げた。視線の先には、壁のくぼみに佇《たたず》む木像がある。

「――この像、なんだかすごく不気味だわ」

ぽつりとつぶやいて、真由子は数歩後ずさった。その拍子に僕の靴先に何かがコツンと当たる。視線を落とすと、見る影もないほどに汚れた木像の腕部だった。

ハッとして視線を上げる。片腕を欠損し、傷口を赤黒いものでぬらぬらと光らせたその木像を目にしたとき、僕は愕然《がくぜん》とした。これまで感じていた妙な感覚が、突如として確信へと変わる。

夢じゃない、と僕の中の何かが主張していた。これまで見てきたものとは明らかに違う、確かな感覚でもって、僕は目の前の木像を凝視する。暗闇に佇み、黙して語らぬその木像はしかし、憤怒《ふんぬ》の形相の奥で何事か訴えかけるような視線を僕に向けていた。「忘れることなど許さない」とでも言いたげな恨めしい眼差し。どこまでも追い詰め、息の根を止めるまで決してあきらめぬかのような執念めいた表情。ただの像だと言ってしまえばそれまでだろう。だがこの時、僕はこの木像によって、自分の置かれた状況を改めて思い知らされた気がしていた。

そんな僕の疑念を裏付けるかのように、その後の展開はまさしく既視感のオンパレードだった。地下通路の先にある広間を訪れ、異様な巨像を目の当たりにし、それから全員で逃げるようにその広間を後にしたのも、地下通路を抜けて礼拝室へと戻り、建物の二階、三階と見て回った後、それぞれが二階の個室に入って休む事になったのも、何もかもが夢で見たものと全く同じ流れだった。

やはり、ただの夢じゃない。あれは予知夢だった。半ば半信半疑だが、そうとしか思えないような心境に陥った僕は、二階の一室で二人きりになったタイミングを見計らい、真由子にそのことを打ち明けた。

「――何それ。つまりどういうことなの？」

話を聞き終えた真由子は、疑わしげな眼差しを僕に向ける。

「天田くん、いつから超能力者になったの？」

「いや、そうじゃないんだって。僕にそんな力はないよ」

慌てて否定すると、真由子の表情は更に曇った。

「たった今、予知夢を見たって言ったじゃない。それって要するに超能力でしょ？」

「まあ、それはそうなのかもしれないけど……」

「だったら、天田くんは超能力者だよね」

決めつけるように言いながらも、決してそれを信じてはいない。そんな表情をして、真由子は溜息《ためいき》をついた。当たり前だ。僕だって逆の立場なら一笑に付すに決まっている。

「――そんなことより、もっと話さなきゃならないこと、あるんじゃないかな」

代わりに向けられた唐突な問いかけに、僕は思わずたじろいだ。

「話って……なんだよ、それ」

問い返しても、真由子は無言を貫くばかり。ここ最近、ずっとこんな感じで僕たちの会話はキャッチボールにならず、互いに明後日《あさって》の方向へとボールを投げ合うような状態が続いていた。それを彼女は、僕がちゃんと話を聞こうとしないせいだと思っている節がある。そのせいで彼女が日々、苛立《いらだ》ちを募らせてしまっていることだって理解していた。けれど今はそんなことにこだわっている場合じゃないのだ。もしもこの先、僕が夢で見た内容と同じことが起きるのだとしたら、こんな風に悠長に話をしている余裕なんてないのだから。

「とにかく今は僕の話を信じてくれないか。このままだと、とんでもないことに……」

「そうやって、いい加減に誤魔化すのはやめてよ！」

突然、真由子が声を荒らげた。

「天田くん変わっちゃったよ。この一年でまるで別人みたいになっちゃった」

「僕が、変わっただって？」

それは君の方だ、という言葉をすんでのところで呑みこみ、僕は問い返す。

「そうだよ。前は私たち、こんなじゃなかったでしょ。もっとちゃんとお互いの顔を見て話が出来た。どんなつらいことでも分かち合えたし、少しずつ将来のことだって話せてた。それなのに……」

「それなのに、なんだよ？　話が出来なくなったのは僕のせいだって言いたいのか？」

「違う？」

「ああ、違うさ。変わってしまったのは君だよ」

「私が？」

真由子の表情には、煮えたぎるほどの怒りがまざまざと浮かんでいた。同時に、その口元には軽蔑《けいべつ》混じりの苦笑いが刻まれている。何事か訴えかけるように僕を睨《にら》み据えた彼女の眼差しは、やがて力を失ったように伏せられてしまった。

「もういい。これ以上話したくない」

「ちょ、ちょっと待ってくれよ。今は喧嘩《けんか》してる場合じゃ……」

そこまで言いかけて、僕は口をつぐんだ。こうなってしまうと、何を言っても真由子はてこでも動かない。話など聞いてもらえないだろう。僕は僕で、自分の何が彼女をそこまで怒らせるのかがわからず、お手上げ状態であった。

これ以上、ここにいても事態は変わらないだろうと判断し、真由子を説得するのは一《いっ》旦諦《たんあきら》め、立ち上がって踵《きびす》を返す。そしてドアノブに手をかけた時――。

「――苦しいのは天田くんだけじゃないんだよ」

真由子の思いつめたような声が、僕の背中に叩《たた》きつけられた。

「若狭くんも絵里子も、今の私たちを見たら、きっと悲しむはずだよ」

何も聞こえないふりをして、僕は部屋を後にした。

二階廊下は無人だった。予知夢の中では、光原夫妻や辻井と話をしたのだが、今は誰の姿もない。僕が部屋を出るタイミングが違っているせいで、少々違う展開になっているのかもしれない。

そんなことを考えながら一階に降りた僕は、エントランスの端にあるくたびれたベンチに腰掛け、降りしきる雨音を聞くともなしに聞いていた。機械的に響いてくるその音と共に、真由子に向けられた言葉が頭の中で繰り返される。そのせいもあってか、僕の思考は自然と若狭との出会いの頃を思い返していた。

若狭和臣は二年ほど前の四月に、僕の勤務先である市立中学校に赴任してきた。

隣町の市立中学から転勤してきた彼は、僕よりも二つ先輩で、年が近いこともあり、会話する機会が多かった。僕なんかとは比べ物にならないほど世渡りが上手く、昔かたぎの気難しい先輩教員たちにもすぐに気に入られ、生徒たちからの人気も絶大だった若狭は、保護者らの覚えも良く、瞬く間に周囲からの信頼を勝ち取っていた。

それは彼が計算高いとか、気に入られるための技術を身に付けているとか、そういうものでは決してない。ひとえに彼の明るく快活で、豪放磊落《ごうほうらいらく》といった性格の為せる業だった。

一見すると空気の読めない奴、と思われがちな言動も、何故か彼が発すると不快に感じず、小さなことにこだわる気も失《う》せてしまう。そして気づいた時には、彼のことを好きになっている。男も女も、それこそ老いも若きも関係なしに。

若狭和臣という人間にはそういう、ある種の人たらし的な魅力があった。彼のいるところは、たとえ職員室だろうが教室だろうが関係なく、賑《にぎ》やかで明るい雰囲気に満たされる。それまで不機嫌だった者も笑顔になり、誰もが活気に満ちた表情を浮かべるのだ。ベタな表現かもしれないけれど、彼はまさしく太陽のように周りを照らす存在だった。

もともと内気で引っ込み思案な僕は、小、中、高と、ろくに友人づきあいもできず、孤独な学生時代を過ごした。大学ではそれなりに気を許せるグループに巡り合えたが、それでも卒業後に連絡を取り合うような関係は築けなかった。教師になってからも同じだ。きっと、生徒には僕の根暗な気質を見透かされていたのだろう。授業中はおしゃべりをやめない生徒がたくさんいたし、授業が進まず困り果てる僕をからかう連中だっていた。僕が教科担任になってからというもの、子供の成績が落ちたと言って文句をつけてくる保護者は後を絶たず、不甲斐ない僕に対し、教頭や学年主任は、しっかりやってもらわなければ困るの一点張りだった。

どれだけ必死にやっても、何一つうまくいかない。でも、僕はそんなものだと諦《あきら》めてもいた。自分が一生日の当たらない日陰者だということをよく理解してもいた。

そんな僕の人生は若狭和臣と出会ったことで劇的に変化した。

忘れもしない、とある夏の蒸し暑い日。午後の授業で携帯電話を学校に持ち込んでいた男子生徒を発見した僕は、そのことを注意し帰りまで預かると言った。だが、その生徒は携帯電話を出そうとしないばかりか、鋭い目つきをして、薄笑いを浮かべながら僕を嘲笑《ちようしよう》した。

普段ならばそこで引き下がっただろう。だが、連日の暑さに加え、それまで溜《た》め込んでいたストレスが思いもよらぬ行動をとらせた。僕はその生徒に罵声を浴びせ、さっさと出さないと容赦しない、という趣旨のことを一方的に告げた。

次の瞬間、男子生徒は逆上し僕に摑《つか》みかかってきた。突然の出来事に動揺し、目を白黒させるばかりだった僕はろくに抵抗もできず、黒板に押し付けられてしまった。

男子生徒の目は怒りに燃えたぎり、握りしめた拳《こぶし》を振りかぶっている。殴られることよりも、騒ぎを起こしてしまったこと自体に僕は早くも後悔の念を抱いていた。後で保護者に何と言われるだろう。教頭にどれほどどやされるだろう。

そんな事ばかりが頭の中でぐるぐると渦を巻き、身動きが取れなかった。

だが結果的に、僕は殴られずに済んだ。騒ぎを聞きつけて隣のクラスから駆け付けた若狭が男子生徒を押さえつけ、なだめてくれたのだ。若狭はその生徒を連れて教室を出ていき、僕は授業を続行することになった。

平静を装って授業を進めながらも、僕の両足は震えに震えていた。どうにか授業を終えて職員室に戻ると、会議室から若狭が手招きしていた。呼ばれるままに会議室へ向かうと、若狭と件《くだん》の生徒が僕を待っていた。

男子生徒は両目を真っ赤にして、しおらしく肩を落としパイプ椅子に座っていた。僕の姿を見るなり立ちあがると深々と頭を下げて謝罪までした。呆気《あっけ》にとられる僕に、若狭が説明してくれたことによると、少し前に男子生徒の父親が不倫を働き、本気になった相手の女が職場や家にまで押し掛けてくるようになったのだという。それまで自他ともに認める理想の夫婦だと思っていた両親は急激に不仲になり、父親は職場でも居場所がないのか常に苛立《いらだ》っている。母親は母親で、夫を許すつもりなどないらしく、いつも神経をとがらせていた。そうした夫婦問題のしわ寄せはダイレクトに息子へと及び、彼はこのところずっと思い悩んでいたのだという。

持ち込み禁止の携帯電話を所持していたのも、精神的に不安定になった母親が一日に何度も電話をしてきて、出なければ自傷行為に走る危険があるからだった。そんな事情など露しらず、僕は彼を一方的に責めてしまった。自分の浅はかさを恥じると共に、そのことを彼から聞き出し、寄り添い、励ましてくれた若狭に感謝した。

事情が事情だけに、母親の様子が落ち着くまでは携帯電話の所持を認めることにして生徒を解放した。生徒は涙を浮かべ、ありがとうございますと何度も頭を下げて会議室を出ていった。

このことを教頭にどう説明するか。僕が頭を悩ませていると、若狭は何でもないような調子で「黙っていればいい」と言った。万が一教頭に知られるようなことがあっても、その時はまた自分がうまくやると、やけに自信たっぷりな調子で言った若狭の横顔は、この上ないほど頼りがいがあった。

この件をきっかけに、若狭と僕の距離は縮まり、真由子を紹介されたことによって、絵里子を含む四人で時間を共にするようになった。一年前、烏砂温泉街への旅行を計画してくれたのも若狭と絵里子だった。彼らの紹介で付き合い出したものの、なかなか関係の進展しない僕と真由子の関係を慮《おもんぱか》ってのことだったのだろう。だが、その旅行で僕たちは一生忘れることのできない悪夢を目の当たりにした。

結果的に、真由子と僕の関係は深まったのだろう。だがそれは、ごく一般的な男女が関係を深めていくのとはわけが違った。

罪悪感……そう、罪悪感だ。

後ろめたさという名の棘が深く突き刺さった傷をなめ合うことで、僕と真由子は互いの存在を不可欠のものだと思い込むようになった。だがそれは、本当の意味で互いのことを理解することにはならない。僕だってそれくらいわかっているのだ。

僕が彼女の顔をまともに見られなくなったこと。互いに好きだという気持ちを言葉や態度で表せなくなってしまったこと。他にも様々な要因が重なり、あんなにも色鮮やかだった二人の時間は今、味気ないモノトーンの世界に成り下がってしまった。

真由子は笑わなくなった。少なくともこの一年、僕は彼女が心から笑う姿を一度として見ていない。

そしてきっと、この先も――。

遠くの方で物音を聞いた気がして、物思いから立ち返った。

何気なく腕時計を確認すると、すでに十時半を回っている。

「まずい……」

一つ呟《つぶや》き、立ち上がった僕は駆け出した。つい考え事に夢中になってしまい、気がつけばこんな時間になっていた。エントランスを抜け、長い廊下の半ばにある食堂のドアを押し開くと、目の前に長机やパイプ椅子で作られたバリケードが立ちはだかった。室内から漏れるランタンの光が僕の記憶を刺激する。夢の中で見たのと同じ柔らかな光に誘われるようにして身をかがめ、一部バリケードが薄くなっている箇所を潜り抜けた。そしてカウンター越しに厨房《ちゅうぼう》を覗《のぞ》き込んだ僕は、そこで息を呑《の》んだ。

「飯塚さん……」

スチール棚の脇からのぞく飯塚の両足を凝視しながら、僕は確認するようにその名を呼んだ。鼻を刺す濃厚な血の臭いに顔をしかめながら、そろそろと足音を忍ばせるようにして開きっぱなしのドアから厨房へ。

そこで目の当たりにしたのは、変わり果てた飯塚の姿だった。首筋を切り裂かれ、両の手足が切断されている。無造作に投げ出されたそれらのまわりには、生々しく血だまりができていた。床一面を血の海にして、その中に横たわる飯塚の亡骸《なきがら》。はじめて見るはずのその光景は、しかし強烈に記憶に焼き付いていた。おぼろげにしか思い出せなかった光景が鮮明に甦《よみがえ》り、目の前の惨状と重なっていく。

「う、うわあああ！」

転げるように食堂を後にした僕の目に飛び込んできたのは、廊下を挟んで斜め向かいにある応接室のドア。そのドアノブには真新しい血の跡があった。

「嫌だ……やめてくれ……」

誰に向けた言葉だったのか、僕は絞り出すようにして呻《うめ》き声を上げた。だが、やめておけという心の声とは裏腹に僕の足は応接室へ向き、かじかんだように冷たい指先は血濡《ぬ》れたドアノブを握る。そのままゆっくりと、慎重な手つきでドアを開き、部屋の中へと足を踏み入れた。

この先に恐ろしい光景が広がっているのは明白だった。だがその光景が夢で見たものと同じかどうか、確かめずにはいられない。それは僕にとって、自分の正気を確かめる唯一の方法でもあるのだ。偶然という言葉なんかでは済まされない、夢と現実の一致。それはつまり、僕と真由子の行く先を示してもいるのだから。

応接室には厨房と同じように、濃厚な血の臭いが充満していた。ソファに並んで腰かけている光原夫妻の無残な姿が、頼りない懐中電灯の光によって浮かび上がる。

「ああ……そんな……」

切り裂かれた首筋、切断された四肢。それらが無造作に投げ出された惨状。予想に違《たが》わぬ光景を目の当たりにして、僕は愕然《がくぜん》と呟いた。それから、ふらふらと後ずさり、自分でも意味の分からないことを喚《わめ》きながら応接室を飛び出した。

廊下を走り抜け、階段を駆け上がり、真由子のいる部屋のドアに飛びつく。

「真由子！　今すぐここを出よう！」

部屋に入るなり一方的に言い放った僕は、バッグを枕にして横になっていた真由子の手を摑み、強引に立ち上がらせた。

「やだ、ちょっと待ってよ。いきなりどうしたの？」

「いいから早く！　逃げるんだよ！」

「逃げるってどこへ？」

突然のことに驚き、目を白黒させる真由子を引っ張って部屋を後にした僕は、そのまま廊下を引き返していく。

「それは僕にもわからない。でも、今はとにかくこの建物を出ないと！」

叫ぶように言いながら階段を駆け下り、エントランスに差し掛かったところで、足を止めた。詳しい説明を求める真由子の視線をよそに、僕はエントランスの様子に目を凝らし、同時に耳をそばだてる。

澱《よど》んだ霧のような暗闇に潜む何者かが、息を殺して僕たちを待ち構えている。そんな光景を想像し、僕の背筋は粟立《あわだ》った。

「辻井さん？」

返事はない。

「米山さん？」

　こちらも同様だった。夢で見たのと同じことが起きているとしたら、この先で二人は殺されている。そして扉には鎖が巻かれ、外に出られなくなっているはずである。

　それを今一度確かめるべきなのか、それとも……。

　僕は肩越しに背後を振り返り、一階廊下の先を見据えた。そのまましばらく思案した後、意を決して踵《きびす》を返し、廊下の奥へと足を向けた。

「どうしてこっちに行くの？　外に出るんじゃないの？」

「駄目なんだ。玄関からは出られない。取っ手に鎖が巻かれているんだ」

「鎖って……誰がそんなこと……」

　言いかけた真由子が不意に言葉を途切れさせた。それと同時に、僕たちの背後——エントランスの方向から、かつ、という乾いた音がする。

「今の、なに？」

「さあ、なんだろう」

　しばし立ち止まり、耳を澄ましてみたが、何も聞こえなかった。

「……気のせいかな」

　そう決着をつけて歩き出す。気のせいだろうと何だろうと、立ち止まっている時間はなかった。早々にこの建物から脱出しないと、僕たちも他の乗客たちのように……。そんな根拠のない確信が僕を急き立てた。

　足取りの重い真由子の手を引き、突き当りの礼拝室にたどり着いた頃、真由子はしきりに周囲をきょろきょろと見回し、不安げに肩を震わせていた。

「天田くん、どこへ行くの?」

「この部屋から地下通路へ進んで、その先の広間に行けば外に出られる。外に出てからは、歩いて山を下りるか、どこか休める場所を探すんだ」

「あの広間から外に?」

真由子は訝《いぶか》しげに眉根《まゆね》を寄せた。疑うのも無理はないかもしれない。だが僕にはちゃんと確信があった。夢の中では確かに真由子は広間から外に出た。そしてその後……。

——その後は、どうなった?

それまではおぼろげながらも思い出せていたはずの夢の内容が、唐突に思い出せなくなった。記憶のノートに消しゴムをかけたみたいに、後の展開がすっぽりと抜け落ちている。

「天田くん?」

「大丈夫。とにかく広間に行けば……」

窓から脱出できる。そう繰り返そうとした時、硬いもので床を叩《たた》くような音がした。

「なに、この匂い?」

真由子がぼそりと呟く。鼻先をくすぐるように漂ってきたのは、どこかで嗅《か》いだ記憶のある甘い香りだった。

かつ、かつ、かつ。

再び音がした。断続的に響くその音は、僕たちの背後、一階廊下の闇の向こうから聞こえてくる。一定の速度で繰り返されるその音は、徐々に大きくなっていた。

「ねえ、天田くん。こっち来る……こっち来るよ！」

「急ごう！」

僕たちは咄嗟《とっさ》に、礼拝室の右手の壁にある地下通路へと駆け込んだ。ひっそりと佇む木像を横目に、足場の悪い通路を走る。

かつかつかつ。かつかつかつかつ。

「いや、何なのこれ！」

「いいから走るんだ！　全力で走れ！」

怒鳴りつけるように言いながら、無我夢中で暗闇の回廊を駆け抜ける。振り返ればすぐ後ろに迫っているような気がするが、確かめる勇気はなかった。

やがて右手の壁に現れた鉄扉に飛びつき、重みのある扉を軋《きし》ませながら開くと、室内に灯《とも》された明かりが漏れ出した。

かつかつかつ……かかかかかかかかか……。

次の瞬間、背後の足音が急激に速度を増した。心臓が大きく跳ね、迫りくるその足音に耐えがたい恐怖感を覚える。僕たちは慌てて室内に駆け込み、扉を閉める。重みのある扉が閉じた瞬間、広間は驚くほどの静寂さで満たされた。

閂《かんぬき》をかけ、耳を澄ましてみるも、すでにあの乾いた足音は聞こえなくなっていた。得体のしれない何かが扉の向こうで爪を立て、きぃきぃと鉄扉をひっかいているさまを想像しながら、僕は深く息を吐き出した。

「今の……いったい何なの……」

真由子は怯《おび》えた表情をあらわにして床に座り込んでいる。

「さあ立って。早く外に出るんだ。そこの窓から、さあ」

「なに？　なんで？　ちょっと、やだ」

嫌がる真由子を強引に棚の上に立たせて窓を開け、外に出るよう促す。有無を言わさぬやり方に不満そうにしながらも、彼女は窓の外に抜け出した。

「天田くん、早く出てきて。私一人じゃ……」

激しい雨音のせいで、声が酷《ひど》く聞き取りづらい。

「すぐに行くから、そこで待ってて」

立ち上がった真由子に向かって告げた直後、彼女はきゃっと悲鳴をあげた。

「真由子？　真由子、どうしたんだ！」

問いかけても返事はなかった。目を凝らして覗《のぞ》いてみても、姿を見つけることが出来ず、ざあざあと降りしきる雨の音だけが虚《むな》しく響いていた。

「くそ！」

窓枠に手をかけて身を乗り出そうとした僕は、しかし強烈な眩暈《めまい》に襲われ、後方へと倒れ込んだ。床に身体を叩きつけられ、その衝撃で息がつまる。何が起きたのかを理解するより先に、ぎぎぎぎ、と何かこすり合わせるような音が広間に響いた。

——ああ、まただ……。

咄嗟にそう思った。朽ちた祭壇の上、赤々と燃えていた蠟燭《ろうそく》が、ふっと掻《か》き消え、辺りを暗闇が支配する。短く電子音が響き、腕時計が午前零時を指し示した。

一条の光も差さぬような深淵《しんえん》の中で、おぞましい何かが蠢《うごめ》く。


ぎい、ずずず。

ぎい、ずずず。


奇怪な物音。重い物を床に押しつけて引きずるような音。

目の前に迫ってきたその『何か』が、身をかがめて僕を見下ろしている気配がある。

「来るな……やめ……」

それ以上、言葉は出なかった。視界が黒い闇に覆われ、四肢は引きちぎられたみたいに感覚を失っていた。何も聞こえず、何も喋《しゃべ》れない。あらゆる感覚を奪われ、意識だけが取り残された暗黒の淵《ふち》で、僕はさながら祈るような気持ちで真由子の事を考えていた。

もう一度……。そうだ。もう一度……。

2

「――ねえ、天田くんってば」

耳になじんだその声に、僕は弾《はじ》かれたように目を開けた。

「大丈夫？　すごくうなされていたけど」

「……あ……ああ……」

そう答えるだけで精いっぱいだった。シートからがばりと身体を起こし、周囲を確認する。日の暮れた山道を疾走するバスの車内。隣に座る真由子。後方で話をしている光原夫妻と美佐。前方でやり取りをしている辻井と飯塚。

なにもかも、判で押したように変わらぬ光景。

――三度目……。

脳内でつぶやくと同時に、胸がつかえるような息苦しさを感じた。

「また、なのか」

――夢？　いや、夢じゃない。夢の中で夢を見るなんて不可能だ。

「予知夢なんかじゃ、なかった……？」

誰にともなく問いかける僕を怪訝《けげん》そうに見ていた真由子は、軽く首を振りながら、呆《あき》れた様子で携帯電話に視線を落とす。寝ぼけていると思われたんだろう。

「真由子、聞いてくれ。今すぐ引き返すんだ」

「えぇ？　何言ってるの？　そんなの無理だよ」

「無理でも何でも、引き返さなきゃだめだ。バスを止めてもらおう」

立ち上がろうとする僕の腕を、真由子が慌てて摑《つか》んだ。

「待ってったら。慰霊祭はどうするのよ？」

「そんなの、どうでもいい！」

思わず声が大きくなった。しん、と静まり返った車内で、運転手を除く全員の視線が僕たちに向けられていた。

「ちょっと、大きな声出さないでよ」

「ごめん。でも、本当に危険なんだ」

「だから、何が危険なの？　いきなりそんなこと言われたって、ちゃんと説明してくれなきゃわからないよ」

真由子の言い分はもっともである。僕は一度呼吸を整え、自分がこれまで見聞きしたことーー恐ろしい悪夢を見て同じ出来事を二度も体験したことを簡潔に説明した。

黙りこくったまま、相槌《あいづち》も打たずに僕の話に聞き入っていた真由子は、僕が話し終えると少しの間、口元に手をやって何事か考え込むような表情をしていた。

「最初は予知夢かと思ったんだ。でもたぶん違う。目を覚ましたつもりが、夢と同じことが起きて、それからまた目が覚めた。これで三度目なんだ。きっとまた同じことが起きる。僕は三度同じことを繰り返そうとしているんだよ。つまりこれは……」

そこで一旦《いったん》言葉を切り、生唾《なまつば》を飲み下した後、僕はより声を潜めて続けた。

「『タイムループ』だよ。ほら、同じ時間を何度も繰り返すってやつさ。そういう映画、前に一緒に見たことあったよな」

「『バック・トゥ・ザ・フューチャー』みたいな？」

「いや、厳密には『恋はデジャ・ブ』なんだけど……まあいいか。とにかくそういうことだよ。わかるだろ？」

同意を促しても、真由子は首を縦に振ろうとはせず、じっと黙して思案顔を貫く。

「すぐに信じろっていうのは無理かもしれない。でも、きっとこの先も同じことが起こる。そんな気がするんだ。だからーー」

「ーーだから、慰霊祭を諦《あきら》めて帰ろうって、そう言いたいの？」

ようやく言葉を発した真由子の口調は明らかに怒気を孕《はら》んでいた。えっと声を上げ、困惑する僕に対し、怒りに満ちた眼差《まなざ》しを向けてくる。

「結局は、行きたくないってことだよね」

「なに言ってるんだよ。そういうことじゃ……」

「そういうことでしょう？　天田くん、慰霊祭の案内が届いた時からずっと乗り気じゃなかったよね。仕事が忙しいからとか、何かと理由をつけて欠席しようとしてたでしょ」

「ちょっと待ってくれ。それとこれとは話が違うだろ」

「同じだよ。この一年、ずっと同じことで、私たちはぎくしゃくしてきたじゃない。だから今回の慰霊祭で、ずっと抱え込んできた苦しみとか、そういうのを吐き出さなきゃ駄目なの。そうしないと、この先やっていけない。私はそんなの耐えられない。だって私……」

　不意に言葉を途切れさせた真由子は、ひどくつらそうな顔をして唇を噛《か》みしめた。彼女がその先に何を言おうとしたのかはわからない。だが、今回の慰霊祭をそんな風に考えていたというのは驚きだった。

　真由子はこの一年で様変わりしてしまった僕らの関係に終止符を打ちたいわけではなく、良い方向に修正したがっていたのだ。僕はこの時、関係の終わりを予感し、勝手に諦めの念を抱いていた自分が急に恥ずかしくなった。

　けれど、今はそのことを喜んでいる場合じゃない。僕たちは絶対に、あの建物に近づいてはいけないのだから。

「ごめん、謝るよ真由子。でも今はそんなことより、僕の言うことを信じてほしいんだ。

僕が嘘をついてないってことを、今から証明するから」

「証明って……」

狐につままれたような顔をする真由子の肩を摑み、後方の席で談笑している光原夫妻と米山美佐に視線を向けさせた。

「ほら見て。あの奥さんが次に言う言葉。『お母さん、気の毒だったわねぇ』だよ」

「待ってよ。何言ってるの？　ふざけるのもいい加減に――」

「――お母さん、気の毒だったわねぇ」

僕が宣言した通りの言葉が信代の口から飛び出した。真由子ははっとして言葉を失い、みるみる表情を強張《こわば》らせる。

「……なにこれ。何の冗談？」

「冗談なんかじゃないよ。ほら、次に旦那《だんな》さんが『その若さで親御さんを失うなんて、嘆かわしいことだよ』っていうんだ」

「そんなわけないでしょ。だって――」

「――ああ、まったくだ。その若さで親御さんを失うなんて、嘆かわしいことだよ」

僕と真由子の視線に気づきもしない光原が、僕が宣言した通りの発言をして、同情めいた眼差しを美佐へと向けている。

真由子はあんぐりと口を開け、その大きな瞳《ひとみ》がこぼれてしまいそうなほどに目を見開いていた。

「嘘でしょ。何であの人たちが喋ることがわかるの？　これって何の手品？」

「だから、繰り返してるんだよ。僕はすでに二度、彼らの会話を聞いてる。今が三度目だ」

「繰り返して……三度目……？」

真由子は呆《ほう》けた顔をして、見知らぬ人を見るような眼差しを僕に向けている。

「これで僕の言ってること信じてくれるだろ？　早くこのバスを止めないと大変なことになるんだよ」

「待って、ねえ待ってよ天田くん。私、わけがわからない。頭がおかしくなりそう」

ふるふると首を振って、真由子は困惑をあらわにした。不安そうに揺れる二つの瞳を見つめながら、僕は彼女を安心させようと何度も肯《うなず》いて見せる。

「気持ちはわかるよ。僕だってわけがわからない。でも心配しなくていい。ただ、バスを止めてあそこに近づかなければきっと大丈夫だから」

そう言い聞かせた直後、ガクンと強い揺れを感じた。次の瞬間、けたたましいスリップ音を上げてバスが横滑りし、乗客たちの悲鳴によって車内は騒然となる。僕は反射的に手を伸ばし、真由子を抱きかかえるようにして身をかがめ、やがて来る衝撃に備えた。

ほどなくしてバスは橋を越えた先の路肩に突っ込み、そのまま木に激突。強い衝撃の後で車内は沈黙に包まれる。乗客たちのうめき声を聞きながら、僕は内心で舌打ちをした。

――くそ、間に合わなかった。

真由子を説得するのに夢中で、バスを停車させることが出来なかった。事故を起こすことはわかっていたのに、同じ轍《てつ》を踏んでしまった。悔しさから歯噛《はが》みする僕をよそに、飯塚は運転席から車外へ飛び出し、辻井や光原夫妻がそれを追いかけていく。事故のショックからか、子猫のように丸まって震えている真由子と共に席で待っていると、ほどなくして戻ってきた彼らは、例のごとくバスからの避難を提案するのだった。

「ちょっと待ってください！」

僕は咄嗟《とっさ》に立ち上がり、声を上げた。

「その建物は危険です。バスの中にいられないのなら、山を下りて助けを求めた方がいい」

「危険ですって？　なぜそう思うのですか？」

辻井が当然の疑問とばかりに訊《たず》ねてくる。

「それは……その……」

思わず言葉に詰まる。真由子にした説明を全員の前でするのは、さすがに躊躇《ためら》われた。

「理由もなく、そこが危険だと決めつけていては何もできない。まずは行ってみませんか。それで危険だと判断すれば引き返せばいい」

「しかし……」

食い下がろうとする僕を遮るようにして、辻井は続ける。

「それに、歩いて山を下りる方がずっと危険ですよ。バスで三十分以上も山道を走ってきたのですから、歩くとなるとその何倍もの時間がかかる。それにこの悪天候だ。せめて夜が明けるのを待ってから山を下りる方が安全です」

もっともな意見だった。辻井の案に反対する者はおらず、僕はそれ以上、何も言い返せなくなってしまった。真由子はというと、僕の話を信じるどころか、不信感に満ち満ちた眼差しで僕を見上げていた。それも当然かもしれない。僕にとってこの状況は三度目になるが、彼女にとってはそうじゃないのだ。それは他のメンバーを見ても同様で、僕の発言を理解してくれている者は一人もいない。それにより、僕は否が応でも理解せざるを得なかった。

この夜を『繰り返している』のが、僕一人だけなのだという事実を。

結局、バスを止めることも、乗客たちを引き留めることもできぬまま、僕たちは石段の先にある『白無館』へ向かうことになった。ぱらぱらと降り続く雨に打たれながら、僕はこの状況をどう打開すべきかを考えあぐねていた。妙案が浮かばず、重々しい足取りで石段を上りながらも、耐えがたい焦燥感に駆られる。

――いっそのこと、僕たち二人だけで山を下りてしまおうか……。

そんな衝動に駆られ、真由子の肩に手を伸ばそうとした時、脳裏に忌まわしい記憶の光景が甦《よみがえ》り、思わず手を止めた。

無理だ。そんなこと出来るわけがない。この一年、あの時のことをどれだけ後悔して過ごしてきたか、思い返すだけで胃の辺りがずしりと重くなる。彼らを見捨てて、自分たちだけが生きながらえたとしても、この先、笑顔で真由子と向き合うことはできないだろう。

そんな鬱屈《うっくつ》とした気持ちを抱えながら石段を上り終えると、先頭を進んでいた辻井が声を上げて立ち止まった。

「君たちは？」

辻井が声をかけたのは、正門前で何やら話し込んでいる、見知らぬ三人の男女だった。

「あ、どーもぉ。あなたたちも肝試しに来たんすかぁ？」

ひどく砕けた口調で返してきたのは坊主頭に黒縁眼鏡をかけた背の高い男。もう一人の男は髪が長く、夜だというのにサングラスをかけている。そして最後の一人は夜目にも目立つ金髪のロングヘアでミニスカートと厚底のサンダルという、およそ山道にはふさわしくない出《い》で立ちの女性だった。長い髪の毛が雨に濡《ぬ》れるのを気にしているのか、両手で頭の上にひさしをつくり、不満そうな顔をしている。

「肝試し？」

信代が不審げに問い返す。坊主頭は「うっす」と陽気にうなずき、

「この建物、なんか出るって噂で、面白そうだから来たんすよ。そっちは違うんすか？」

「私たちはそういう目的でここへ来たわけでは……」

辻井が珍しく歯切れの悪い口調で応じた。突如として現れた得体のしれない三人組を前に、警戒心をあらわにしている。

「へえ、そうなんすか。いやね、俺たち、この山で神隠しにあった人が何人もいるって噂を聞いて、興味があって来てみたんすよ。だからてっきりあなた方も同じかなと思って」

坊主頭は興味津々といった調子で僕たちを見つめている。無遠慮なその眼差しに、何となく居心地の悪さを感じた。

「肝試しっていうか、旅行客って感じじゃない？　重そうな荷物抱えてるしさ」

金髪の女性が言うと、「ああ、たしかに」と納得する坊主頭。すると今度は、長髪の男が疑問を口にした。

「旅行客がなんでこんなところにいるの？　もしかしてソウナンでもした？」

素朴な疑問だが、最も答えづらくもあった。僕らは互いの顔を見合わせ、どう説明したものかと困惑。やがて見かねたように、辻井が代表して事情を説明した。

「バスが事故？　え、それってやばくないすか？」

「ていうか何で助け呼ばないの？　ケータイ持ってないの？」

信じらんない、とばかりに声を上げた金髪の女性がラメ入りビーズで埋めつくされ、ギラギラに装飾された携帯電話を取り出す。画面を見て「あれ、圏外じゃん」と呟《つぶや》き、そこでようやく、僕たちが助けを求められなかった理由を理解した様子だった。

「わかっただろう。この建物に避難するのは仕方なくだ。君たちのように、遊び半分でやってきたわけじゃないんだよ」

辻井がそう言い放った瞬間、三人は堰を切ったようにゲラゲラと笑い出した。

「何がおかしい？」

「いや、だってよ。あんたらすごい間抜けじゃんか。よりによってこんな、怪物が出るって噂の建物に避難しようってんだろ？」

「そうだよ。マジでケッサク。あははははは！」

長髪の意見に賛同し、金髪の女性が甲高い笑い声を響かせる。自分たちが遊び半分で立ち入ろうとした建物に、大人たちが大真面目な顔でやってきて夜を明かそうとしている。彼らはそれが滑稽《こっけい》に思えて仕方ないらしい。

「あー、ごめんごめん。別に馬鹿にしちゃいないよ。うん。まあ、ご自由にどーぞって感じで。俺たちは勝手にやるっすから」

ひとしきり笑った後、坊主頭が目尻《めじり》の涙を拭《ぬぐ》いながら、一方的に話を切り上げた。

「ねえ、早く中入ろうよ。雨のせいで髪の毛ぐしゃぐしゃだし。あーあ、こんなに降ると思わなかった」

金髪の女性が忌々《いまいま》しげにぼやきながら坊主頭の後に続き、長髪は僕たちに手を振って二人の後を追う。そうして三人は迷いのない足取りで正門の奥へ進み、建物の中に入っていった。

僕たちは半ば啞然《あぜん》として彼らの能天気な背中を見送っていた。誰もが彼らの軽薄な雰囲気に顔をしかめ、言動に呆《あき》れているという様子の中、僕だけが皆とはまったく別種の驚きに翻弄《ほんろう》され、激しい混乱に陥っていた。

視線を巡らせると、ロータリーの先に一台の軽自動車が停まっている。おそらく、あの三人組の車だろう。あれに乗せてもらえれば、今すぐ助けを呼びに行けるのにと、光原信代が恨めしげな声を上げていた。

冗談ではなく、その通りだと思った。いざとなれば、彼らに頼み込んで、そうする必要があるかもしれない。だが、それ以前に僕が引っかかっているのは、あの三人が何故ここにいるのかということ。その一点だった。

これまでに二度、僕はこの建物にやってきた。少なくともあの経験が夢ではなく、予知夢でもなく、いわゆるタイムループという現象だとするなら、彼らがこの場所にいることはどう考えてもおかしい。普通、タイムループ現象に陥った者は、同じ時間の中で、同じ出来事を何度も繰り返すはずだ。少なくとも、僕の乏しい知識の中ではそのように認識している。現にこれまでの僕は二度にわたってこの建物にやって来て、乗客たちの死体を発見し、そして真由子を広間の窓から逃がして、その直後に意識を失った。細かい点で違いはあっても、大きな流れに差異はなかった。そして最後に正体不明の『何か』と遭遇し、僕は命を落とす。そして次に気がついた時、バスの中で振り出しに戻っていた。

まさしくタイムループと呼ぶにふさわしい怪現象というやつだ。

一連の流れが一つのループとして成立している以上、今回も前回と同様に、建物に行くことは避けられなかった。それはわかる。問題は、これまで登場しなかったはずのあの三人組が僕たちの前に現れたことだった。これは明らかにループ現象のセオリーを逸脱している。一度目と二度目に起きなかったことが、今回は起きているのだ。

「どうなってるんだ？」

人知れず呟き、僕は更に思案する。

可能性として考えられるのは二つ。一つは、そもそも僕が今置かれているこの状況が、タイムループなどではないという可能性。二度にわたり体験した悲惨な出来事は全部夢で、僕はそれを現実だと思い込んでいるのだ。これは最も考えたくない可能性だが、同時に最も可能性が高くもある。どんな妄想であれ、それが僕の頭の中で行われているものだとすれば、不可解な現象にも説明がついてしまうからだ。

そしてもう一つは、『繰り返し』は起きているが、毎回同じとは限らないということ。何らかの要因で、起きる出来事に変化が表れるという可能性だ。

大学の頃、SF好きの友人にカオス理論について聞いたことがある。海外のとある気象学者が『ブラジルの一匹の蝶《ちょう》の羽ばたきはテキサスで竜巻を引き起こすか？』というタイトルで講演を行った。これはいわゆる『バタフライ効果』について述べられたものであり、専門的な知識のない僕には少々理解が難しいのだが、要するに『些細《ささい》な出来事が未来を大きく変える可能性がある』ということなのだと理解している。

当時の僕は、この説にとても興味を惹《ひ》かれた。人生の中で、あの時ああしていればという気持ちは、きっと誰もが抱いたことのある感情であり、それには少なからず後悔や未練が関係している。たった一つの選択を間違えるだけで取り返しのつかない未来に行きつくことだってあるだろう。もちろん、それがこんな突拍子もない出来事によって証明されるなどとは、夢にも思わなかったけれど。

いずれにせよ、その『些細な出来事による変化』が本当に起きているのだとしたら、僕としては喜ぶべきことでもある。僕らの身に起こる出来事が、必ずしも同じ結末を辿るわけではないとするなら、僕たち全員の死を回避する方法があるということだからだ。

そう結論付け、僕は後者の可能性を信じることにした。自分がおかしくなんかないことは自分が一番よくわかっている。それにその方が、一縷《いちる》の望みを得られる気がしたからだ。

この先起こる出来事は変えられる。そう心中に呟き、僕は決意を新たにする。

必ずみんなを助け、真由子と一緒にこの白無館から脱出するのだと。

建物の中に入り、一通りの探索を終えて二階の部屋にそれぞれ落ち着いたところまでは、前回と何も変わらなかった。問題はこの後である。

真由子は相変わらず僕と口を利こうとはせず、不機嫌そうに押し黙ったままだった。話しかけようとしても、それを牽制《けんせい》するように深い溜息《ためいき》をついて険悪な雰囲気を醸し出したり、僕に背を向けて横になったりして目を合わせようともしない。ここまで徹底的に拒絶されると、説得を試みる気にもなれず、居心地の悪さから僕は早々に部屋を後にした。

しん、と静まり返った二階の廊下に立ち、さてどうしたものかと思案する。

最初に殺されるのは飯塚だ。彼は食堂で犯人によって殺害される。となると食堂に向かう彼をマークし、さりげなく危険から遠ざけてやる必要がある。最初の殺人さえ回避できれば、その後の展開にも変化が訪れるはずだ。運が良ければ殺人犯の正体を暴くことだってできるかもしれない。

――殺人犯？

ふと、ひっかかりを覚えた。現時点でこの白無館にいるのは、僕を含めバスに乗っていた七名と、肝試しにやってきた三人組を合わせて十名だ。前回、前々回とあの三人は登場しなかったから、必然的に殺人犯は僕たち七名の中にいることになる。

「……いや、それはおかしい」

今度は声が出た。僕は腕組みをして、更に深く考え込む。

これまで二度にわたって、僕たちは全員が『被害者』だった。最後まで生き残るのは僕と真由子であり、真由子も広間から脱出した途端に悲鳴をあげ、それっきり消息がつかめなくなる。彼女がそこで何者かに襲われるのだとしたら、犯人は外にいたということだ。しかし、唯一の出入口である玄関の扉には鎖が巻き付けられていた。犯人が外に出たのだとしたら、内側から鎖を掛けることは不可能だ。ならば犯人は最初から外にいたのか。いや、そうなると今度は、どうやって建物内部にいる乗客たちを襲うことが出来たのかという疑問が湧いてくる。

駄目だ。頭がこんがらがってきた。それに、手段はともかく犯人の動機もまるでわからない。いったい誰が、何のために飯塚を襲うのか。彼だけではなく、僕たち全員を血祭りにあげようとするその理由は何なのか。それが僕には見当もつかないのだ。あのおぞましい殺人劇を回避するためには、そこの部分を解き明かさなくてはならない。殺人犯の正体を早々に見極めることでみんなの命を救う。それこそが、僕がこの夜を繰り返している理由なのかもしれないのだから。

考えているだけでは始まらない。まずは行動を起こすべきだと結論付け、僕は飯塚がいるであろう部屋へ向かった。

ドアを何度かノックしてみたけれど、応答はない。

「いないのかな」

そう呟《つぶや》き、小さく息をついた時、僕は背後に何者かの視線を感じた。そっと振り返ってみると、向かいの部屋のドアがわずかに開き、美佐が顔をのぞかせている。軽く会釈をすると、上目遣いにこちらを窺《うかが》っていた彼女もぺこりと頭を下げ、

「あの、失礼ですけど、女性の方と一緒でしたよね？」

「はい、それが何か？」

「いえ、ちょっとご相談したいことがあって……」

美佐はもごもごと聞き取りづらい口調でそう答えた。そういえば最初の夜、彼女は真由子のもとへやって来て、一緒にトイレに行ってほしいとお願いしていた。今回もそのつもりで部屋から出ようとしたところ、僕が目の前にいたので驚いてしまったのだろう。

「真由子なら部屋にいますよ」

「……どうも」

美佐はもう一度小さく頭を下げると、そのままドアを閉めてしまった。なぜかはわからないが、ひどく警戒されているようだ。

そういえば彼女はここへ来る道中でもほとんど口を開かず、信代か真由子と簡単なやり取りをしただけだった。単に寡黙なだけではなく、男性に苦手意識があるのかもしれない。

勝手な想像でしかないが、一応の決着をつけて、僕は階段に向かった。一階へ下りると、エントランスの方にぼんやりとした明かりが見えた。そっと近づいてみると、ちょうど懐中電灯を手にした飯塚がこちらにやってくるところだった。

「っと、驚いた。どうかしたんですかい？」

廊下に立ち尽くしている僕を認め、飯塚はそう問いかけてきた。

「いえ、じっとしていられなくて、少し歩き回っていたんです」

「そうですか。まあ私も同じですよ。何か面白いものでもないかとふらふら、ね。はは」

　飯塚は後頭部に手をやり、軽く会釈をして歩き出す。一瞬、呼び止めようかとも思ったが、すんでのところで思いとどまった。こんなところで「あなたに危険が迫っている」と告げても、信じてもらえるはずもない。そっと後をつけて様子を窺うのが得策だろう。

　飯塚はエントランスのカウンター裏にある事務室のようなところを覗《のぞ》き込んだり、『瞑想室』とプレートの掲げられた畳敷きの広い部屋など、僕らが立ち寄らなかった場所を手当たり次第に見て回っているようだった。もしかすると、彼が殺害された原因は、この探索行動にあるのかもしれない。たとえばそう、見てはいけないものを見てしまい、その口封じに殺されたという可能性だってある。

　その後も散策を続ける飯塚を見失わないよう、僕は慎重に後を追った。だが、つかず離れずといった調子で付け回す僕を、彼が不審に思うのに、そう時間はかからなかった。

「――あの、何か用でもあるんですかねえ？」

　突然立ち止まり、振り返った飯塚にそう訊《き》かれ、僕はしどろもどろに首を横に振る。

「ああ、いや別になんでも……」

「だったらどうしてついてくるんです？　おかしな人だなぁ」

「これはその……ええと……」

言葉に詰まる僕を、飯塚は更なる疑惑の眼差《まなざ》しで睨《にら》みつける。引き攣《つ》った笑みを浮かべ、そろそろと後退する僕を、飯塚はしばしの間、凝視していたが、やがて興味を失ったみたいに踵《きびす》を返し、食堂へと入っていった。

——完全に怪しまれたな。

己の不甲斐《ふがい》なさに苦笑しながら、がりがりと頭をかく。とはいえ、このまま食堂の前で待機していれば、中に入ろうとする者を見つけられるだろう。そして殺人犯らしき者が現れたら——。

「——現れたら、どうすればいいんだ？」

自慢じゃないが僕は腕っぷしに自信がない。もし仮に殺人犯が飯塚を襲う場面に遭遇した時、どうすればいいのだろう。止めに入るか？　しかし相手は凶器を持った殺人犯だ。何の考えも無しに飛び込んだら、僕も一緒に殺されてしまうのがオチだろう。

だからといって何もしなければ、やっぱり飯塚は殺される。犯人はその後も殺人を続け、光原夫妻も、辻井や美佐も、そして真由子と僕も……。

どうしたものかと頭を抱えようとしたところで、はたと思う。僕が意識を失う直前、広間で僕に襲い掛かってきたのは果たして殺人犯だったのかと。考えたくはないが、広間から脱出した真由子が殺人犯と鉢合わせしたという可能性は高いように思える。彼女がその場で殺人犯の餌食《えじき》になるというのも残念ながら想像できる結末だ。しかし、僕はどうだろう？

真由子を窓から押し出した後、僕はあの広間に残り、強い眩暈《めまい》に襲われて床に倒れた。そして明かりが消え、暗闇の中、何かがこちらに迫ってくるところで意識は途絶えている。その際、はっきりと刃物で刺されたり、首を絞められたりした記憶は残っていない。となると、必ずしも殺人犯が僕を襲ったのではないとも考えられる。

——だとしたら、僕を殺したのは……。

更なる疑問に目を向けた時、僕の脳裏に浮かんだのは、地下通路で僕や真由子を追いかけてきた謎の足音だった。眩暈がするような甘い香りと共に、僕たちに迫ってきたあの足音の主は何だったのだろう。真由子を逃がした後、広間に響いた何かを引きずるような音は何だったのだろう。それらがただの人とは違う、もっと奇怪でおぞましい異形の存在に思えてならないのは、僕の思い過ごしだろうか。

「まさか、そんなわけ……」

自らの頭に浮かんだ突拍子もない考えを振り払うようにして、僕はそう呟いた。口に出すと、少しだけ心が落ち着く気がする。どのみち、いくら考えたところで答えなど出ないのだ。今はとにかく飯塚が殺されるのを防ぐことが先決だ。

そう決着をつけて軽く息をついた時、不意に背後から足音がして僕は振り返る。階段を降り、廊下をこちらに折れてやってきたのは光原夫妻だった。

二人は周囲を懐中電灯で照らしながら、物見遊山よろしく探索している様子。これから何が起きるのかを知らないのだから、仕方のないことかもしれないが、それにしたって緊張感がなさすぎる。気づけば僕は、二人に声をかけていた。

「――あの、すいません」

「はい？」

光原信代が呑気《のんき》な笑みを浮かべて応じた。

「あまり出歩かない方がいいですよ。大人しく、部屋にいた方が……」

僕の不躾な発言に、当然ながら光原夫妻は怪訝《けげん》そうな顔をする。

「どうしてです？」

二人の意見を代表するかのように、光原が問い返してきた。

「いや、だからその、何があるかわかりませんし。危険……かもしれないですし……」

適当な理由をでっち上げられればいいのだが、思うように言葉が出て来ない。要領を得ない僕の態度に、二人が抱える不信感は更に増していくようであった。

「なに、危険なことはしませんから安心してください。なあ？」

「そうね。ただちょっと観光っていうの？　幽霊でも出やしないかと思って見て回っているだけなのよ」

ほほほ、と澄まして笑う信代と、うんうんと同意する光原。これから、この呑気な二人の身に起こる惨劇を思い返すと、僕はいてもたってもいられなくなった。

「お願いします。部屋に戻ってじっとしていてもらえませんか？」

勇気を振り絞ってそう告げると、二人は困惑したように顔を見合わせたものの、すぐに頭《かぶり》を振って笑い出す。

「いやねえ。そんな風に脅かすなんて。大丈夫よ。一年前の火災事故の時、私たちは部屋にいなかったから火事に巻き込まれずに済んだんだから。今回だってきっと、部屋にいるよりこうして歩き回ってる方が安全なのよ」

まったく理屈の通らない決めつけを口にして、夫妻は僕の脇をすり抜けていく。呼び止めようとする僕を見向きもせず、手近にあった部屋のドアに手を伸ばし中に入っていった。

——くそ、ダメか。

二人の入った部屋のプレートに『応接室』とあるのを確認し、僕は内心で毒づいた。本当なら彼らを力ずくでも外に引きずり出すべきなのかもしれない。けれど僕には、それを実行する勇気がなかった。理由を説明しろと言われて、「あなたたちが殺されるからだ」などと面と向かって口にしたら、それこそ僕の正気が疑われるだろうし、下手をすれば犯人扱いされる可能性だってある。

——どうする……どうしたら……？

その場に立ち尽くし、しばし考えあぐねていた僕はその時、廊下の先でちらちらと揺れる光の筋に気がついた。今度は誰が、とうんざりしかけたところで、あの三人組が建物内の探索をしているのだと思い当たった。

僕たちとは別に白無館の中を歩き回っていた三人組は、別館へ向かう通路の手前にある『集会室』の中にいるようだった。開け放たれたドアから漏れる懐中電灯の光が、忙《せわ》しなく揺れている。驚いたように声を上げたり、何がおかしいのか知らないが唐突に笑い出したりと、肝試しを楽しんでいるらしい。

彼らのことは、一応警戒しておいた方がいいとは思う。だが立ち居振る舞いや言動から、軽薄な若者ではあっても殺人を犯すような連中には思えなかった。何より、あの三人が僕たちに危害を加える理由があるとは思えない。

そんな風に考えながら、見るともなしに集会室の方を見ていた時、彼らの懐中電灯の光がふっとかき消え、静寂を引き裂くような女性の叫び声がした。

「レミ！　おい、どうしたんだよ！」

「やべえ、なんだよこれ。血が！」

二人の男が口々に何事か喚《わめ》きだした。半ばパニックを起こし、要領を得ない発言を繰り返している。

「やべえよ、おい、やべえよ！　うわあああああ！」

「アッシ、なあアッシ！　ああっ！」

僕は進むも戻るも出来ぬまま、彼らの声に聞き入っていた。悲痛に響く声の合間に、かつ、かつ、という乾いた音が、やけに明瞭《めいりょう》に響いてくる。

そして、彼らの声がぱったりと聞こえなくなると、かつかつ、ずずずず。
かつかつ、ずずずず。

足音に続いて、何か湿ったものを引きずるような音がした。断続的に続いたその音は、徐々に遠ざかっていき、やがて消えた。

不気味なほどに静まり返った静寂に寒気を覚えながらも、僕は半ば無意識に足を踏み出していた。慎重な足取りで集会室の戸口に辿《たど》り着き、中を覗《のぞ》き込もうとした瞬間、べちゃ、と湿った音がした。

咄嗟《とっさ》に身を固め、恐る恐る懐中電灯で足元を照らすと、大量の血が室内から流れ出してきていた。むせ返るような血の臭いを知覚しながら更に室内へと視線を向けると、一面が血の海と化した床の上には、三人組のものらしき懐中電灯だけが取り残され、肝心の彼らの姿はどこにも見当たらなかった。

「え、なんで……」

呻くように言いながら再び足元を照らすと、血だまりから何かを引きずるような跡が、廊下の先――『礼拝室』の中へと続いていた。あたかも、あの三人の死体を何者かが持ち去っていったかのように。

呆然と暗闇を見つめながら、僕は激しい焦燥感に駆られていた。このまま三人の行方を追って礼拝室へ向かうべきだろうか。それとも引き返して誰かを呼ぶべきか。その判断がつかず、半ばパニックに陥っていた。

彼らの身に、いったい何が起きたのだろう。少し前までは何の異常もなく肝試しを満喫していた彼らが忽然《こつぜん》と姿を消した。しかも大量の血液だけを残し、その身体は礼拝室へと引きずられていった。何か異様な存在が彼らを襲い、連れ去っていったのは明らかだった。

そして、その正体はきっと人間じゃない。そうでなければ、こんなわずかな時間に三人を殺害し、僕に姿を見られることなくいなくなるなんて出来るはずがない。

どうしようもなく足がすくんでいた。進むも戻るも出来ず、半ば途方に暮れた僕はその時、背後に気配を感じて振り返った。廊下の先には誰もいなかった。懐中電灯の頼りない光を右へ左へ走らせながら、僕は立ち昇る血の臭いから逃げるために血だまりから後退する。そのまま食堂にいるであろう飯塚の所に向かうことにした。

磨《す》りガラスの向こうにランタンの光を確かめながら食堂のドアを開ける。バリケードをくぐり、食堂から厨房《ちゅうぼう》へと向かう時、僕の鼻先は再び血の臭いを嗅《か》ぎつけた。

「……飯塚さん？」

弱々しく呼びかけながら、厨房を覗き込む。そこには前回、前々回と同様に変わり果てた飯塚の亡骸《なきがら》が横たわっていた。

「嘘だろ……なんで……」

そう口にするのが精いっぱいだった。すぐそばで見張っていたのに飯塚は殺されてしまった。首筋を鋭く切り裂かれ、両手と両足が切断されている。辺り一面が血みどろで、むせ返るほどの臭気に目がくらむ。何度見ても見慣れることなどない、凄惨《せいさん》な死にざまである。

「くそっ！」

慌てて食堂を後にした僕は、ほとんど無意識に斜め向かいの『応接室』のドアを押し開いた。物音一つしない室内に駆け込み、そこで、これまでと全く変わらぬ状態で殺害された光原夫妻の死体を発見した途端、僕は無様に悲鳴をあげ、思わずその場に膝《ひざ》をつく。

——同じだ。やっぱり殺された！

見張っていたはずなのに。怪しい人物など見かけなかったのに。しかも、こんなに短い時間でどうやって……？

僕は再び自問する。時間的な問題もさることながら、犯人はどうやって僕に存在を感知されることなく、食堂や応接室を行き来したのか。食堂と集会室はさほど離れているわけではない。誰かが行き来したなら気が付かないはずはないのだ。

何か、奇妙だった。説明しようのない、ともすれば自分でも訳の分からない違和感が頭をもたげ、僕を捕らえていた。腕時計を見ると、すでに時刻は十一時半を過ぎている。ぎょっとして携帯電話を開いてみるが、時計が狂っているわけではなさそうだった。

「やっぱりおかしい。時間が……」

さっき確認した時は十時半だった。これでは時間の進みがあまりにも早すぎる。気付かないうちに、僕の時間の感覚がおかしくなってしまったのだろうか。

わけが分からない。混乱を極めた頭では、何を考えても正しい結論になどたどり着けそうになかった。殺人を止められなかったということは、きっと今頃、辻井と美佐も同じ目に遭っているはずだ。エントランスの扉には鎖が巻かれ、外には出られない。そして僕たちは結局、あの地下通路の先の祭壇がある部屋に……。

僕は震える膝に鞭《むち》を打って立ち上がり、廊下に出て階段を駆け上がる。そして二階の部屋にいる真由子のもとへ急いだ。

「真由子、逃げるんだ！」

ドアを開け、開口一番にそう告げると、部屋の隅に座り込んでいた彼女がゆっくりと立ち上がった。その目は依然として、僕を警戒するかのように細められている。

「逃げるって、どこへ行くの？」

「どこでもいい。とにかくこの建物から出るんだよ」

「どうして？」

「だから……」

つい言いよどんだ僕を、真由子は強い口調で遮った。

「何度も同じことを繰り返しているから？　ここを出ないと、私たちは殺されるから？」

「そうだよ。飯塚さんも光原さんたちも殺された。今頃、辻井さんも米山さんも殺されているよ」

「はあ？　なんなのよそれ。本気で言ってるの？」

馬鹿馬鹿しい、とでも言いたげに真由子は首を横に振る。呆《あき》れを通り越し、失望したような表情だった。

「いい加減にしてよ天田くん。こんな不気味な場所で誰かが殺されるなんて話、冗談でも聞きたくないよ」

「冗談なんかじゃない。本当にみんな殺されるんだ。このままだと僕たちも……」

「いい加減にして！　デタラメばかり言うのはやめてよ！　もう限界だわ！」

真由子は顔を上げ、全身から声を絞り出すようにして叫んだ。そして、力任せに僕を突き飛ばし、懐中電灯を手に部屋を飛び出していく。

「待って、真由子――」

階段を駆け下りた真由子はエントランスには向かわず、一階廊下を奥に進んでいった。行き先など考えず、夢中で走り続ける彼女を、僕は必死に追いかける。やがて真由子は廊下の突き当り、礼拝室の中へと駆け込み、そのまま地下通路に降りていった。

「真由子！」

呼びかけても、真由子はスピードを落とそうとしない。靴裏にべったりと付着した血液のせいで危うく転びそうになりながら、僕も地下通路へ駆け込んでいく。

「真由子、ちょっと待ってくれ」

声は届いているはずなのに、真由子は立ち止まろうとはしなかった。やがて現れた広間への扉に飛びつき、素早く身体を滑り込ませた真由子は、そのまま扉を閉めてしまった。

「真由子、開けてくれ！　おい！」

扉に張り付き、拳《こぶし》で何度も叩《たた》いたけれど返事はなかった。

「どうして……こんな……」

叩くのをやめ、僕は扉にもたれかかるようにしてしゃがみ込む。

また失敗だ。いったいどこで選択を間違えたのだろう。どうすれば、彼女は僕の話を信じてくれたんだろう。後悔ばかりが胸の内を占め、叫び出したくなる。

そんな風にして、頭を抱え込もうとした時だった。


かつかつかつ。

あの、乾いた足音だった。暗闇のせいか、足音は既にすぐ近くにまで感じられる。一条の光も差し込まぬ暗闇の中、僕は慌てて懐中電灯の明かりを周囲に向けた。右の通路にも、左の通路にも何もいない。だが気配は確かに感じる。数メートル先の闇の中で、それらはじっと息をひそめ、僕に飛び掛かるのを今か今かと待ち構えている。そして瞬き一つした瞬間に襲い掛かってくるのだ。

そんな想像を巡らせていると、懐中電灯の光がちかちかと明滅し始め、やがて音もなく掻《か》き消えた。

「あ……なんで……」

思わず口にした言葉に応じるようなタイミングで、ピピ、と電子音が響き、腕時計の表示が午前零時を指し示す。額には冷や汗が浮かび、指先はかじかんでいた。全身から血の気が引いていく感覚を嫌というほど味わいながら、僕は生唾《なまつば》を飲み下す。

「真由子、開けてくれ」

呼びかけた声は、無様なほどに震えている。

「真由子」


かつかつかつ。


「開けてくれ。お願いだ」

かつかつかつ、かつかつかつ、かかかかかかかか。

足音が急激に迫ってくる。それと同時に、扉の向こうで真由子の悲鳴がした。

「真由子！　返事をしてくれ真由子！」

再び扉に張り付き、彼女の名を呼ぶ僕の肩を何かが摑《つか》んだ。硬く、鋭いものが皮膚に食い込み、骨を砕いた。苦痛から声を上げようとした僕の口を、顔を、首を——全身のあらゆる箇所を、『何か』が容赦なくわし摑みにし、各々の方向へと強引に引っ張った。

皮膚が裂け、肉が千切れ、砕けた骨が大量の血液と共に散らばるのを体感しながら、僕は強烈な眩暈《めまい》に襲われ、そのまま深い闇に落ちていった。

自分の身体が、魂が、闇に食い尽くされていく。

それが死の感触であるということに、僕は遅まきながら気がついた。

——真由子……真由……子……。

3

「——ねえ、天田くん」

呼びかける真由子の声で僕は座席から跳ね起きた。

立ち上がり、車内に視線を走らせる。

——四回目。

もはや驚きはなかった。やっぱりこうなったのかという諦観《ていかん》めいた感情が真っ先に僕を押し包む。だが同時に、今度こそ流れを変えなくてはならないと強く思った。

「どうしたの？　ちょっと、危ないから座って……」

「止めてくれ！」

真由子の声を遮り、僕は叫んだ。それから前方の運転席へと駆け寄り、辻井との会話を遮って、運転中の飯塚に縋《すが》りつく。

「今すぐバスを止めてください！」

「わっ、ちょっとお客さん、危ないですよ。座ってください。触らないで――」

「いいから、今すぐ止めてください。このバスはもうすぐ事故を起こします」

「な、何言ってんですか。あんたが事故を起こそうとしてるんじゃないか。誰か、このあんちゃんを止めてくれ！」

「違う、そうじゃない。僕はただ……」

食い下がろうとした時、背後から伸びた辻井の手に肩を掴まれた。

「あの、ちょっと落ち着きましょう。ね。危ないですから、ほらここに座って」

「違うんですよ。このまま進むことが危険なんだ。事故が起きて、みんなでおかしな建物に避難して、それで、みんな殺される！」

叫んだ途端、光原信代が「まあ」と口元に手を当てる。その夫も、美佐も、そして真由子までもが、信じられないものでも見るような目で僕を見ていた。

「違う……違うんだ。僕は……僕はただ……」

「とにかく落ち着いて。冷静に事情を話してください。きっと解決策がありますから」

辻井が僕の肩をぐっと摑み、隣の席へと座らせようとする。

「違うんですよ辻井さん。僕は冷静だ」

「あれ、私自己紹介しましたっけ？　どうして名前を？」

驚いたように眉《まゆ》を寄せた辻井の手を振り払い、僕はもう一度飯塚に取りすがった。

「お願いします。バスを止めて……止めてくれ！」

「何をするんだ！　やめ――」

強く摑みかかった僕の腕を振り払おうとした飯塚が、ハンドルを勢いよく右に切った。

次の瞬間、バスはすさまじい音を立ててスリップし、横滑りしてガードレールに直進していく。声を上げる間もなくガードレールを突き破った車体は、そのまま断崖《だんがい》絶壁の谷へとその身を投げ出した。身体が宙に浮くような奇妙な感覚。何もかもがスローモーションに感じられ、フロントガラス越しに遥《はる》か下方を流れる濁流が見えた。

後方を振り返ると、座席にしがみついたまま驚愕《きょうがく》に目を見開く真由子の姿があった。

――ああ、真由子……そんな……。

そう、内心で叫ぶのがやっとだった。轟音《ごうおん》と共に、凄《すさ》まじい衝撃が僕たちを襲う。

ぶつりと途切れた意識は、再び深淵《しんえん》の闇を彷徨《さまよ》った。

4

「――ねえ、天田くん」

目を覚ますと、見慣れた光景の中で僕の顔を覗《のぞ》き込む真由子がいた。

「真由子……」

「大丈夫？　うなされてたみたいだけど、悪い夢でも見た？」

僕は、しばし呆然《ぼうぜん》として窓の外を見る。ガラス一枚を隔てて、深く閉ざされた闇がどこまでも広がっていた。

「ああ、そうだよ。とても悪い夢を……見たんだ……」

かろうじて口にした後で、僕は頭を抱えた。「ちょっと、どうしたの？」と困ったように訊《き》いてくる真由子に何も答えられぬまま、僕は叫び出したい衝動を必死にこらえていた。

――抜け出す方法なんて……ないのか……。

どうにもならない歯がゆさに身体が震える。髪の毛をかきむしるようにして、僕はむせび泣いた。事情を理解できず、おろおろする真由子をよそに、僕はひたすら心の中で絶望に支配された哀れな奴隷のごとく叫んでいた。
このループを抜け出す方法など、ありはしないのだと。
何をしても、どうあがいても、僕はこの『繰り返し』から逃れられないのだと——

第三章

1

　やや急なカーブを曲がり終えたところで運転席のパワーウインドウを下げ、裏辺修一《うらべしゅういち》は取り出した煙草をくわえた。

「だから、さっきから言ってるだろ？　俺の読みに間違いはないんだって。彼女は絶対、俺に気がある」

　煙草に火をつけ、吸い込んだ息と共に紫煙を吐き出す。わずかに開いた窓の隙間に煙が吸い込まれていくのを見送ってから、裏辺は助手席に座っている男に視線をやった。

　男は冷ややかな目をして、こちらをじっと見据えている。

「禁煙はどうしたんだ。また続かなかったのか？」

　男の猛禽類《もうきんるい》のような眼差しから逃れようと、裏辺はフロントガラスを忙《せわ》しなく行き来するワイパーを目で追った。

「またってなんだよ。別に俺はその……ちょっと息抜きに……」

「ほう、息抜きか。その割には随分うまそうに吸っているじゃあないか。禁煙を宣言した手前、私の前では極力吸わないように我慢していたが、長時間の運転に疲れ、ついに我慢しきれなくて吸いましたと言わんばかりの顔だ」

男の嘲笑《ちょうしょう》に対し、裏辺はつい鼻息を荒くする。

「あのなぁ、禁煙が続かない原因を作ってるやつに言われたくないんだよ。俺がいくら我慢してても、隣でお前がパカスカ吸うもんだから、意志が揺らいじまうんだろうが」

「私のせいだと言いたいのか？」

心外そうに声を上げ、その男——那々木悠志郎《ななきゆうしろう》は盛大に鼻を鳴らした。

「笑わせるな。少なくとも私はこんな狭い車内で煙草に火をつけたりはしない。お前と違って最低限のマナーはわきまえているからな」

「これは俺の車だぞ。煙草を吸うのは正当な権利だろうが」

そう返すと、那々木はさも呆《あき》れた様子で溜息《ためいき》をつき、ゆるゆると首を横に振った。

「そういうところが、恋人が出来ても長続きしない原因だということに、そろそろ気付いたらどうだ？　自分本位で、隣に座る人間に配慮もできないような無神経な男についてくるほど、今どきの女性は甘くないということさ」

むぐぐ、と返す言葉を失い、裏辺は言い負かされた悔しさに歯噛《はが》みする。

「だいたい、さっきからのたまっている事件記者についてもそうだ。お前はその女性記者が自分に気があると思い込んでいるようだが、その根拠は何なんだ？」

「そりゃあ、あれだよ。事件のたびにしつこく俺にまとわりついて捜査情報を求めて来るのはもちろん、あちこちの現場に現れてはいつも俺を待ち伏せして——」

「その女、記者なんだろう？　一番情報を引き出しやすそうな刑事にまとわりつくのは当然じゃあないのか？」

「で、でも俺と彼女は事件の情報だけじゃなくて、プライベートな話だってするんだ。この間なんか一緒に立ち食いそば屋に行ったし、通っている大学のこととか色々——」

「大学？　大学だと？」

普段は何事にも動じないはずの那々木が、珍しく大きな声で繰り返す。

裏辺はさも当然のようにうなずき、

「ああ、そうだ。彼女は大学に通いながら、梵天社《ぼんてん》っていう出版社のアルバイトとして雑用からライターまで幅広くこなしているらしい。若くてかわいいうえに働き者なんだよ。なんでも、『ＭＩＳＴ』って雑誌の編集者に恩人がいて、その紹介で——」

「馬鹿かお前は。三十も半ばを過ぎたいい大人が、二十歳そこそこの女子大生にうつつを抜かしていてどうする？　まさか、その子に気に入られたいがために、捜査情報をペラペラと漏らしているんじゃあないだろうな？」

再び大きな声で裏辺を遮り、那々木はまくしたてた。それに対し、裏辺は負けていられるかとばかりに声を荒らげる。

「そ、そんなことするかよ！　そもそも彼女はそういう、記者連中がこぞって情報を欲しがるような事件に首を突っ込んだりはしないんだ。むしろ誰もまともに取り合わない、お前が好みそうな奇怪な事件ばかりを専門にしているんだよ。そういや、お前の小説も読んだことあるって言ってたぞ」

　その一言を受け、那々木の耳がぴくりと動いた。

「……ほ、ほう。それで感想は？」

「いや、特には何も言ってなかったなぁ。まあ、可もなく不可もなくって感じなんじゃないのか？」

　裏辺が聞いたままの返答をすると、那々木は消沈したように肩を落とし、口をとがらせて窓の外に視線をやった。

「ふん、なんでもいいが、私は別に奇怪な事件が好きなわけではない。私が求めているのは、耳にするだけで肌がうすら寒さを覚え、産毛の一本一本が逆立つようなおぞましさを存分に感じられる『怪異譚《たん》』なんだよ。そこらの低俗な雑誌が好むような如何《いか》わしい事件と一緒にしないでくれ」

「へえ、そうですか。俺にはどっちも同じに思えるけどな」

「全然違う。まったくの別物だ。そういう、なんでも一緒くたにして考えるガサツな所が出世を邪魔していることに、なぜ気づかない？」

「う、うるさいな。ほっとけよ」

　今度は裏辺が口を尖《とが》らせ、忌々《いまいま》しげに舌打ちをした。既に陽も沈み、暗闇と化した山道を延々と走る車内に、束の間の沈黙が漂う。

降りしきる雨は勢いを弱めず、徐々にその強さを増しているようだった。

裏辺修一は北海道警察刑事部捜査一課に籍を置く現職の警察官である。

普段は主に殺人や強盗といった凶悪犯罪を捜査し、帳場が立てば昼も夜もなく捜査に身を捧《ささ》げている。先日まで担当していた殺人事件がようやく解決したタイミングで、溜《た》まっていた有給休暇を消費し、久しぶりに休暇をとってゆっくり過ごすことにしたのだが、そんな裏辺の予定をあらかじめ把握していたかのようなタイミングで、この男——那々木悠志郎から連絡が入ったのだ。

「毎年、同じ時期に同じ地域で発生している失踪《しっそう》事件に興味はないか？」

そんな言葉にまんまと誘い出され、気付けば車を持っていないこの男の代わりに運転までしてこんなところにやってきていた。

道中、那々木に詳細を確認したところ、この山には過去に『人宝教』という宗教団体が所有していた施設があり、その周辺では毎年、決まった時期に奇妙な失踪事件が起きるという噂があった。この人宝教という宗教組織については、過去に一度、そこの信者が殺人事件にかかわっていたことがあり、調べたことがある。いわゆる新興宗教団体で、創設されたのは今から三十年近く前だった。創設者である人物が行方不明になったため、一度は解散の危機に瀕《ひん》したものの、今はすっかり立て直され、全国各地に支部を置く巨大組織となっていた。

毎年人が失踪するというのはかなり物騒な印象を受けるが、実際は言葉のあやで、噂話に尾ひれがついたものだと那々木は言った。失踪者が発生しているのは数年に一度の割合だったが、それでもその施設周辺に立ち入った者が行方不明になっているというのは事実であった。麓《ふもと》の警察署に確認を取った所、確かにそういった趣旨の失踪人の届けが出されていたのだ。

日本では一年間で約八万人が失踪している。それだけ見ればかなりの人間が消えていることになるが、実際に捜索してみると、その大半が認知症や自らの意志で失踪していて、数日から数週間以内には所在あるいは死亡が確認される。つまり失踪者というのは、ある程度見つかるものなのだ。本当に見つからないのは二千人前後であるといわれ、それを多いと見るか少ないと見るかは、意見が分かれるところかもしれないが。

この山で姿を消した者たちは、その二千人の枠の中に入る失踪者であり、ここ二十年ほど遡《さかのぼ》ってみても、発見されたのはわずか一人だけだった。これだけでも、この事件がただならぬ雰囲気を発していることは間違いない。そして那々木という男が絡んでくる以上、それが怪異譚的な側面を持つ現象であることもまた、間違いないように思えるのだった。

那々木悠志郎は作家という肩書を持ちながら、その実、一年の大半を怪異譚蒐集《しゅうしゅう》というライフワークに費やしている。自ら赴いた土地で得た体験をもとに小説を執筆し、出版された作品はそこそこの人気を博しているようで、一部でカルト的なファンもいるという。裏辺自身は那々木の作品はろくに読んだこともないし、本屋に立ち寄ってもあまり見かけたことがないのだが、十年以上も作家を続けられているのだから、まあ嘘ではないのだろう。

そんな怪しげな男の道楽に何故同行するのかというと、それはかつて裏辺が巻き込まれた、とある離島での忌まわしい惨劇に端を発している。多くの犠牲者を出したその事件で、裏辺は警察官という立場でありながら、不可解な状況下で次々に命を落としていく被害者たちを救うことが出来なかった。そして自分自身の命すらも危うい状況に追い込まれた時、現場に居合わせて生き残る方法を示してくれたのが、この那々木悠志郎だった。彼は裏辺の命の恩人となり、その後も決して浅くはない関わりを持つことになった。

この件によって裏辺はいわゆる超常的なものの存在を肯定せざるを得なくなり、三十数年の半生において歯牙《しが》にもかけなかった様々なものに目を向けるようにもなった。今回、こうして那々木の怪異譚蒐集の旅に同行したのも、そうした事情があるのだった。

その後、裏辺は公私問わず、那々木と共に多くの土地を訪れた。行く先々で那々木は怪現象と遭遇し、その都度、自らの命をも脅かすような危険な目に遭ってきた。彼はいつも、その分野における知識や推察力をフルに発揮して窮地を切り抜け、事なきを得てきたが、一緒にいる裏辺にとってそれらは、その後の人生にトラウマを植え付けられるような恐ろしいものばかりだった。

生来、怪異というものの存在を否定していた裏辺は、那々木との出会いによってその考えを覆された。だがそうはいっても、その手の分野が苦手なことに変わりはなかった。イカレた殺人犯を相手にするなど怖くもなんともないが、相手がこと幽霊や怪物の類《たぐい》になってしまうと、こちらの常識はまるで通用しない。裏辺が警察機関で学び、体得してきたあらゆる知識や技術が役に立たず、口ばかり達者でなよなよした那々木に頼らざるを得なくなるのだ。

この辺り、裏辺としては複雑な気持ちではあるのだが、那々木に対してあまり強気な態度に出られないのも、そういったところに理由があるのかもしれなかった。

もちろん、現職の警察官らしからぬこんな考えは、周りには一切口外していない。今となっては怪異譚を容認しているし、那々木のような変人を差別的な目で見るつもりもないが、だからといって自分が同類だと思われたり、職場の同僚などから白い目で見られたりするのはごめんだった。

「何にせよ、たまの休みにろくな趣味もなく、デートの相手もいないようでは、その若い記者との仲もさほど進展してはいないようだな」

思い出したように放たれた那々木の言葉に神経を逆なでされ、裏辺はむっとして言い返した。

「おい待てよ、それは聞き捨てならない。俺だって休みの予定くらいあるさ。でもお前が俺に助けを求めてくるから仕方なく……」

「私は助けなど求めていない。お前が私の話に興味を示し、ついてくると言ったから運転手を任せたんだ。強制などしていないはずだが？　それに、そこまで言うのならあえて訊《き》くが、お前の言う『休みの予定』というのは一体なんだ？」

「そ、それは……」

思わず言葉を詰まらせ、裏辺はもごもごと押し黙る。

「そんなもの最初からないか、あったとしてもろくなものじゃあないんだろう？　同僚や後輩に声をかけて飲みにでも行くか、いけ好かない上司のゴルフのお供が関の山だ」

再びむぐぐ、と言葉を失う裏辺。悔しいが、那々木の言葉は嫌味なほど的を射ている。

「ふん、恥じることはないさ。同僚や後輩から好かれるのはお前の人望が為《な》せる業だし、上司に気に入られるというのは、警察に限らず、あらゆる組織で出世するための最大の要素でもある。どんなに実力があっても上層部の覚えが悪ければ、一生現場でこき使われるのが社会というものだからな」

まともに会社勤めなどしたことがないくせに、那々木の発言は不思議な説得力を有していた。

「だが優秀で周りからも一目置かれ、仲間たちからの信頼を得ているからといって女にモテるわけではない。特にお前のような奴は、第一印象が良くても口を開けば話が独りよがりで面白みがなく、相手をがっかりさせてしまう傾向があるからな。ガサツなお前はそのことにも気づかず調子に乗り続け、結局は相手の気持ちが離れていることにも気がつかない。そして、ある日突然連絡がつかなくなるというわけだ」

「な、なにぃ？　お前、何を根拠にそんな……み、見てきたようなこと言いやがってよ」

むきになって反論した拍子に長くなっていた煙草の灰がポロリと落ちた。慌てて払いのけると今度はハンドル操作を誤ってしまい、車体が大きく対向車線にはみ出してしまう。

「おい、気をつけろ。あらゆる死に方の中で私が最も避けたいのは、お前のような寂しい独身男との予期せぬ心中だ」

「う、うるさい。黙ってろ。お前がおかしなこと言うからじゃないか」

「だが、事実だろう？」

皮肉たっぷりに笑う那々木をあえて無視して、裏辺は煙草を灰皿に押し付け、ハンドルを摑《つか》み直す。確かに那々木の言う通り、付き合っていた女性に唐突に別れを告げられるパターンは何度も経験してきた。若い頃はさほど気にしていなかったが、三十も半ばを過ぎた今となっては、この問題は、それこそボディブローのように重く響いているのだった。

最近は実家の母親から頻繁に連絡が来て、いつ結婚するのかだの、仕事はともかく早く孫の顔を見せろだのとせっつかれている。同郷の友人たちも次々に結婚し子供を授かっていた。中にはバツ二バツ三で婚活に精を出しているという強者《つわもの》もいるくらい、出来る人間は簡単に結婚を経験している。そんな連中はこぞって「独身がうらやましい」

「自由を手放すな」などとのたまうのだが、裏辺は家族を養うために仕事に精を出し、大黒柱として立派に自立するというのがまともな大人だと思っている。大学の頃に殉職した父親だってそうだった。

実家を出て独り立ちした頃から、結婚し家庭を持ちたいという願望は常に抱えていた。そして願望がある分、焦りもあるわけで、今の那々木の超能力のような指摘はこの上ないほど耳が痛くもあった。

「そんなくだらない話はともかく、頼んでいた情報は集めたのか？」

那々木はさもつまらなそうな顔で裏辺の悩みを一蹴《いっしゅう》しつつ、一方的に話題を変更した。その自分勝手で気分屋なやり方には苛立《いらだ》ちを覚えたものの、これ以上、食い下がる気にもなれず、裏辺は素直に質問に応じることにした。

「『人宝教』のことだよな。まあ調べたは調べたんだが……」

「もったいぶらないでいいから、さっさと話してくれ」

那々木は居住まいを正すようにしてシートに深く座り、深く息をついた。

仮にも現職の警察官に私的な理由で調べ物をさせ、運転手もさせて、礼の一つも言わないばかりか、さっさと調査した内容を話せと命令する。そんな傲慢《ごうまん》極まりないこの男の態度に呆《あき》れつつも、裏辺は渋々口を開く。

「確かに人宝教はこの先にある施設を所有していた。だが現在はそこを放棄し、全く別の場所に教団本部を建設している。支部は全国に存在し、現在の信者数は約十二万人にも及んでいる。二十三年前にこの先の『白無館』で起きた信者の大量死事件によって一時は信者数も激減したが、信者の中から新たな教主を選び出し、少しずつ立て直していったらしい」

今回、那々木から話を聞いて、改めて調べてみると、人宝教の信者数は以前よりもずっと増加していた。この教団は新興宗教特有の熱心な勧誘が特徴的で、トラブルになることもしばしばあったが、信者の大量殺人事件以来、あまりそういう話は聞かなくなった。公安がマークしているせいもあって大人しくしているのか、あるいは本当に人畜無害な宗教団体に生まれ変わったのか――。

新興宗教に人畜無害などあり得ないと思っている裏辺としては、いささか鼻をつまみたくなるような話である。

「その事件の詳細は？」

「それがよぉ、当時の資料を探してみたんだが見つからなかったんだ。担当の刑事が熱心に調べていたらしいんだが、数年前に失踪《しっそう》しちまって資料に穴が開いてるんだよ」

明らかに違和感のあるその顛末《てんまつ》に、那々木も不信感を抱いたらしい。横顔にわずかながら険が混じる。

「わかっている範囲で言えば、教祖の柴倉泰元《しばくらたいげん》という男が終末思想を唱え、彼に賛同した数人の教団幹部が薬物を使用。極度の興奮状態に陥り、信者たちを殺害した。施設にいた六十四名が犠牲となり、中には必死で生き残ろうと部屋に閉じこもったり、逃げ出そうとしたりした者もいたらしいが、助けが来るはずもなく大勢の信者たちが命を奪われたんだ。いつ聞いても胸糞《むなくそ》の悪い事件だよ」

忌々《いまいま》しげに吐き捨てた裏辺に同意する形で、那々木は険しい表情のまま頷《うなず》いた。

「その点に関しては同感だ。だが柴倉泰元の行方が分からないというのは気になるな」

「確かに。当時の警察も必死に捜索したらしいが死体は出なかった。どこかへ逃げたことも考えられるが、その後の消息が全くつかめていないんだよな」

「当時は泰元が神と同一化したのだと主張する者もいたようだが、現在は人宝教は泰元の行いを否定し、被害者の遺族らへの賠償金請求にも応じている。『あの悲惨な事件は全て、精神を病んだ柴倉泰元の独断による行為であり、自分たちはその十字架を背負いながら、人々に救済の手を差し伸べるべく活動している』というのが彼らの言い分だ。そうなると、教団が泰元を匿っているとは考えづらいだろうな」

人宝教の事件はオカルト界隈《かいわい》でも有名な事件らしく、那々木自身も調べを進めていたらしい。大枠の事件の内容は同じだが、一部ではその教祖が悪しき存在を呼び出したせいで、彼らは破滅への道を辿《たど》ったなどという説もあるという。大量殺人の首謀者とされる教祖の行方が分からなくなっているという事実は、その教祖が信者を殺して神に捧《ささ》げただの、今も生きていて敷地に足を踏み入れた者を捕まえ、生贄《いけにえ》にしているだのという噂の原因になっているようだ。そうした情報を、今回那々木はとある人物から仕入れたのだという。

普段なら、信頼できない筋からの情報は鵜呑《うの》みにしない那々木なのだが、その人物の話は彼の知的好奇心を大いに刺激したらしく、居てもたってもいられなくなり、こうして裏辺を伴って現地にやってきたというわけである。

まだ見ぬ怪異譚《たん》のためならば、どんなに陰惨な伝承や胡散臭い噂話であろうとも、その身をもって確かめずにはいられない。

この男は、そういう奴なのだ。

「仮に泰元が生きていたとしても、今じゃ七十を超えるロートルだ。こんな人里離れた辺鄙《へんぴ》な山奥に隠れて暮らしているとは考えにくいし、失踪事件に関係しているとも思えないよなぁ」

裏辺がぼやくように言うと、那々木は腕組みをして、わずかに思案する。

「だが、遺志を継ぐ者はいるかもしれない」

「おいおい、それこそありえないだろう。あの事件でカルトと認識された人宝教は、長い時間をかけて体質の変化を訴えてきたんだぞ。邪教的な要素を排し、人畜無害な宗教として世のため人のため、自分たちの善行をアピールしている。公安の連中は今も危険視してるみたいだが、これといった問題行動が起きている様子はない。そんな連中が、信者を虐殺した泰元の遺志を継いでいるわけないだろう」

言い聞かせるように告げると、那々木はしばし黙り込んで窓の外を見つめ、

「……そうかもしれないな」

などと、蚊が鳴くような声で呟《つぶや》いた。その様子に違和感のようなものを感じつつも、裏辺は何か言うのをあきらめて運転に集中する。

那々木が以前から人宝教の話題に敏感に反応するということは、うすうす感じていたことだった。前に、その理由を聞いた時は「一度だけ、奴らの支部で起きた事件に巻き込まれたことがある」と那々木は言った。その詳細は話してくれなかったのだが、どうもその時のことがきっかけで、那々木は人宝教を極端に敵視している節があった。

彼がそこで何を見聞きしたのかはわからないが、それが今回の怪異譚蒐集《しゅうしゅう》にどのように関係してくるのか、そして、そこまで敵意を向ける相手に自ら関わっていこうとする真意がどこにあるのか。

裏辺にとって、最も気になるのはその点だった。


それから十分ほどして、長い橋を渡った後、道端の石碑を目印にして細い上り坂を蛇行しながら上っていくと、次第にひらけた空間が見えてきた。ロータリー状の通路に車を停め、二人は数時間ぶりに足を伸ばす。

降り続く雨が、即座に頭や肩を濡《ぬ》らしていく。そのことを気にする素振りも見せず、スーツ姿の那々木は鉄柵《てっさく》の張り巡らされた正門の前に立った。

「ここが『白無館』か」

「所轄の連中は『邪宗館』なんて呼んで気味悪がってたぜ。まあ、気持ちはわからないでもないが」

件《くだん》の館を見上げながら、裏辺は苦笑する。建物に明かりはついておらず、しとしとと降りしきる雨に打たれるその姿は、巨大な墓標を思わせた。こうして見ているだけでも背筋が凍る思いがした。生唾《なまつば》を飲み下す裏辺をよそに、那々木はおもむろに門をくぐっていった。

「おい、待てよ那々木。本当に行くのか？」

迷いのない足取りで進む背中に呼びかける。肩越しに振り返った那々木の目には、侮《ぶ》蔑《べつ》的な色がありありと浮かんでいた。

「何時間もかけてやっと到着した目的地だぞ。このまま引き返したら、それこそ何のために来たのかわからないだろう」

「それはそうなんだけどな……」

もごもごと口ごもる裏辺に追い打ちをかけるかのように、那々木は大きく溜息《ためいき》をついた。

「怖いのか？　車で待っていたいというなら止めはしないが」

「ば、馬鹿言うな。ここ、こ、怖いわけあるか。俺はただ……」

裏辺は不意に言葉を失った。いつの間に現れたのか、二人の周囲に深い霧が漂っている。もうもうと立ち込める濃い霧によって視界は遮られ、ついさっき路肩に停めた車がどこにあるのかすらもわからなかった。

「なんだ、この霧。今の今までこんな……」

裏辺は手にした懐中電灯を周囲の霧に向けるも、事態は何も変わらない。数メートル先の見通しも利かず、懐中電灯の光は深い霧の壁に阻まれてしまう。

次の瞬間、やや刺激のある甘い香りが鼻先をくすぐった。

「――気をつけろ、裏辺」

那々木の鋭い一言が示す通り、霧はどんどん深くなり、ついに三メートル先までも見通せないほど視界が悪くなる。

同時に、かつ、かつ、と、硬いものでアスファルトを叩《たた》くような音が響き始めた。

「なんだよこれ。どこから……」

懐中電灯の光を音のする方へ向けても、それらしい影は見当たらない。というか、何者かがいたとしても、この霧では見つけ出すことは不可能だろう。

気づけば雨は止んでいた。立ち込める霧の中、裏辺は耳を澄まして那々木の息遣いを確かめる。近くに彼がいるという事実だけが、この異様な状況の中に残された、たった一つの確かなことのように感じられた。

かつ、かつ、かつ。

「……足音だ」

那々木が呟く。その硬い音は確かに、何かが地面の上を歩く音のようだが、やたらと軽く、重量を感じさせない不自然さから、およそ人のものとは思えなかった。

もっと軽い――いや、小さい何かが……？

かつかつかつかつ。

そうこうしている間に、足音は次々に増えていった。一つや二つではない。もっと多くの足音が大挙して押し寄せ、二人を取り囲んでいる。

「これって、やばい状況なのか？」

問いかけると、那々木は「そのようだな」と端的に応じた。

「まじかよ。来た途端に訳の分からないもんの餌食《えじき》になるなんてあんまりじゃないか。ああ、すまねえな母ちゃん。孫の顔は見せられそうにない。先立つ不孝を許してくれ」

「ふざけたことを言ってないで走るぞ。石畳に沿って行けば玄関にたどり着けるはずだ」

言い終えるや否や、那々木は地面を蹴《け》って走り出した。裏辺もまた、ぶ厚い雲のような霧をかき分けるようにして那々木の背中を追う。

門から玄関に至るまでの十数メートルを一気に駆け抜け、二人は無事に玄関に辿り着いた。だが、施錠されているのか扉は押しても引いてもびくともしない。

「くそ、どうなってる!」

思わず声が漏れた。那々木は扉から離れ、たった今走ってきた道を振り返る。

かつかつかつかつ、かつかつかつかつ、かかかかかかか。

無数に膨れ上がった足音が、一斉に速度を増した。

「どうする、那々木?」

那々木は何も答えない。わずかな光の中に浮かぶ横顔には、焦りや恐怖といった感情よりも、自分たちに迫り来る存在の正体を見極めんとする強い意志が宿っていた。それは怪異という存在に強く執着する那々木の強い欲求を形にしたような、寒気を覚えるほどの執念でもあった。

もし今、この霧が晴れてくれたなら、この足音の正体がわかる。だが、裏辺はそれを望みたくはなかった。どれほど恐ろしい存在が、どのような姿で自分たちに迫っているのか。それを直視する勇気は持てそうになかったからだ。

――ダメだ。逃げられない。

立ち昇る霧の奥から、いくつもの人影のようなものが迫ってくる。

その光景を愕然《がくぜん》として見つめていた時だった。

「――早く中に!　急いで!」

背後の扉が勢いよく開き、何者かが叫んだ。裏辺は那々木の腕を摑《つか》み、転げるように建物の中へと飛び込む。直後に扉の閉まる音がして、不気味な足音を遮断した。

扉に取り付けられた二つのサムターン錠を回し、振り返ったその人物は荒い呼吸をしながら二人を見下ろした。

「大丈夫、ですか？」

「ああ、なんとかな」

応じながら、裏辺は目の前の男をまじまじと見据えた。白いシャツに黒いスラックス姿。年齢は二十代半ばだろうか。やけに青白い顔をして、疲れ果てたような眼差《まなざ》しをしている。もう何日も眠っていないかのような落ちくぼんだ目は、驚いたように見開かれていた。

「大丈夫か、那々木？」

当然だ、と素っ気なく答えた那々木は裏辺と同様に床に座り込んだまま男を見上げていた。張り詰めていた緊張の糸が切れたせいか、その顔にはいささかの疲労感が滲《にじ》んでいる。

「なんだかわからないが助かった。礼をいうよ」

裏辺がそう言うと、目の前の男はふっと人懐っこい笑顔を一瞬だけ浮かべ、またすぐに険しい表情に戻る。男のその表情が、まるで「まだ安心するのは早い」と訴えかけてきているような気がして、裏辺は妙な胸騒ぎに襲われた。

2

「無事でよかった。二人とも怪我はありませんか？」

突如として現れた二人組を見下ろしながら、僕はそう問いかけた。

「ああ、なんとかな。俺は裏辺、こっちは那々木だ」

エントランスの床に座り込んだジーンズに革ジャン姿の男が苦笑まじりに自己紹介をする。

「今のはいったい……」

その隣で、那々木と呼ばれたスーツ姿の男が怪訝《けげん》そうに呟《つぶや》く。二人は立ち上がると、エントランスホールをぐるりと見回した。彼らの持つ懐中電灯の光が無機質な柱に巡らされた布切れを幽玄に浮かび上がらせる。

――今回は、この人たちが闖入者《ちんにゅうしゃ》というわけか。

内心で独り言《ご》ちた僕は、得体のしれない二人の男をあらためて観察した。

二人とも三十代半ばくらいだろうか。ジーンズの方は体格がよく、清潔感のある短髪がよく似合っている。見るからに体育会系という風貌だ。一方のスーツ姿の男は、背は高いが細身で、やや長めのくせっ毛にどことなく猛禽類《もうきんるい》を想起させる鋭い目つき。本当に生きた人間なのかと疑いたくなるような青白い肌も相まって、どことなく近寄りがたい雰囲気を漂わせていた。

二人とも共通して、これまで僕が目にしてきた他の闖入者たちと違い、肝試しや面白半分にこの建物にやってきたとは思えぬ真剣な面持ちが印象的だった。

彼らはいったい、何のためにここへ来たのだろう。

「ところで君は？　もしかしてここの管理者とか？」

裏辺と名乗ったジーンズの男が、やや詰問口調で問いかけてきた。

「いえ、僕は……」

軽く言葉を詰まらせながらも、僕はここにやって来るまでの経緯を二人に説明する。

「少し先の道でバス事故が起きて立ち往生してしまい、ここに避難してきたんです。僕の他にも六人ほどこの建物で嵐をしのいでいます」

「バス事故？」

怪訝そうに繰り返したのは那々木だった。彼はどこか険のある眼差しを僕に向け、値踏みするように見据えてくる。何か疑われているのだろうか。

「なるほど、それは災難でしたね。他の方はどちらに？」と裏辺。

「二階の部屋で適当に休んでいるはずです。まだ何か起きる時間じゃないし」

「——何か起きる、というのは？」

鋭く反応した那々木が怪訝そうに首をひねった。

「あ、いえ。別に。それより、あなたたちはどうして？」

ばつの悪さを隠すようにして問い返すと、二人は顔を見合わせて軽く肯《うなず》き合った。

「俗な言い方をするなら、廃墟《はいきょ》探索ってことになるんだろうが——」

「まったくもって俗な言い方だ。怪異譚《たんしゅう》蒐集《しゅう》と言ってくれ」

裏辺の発言をぴしゃりと遮り、那々木が強い口調で言い放つ。

「この顔を見てすでに察しがついているかもしれないが、私はホラー作家の那々木悠志郎という。こんな場所で私のような人間に遭遇するなんて、君としてはただただ驚くばかりだろう。だが、あまり構えたりしなくていい。ここで会ったのも何かの縁だし、さっきは助けてもらったわけだから、君には恩がある。さあ、これを——」

一方的に話を進めながら、那々木は懐から取り出した一冊の文庫本を僕に差し出した。

「……あの、これは？」

「決まっているじゃあないか。来週発売される私の新作だ。書店に並ぶ前に手に取れるなんて、やはり君はラッキーだな……おっと、忘れるところだった」

ついうっかり、とばかりに苦笑した那々木は、これも懐から取り出したペンでもって文庫本の扉ページにさらさらとサインを書き込んでいく。

「さあ、遠慮なく受け取りたまえ」

「はあ」

断りにくい雰囲気に圧《お》され、僕は差し出された文庫本を渋々受け取った。

そんな僕の微妙な反応を見てか、那々木の表情にふっと影が差す。

「──君、もしかして私のことを知らないのか？　シリーズが十六作を超え、待望の新刊が刊行されると話題のこの那々木悠志郎を？」

「え、あ、えっと……」

「この夏の怪談雑誌には『知る人ぞ知るカルト的人気作家』として特集が組まれ、ロングインタビューまで受けたこの那々木悠志郎を知らないと？」

「はい……すいません……」

凄《すさ》まじい勢いで詰め寄られ、僕はつい謝罪を口にする。そうした後で、何故謝らなくてはならないのかと疑問に思った。そんな僕を鋭い目つきで凝視していた那々木は、半ば開きかけた口元を手で覆い、驚愕《きょうがく》じみた表情をして後ずさった。

「くそ、何故だ。こんな場所に来るような奇特な人間なら、私のことを知っていると思ったのに、何故こうもことごとく私を知らない人間ばかりと出会うんだ。たまには、私の大ファンを公言するような人間に巡り合えたっていいじゃあないか！」

よほどショックを隠せないのか、くそ、くそ、と悲痛に喘《あえ》ぎながら、那々木は頭を抱え込むようにして項垂《うなだ》れた。その様子をどことなく愉快そうに見ていた裏辺が、口元に陰険な笑みを張りつけて那々木の肩をぽんと叩《たた》く。

「まあまあ、望んでもいないのに那々木センセーのご高著を押し付けられた彼の身にもなってやれよ。そんな風に取り乱すなんて、いい大人がみっともないぞ」

「う、うるさい。誰がみっともないものか。勘違いのないように言っておくが、私は今や、日本を代表するホラー作家として周知されつつある男だ。いずれは神代叛《かみしろはん》や南雲終《なぐもしゅう》星《せい》と並ぶ文豪として語り継がれるべき存在なんだ。その私とこうして顔を突き合わせ、あろうことかサイン本を直接譲り受けるなど、君は本当に幸運な男なんだよ。だから、嘘でもいいからもう少し嬉《うれ》しそうな顔をしたらどうなんだ？　んん？」

へらへらと笑う裏辺を押しのけ、那々木は再びずい、と僕に詰め寄った。

「大体、君は何者だ？　この私が自己紹介をしてサイン本まであげたんだから、名前くらい名乗ったらどうなんだ？」

「そ、そうですね。僕は天田耕平といって、普段は市立中学の教師をしています。烏砂町で行われる慰霊祭に向かう途中だったんですが、さっきも言った通り、事故に遭ってしまって……」

「──なるほど。事故に……」

僕の自己紹介を聞いた那々木は、さっきまでの勢いをふっとかき消し、不自然なくらいに落ち着いた声でそう言った。それから腕組みをし、裏辺と視線を合わせ、何事か考え込むような間を作る。

「あの、どうかしましたか？」

二人の反応に不穏なものを感じた僕は、こらえきれずに問いかけた。

すると那々木は険しくしていた表情をぱっと取り払い、

「いや、天田くんといったね。どうせなら、サインだけでなく名前も書いておこう」

僕の手から文庫本を奪い取ると、扉ページに『天田耕平くんへ』と書き込んだ。

「これでいい。さあ、ありがたく受け取ってくれ」

「ありがとう、ございます」

かろうじてそれだけ言うと、僕は再び文庫本を受け取った。那々木は満足そうに鼻を鳴らし、気を取り直すようにしてネクタイを正す。

「さて、雑談はこれくらいにして本題に入ろうか。さっきの足音はいったい何なんだ？君は何か知っているのか？」

唐突な質問に、僕は首を横に振って応じた。

「僕にもよくわかりません。ただ……」

「ただ？」

「僕たち以外の人間がこの建物に来ると、あいつらに襲われるんです。僕たちを殺すのとは別のやり方で、死体すらも残さずに」

「あいつら、とは？」

重ねて尋ねられ、僕はもどかしさからつい声を大きくした。

「怪物ですよ。どんな姿かとか、何が目的かなんてわからないけど、あいつらは大勢でこの建物を取り囲んでる。いや、それだけじゃない。この中にだって……」

自分たちが置かれた窮状を正しく理解させようと訴えかけながらも、僕は周囲に視線を巡らせていた。今、この瞬間にも柱の影から『奴ら』が飛び出してくるのではないかという恐怖に、背筋がぞわぞわと粟立《あわだ》つ。

「なあ、ちょっと待ってくれよ。君はさっきから何を言ってるんだ？　その怪物っての
は、ひょっとして外の霧の中にいた奴らのことか？」

「そうですよ。あなたたちも僕が助けなかったら危なかったんだ。前に来た人たちは、
僕がどれだけ警告しても聞く耳を持たなかった。だからみんな……」

もどかしさが嗚咽《おえつ》のように喉に詰まった。そんな僕の様子を見て、那々木と裏辺は再
び、何事か考え込むような思案顔を作る。

――どうせ無駄だ。彼らだって、何を言っても信じようとはしないんだ。

僕は内心でそう独り言《ご》ちた。この二人もきっと、今までの連中と同じように、僕の話
をまともに取り合おうとせず笑い飛ばし、そして殺されてしまうんだろう。いくら助け
ようとしたって、相手が僕を信じてくれない以上、どうしようもないのだから。

諦観《ていかん》めいた感情が胸の内からふつふつと湧き上がり、僕は肩を落として黙り込んだ。

ところが、次に放たれた那々木の言葉は、僕を大いに驚かせるものだった。

「――その話、実に興味深い。もっと詳しく聞かせてくれないか？」

「僕の話を、信じてくれるんですか？」

呆気にとられながらも問い返すと、那々木はどこか曖昧《あいまい》な仕草で肩をすくめた。

「何もかもを鵜呑《うの》みにするつもりはないが、かといって頭ごなしに否定する気もない。

私はそれほど愚かな人間ではないからね。だから、まずは君の話を聞かせてくれないか」

口元に微笑を浮かべ、那々木は僕に続きを話すよう促した。隣で少しばかり困惑している様子の裏辺もまた、戸惑いつつも口を挟もうとはしなかった。

そんな彼らの要求に応じ、僕はおずおずと口を開く。

「この建物にはたぶん、人間ではない何かがいるんです。正体はわからないけど、僕たちは何度もあいつらに襲われているんだ」

「襲われているだって？　それじゃあ、みんなでそいつらと戦っているってことか？」

口を挟もうとする裏辺をたしなめるように、那々木が咳払《せきばら》いをする。

裏辺はあっと口をつぐみ、片方の手を軽く持ち上げて謝罪のジェスチャーをした。

「戦ったりなんてしてません。怪物がいることに気づいているのは、僕だけですから」

「何故話さない？　危険が迫っているのなら、早く伝えるべきではないのか？」

僕は首を横に振って、那々木の疑問を否定した。

「無駄ですよ。話したところで到底信じてもらえないし、仮に信じてもらえたとしても、僕たちには対抗策がない。『奴ら』と戦う方法がないんです」

「ふむ、確かに相手が人ならぬ存在であるならば、素人がどんな手段を用いたところで勝ち目はないだろうな。その判断は間違ってはいない」

そう前置きして、那々木は続ける。

「しかし、それならばさっさとここから立ち去ればいい。身の危険を感じているのに、何故君たちはこの場に留《とど》まっているんだ？」

「それはさっきも言った通り、バスが事故で動かないし、徒歩で山を下りるにしても、この嵐のせいで麓《ふもと》までは何時間もかかります。夜が明けるまでここに避難している方が安全だと、みんなは思っているんです」

それに、提案なら何度もした。それこそ数えきれないくらいに。一度、そのせいでバスが橋から転落する事態にも陥った。けれど、何度この建物に行かないよう説得しても、結局はここに辿《たど》り着いてしまう。逃げようとしても、それが出来ずに殺されてしまう。

僕たちは、もうずっと長い間、定められた運命の輪から逃れられずにいるのだ。

「何をやっても救えないんです。最初は僕たちの中の誰かが犯人なんじゃないかとも思った。でも違う。気付けばみんな殺されていて、誰一人生き残れない。僕は何度も何度も助けようとしたけど駄目だった。僕たちだけじゃない。あなた方だって同じです。一度ここへ足を踏み入れたら、死ぬまで――いや、死んでも外には出られないのだから」

「お、おい、ちょっと待てよ。タンマだ。タンマ」

勢いに任せてまくしたてる僕を、裏辺が遮った。両手でバツをつくる彼の顔には、僕が予想した通りの困惑や戸惑い、そして疑心が渦を巻いていた。

「つまり、その怪物に俺たちは襲われるって話だよな？　戦っても勝ち目がないから逃げるしかないが、逃げようにもそれが出来ない。君が言っているのはそういう事だろ？」

僕が肯《うなず》くと、裏辺は合点《がてん》がいったように微笑する。

「だったら、どうにかできる方法を見つけ出すしかないってことだ。そうだよな那々木？」

　水を向けられた那々木は、しばらく考え込むようにして黙り込んでいたが、やがて重々しく口を開く。

「ふむ、いつもの流れなら、そういうことになるな。だが彼の話を聞く限り、そう簡単な話でもなさそうだぞ」

「なに？　どういう意味だよそれ？」

　裏辺が問い返すと、那々木はどこか呆《あき》れた様子で額を押さえる。

「裏辺、お前はもう少し自分で考える癖をつけたらどうなんだ？　それでよく道警の刑事がつとまるものだな。毎日ぐるぐるしている田舎の駐在さんですら、もっとまともな思考能力を持っていると思うが」

「う、うるさい。こういうの、俺は専門外なんだよ」

　不満そうに抗議する裏辺をよそに、那々木は改めて僕に向き直った。

「とにかく、君が抱える事情はだいたい理解した。怪物というのはおそらく、この建物に封じられたなにがしかの存在なのだろう。この『白無館』はかつて人宝教がおぞましい事件を起こした場所だ。その主犯と目される教祖の遺体も見つかっていない以上、何かしらの呪術《じゆじゆつ》的な仕掛けが残されている可能性だってある。だが、そのことを調べるより先に、私にはどうしても引っかかっている事があるんだが――」

　そこで一呼吸置き、那々木は鋭い視線で僕をじっと見据えた。

「さっきから君は、この館《やかた》にいる全員が殺されるという趣旨の話を繰り返している。そう、まるでその結末を自分の目で見てきたかのような言いまわしだ。それに『何度も助けようとした』とも言ったね。これはどうにも不可解な発言だ。まるで、過去に何度も経験しているような言い草じゃあないか」

「それは……」

思わず口ごもる僕をじっと凝視したまま、那々木はやや皮肉げに微笑む。

「私が思うに、君はまだ我々に話していないとっておきの情報を持っている。この建物に怪物が出て、自分たちや私たちを襲うという事実以外のね。私はそれが知りたいんだよ」

じっと据えられた那々木の二つの眼が、怪しい光を纏《まと》って輝いている。不可解な現象、理解不能な状況。それらを突きつけられたにもかかわらず、その先にある真相を見出《みいだ》すことに心を躍らせているかのような眼差《まなざ》し。

──この男は、すでに気づいている……？

僕が口にしようとしたとんでもない現象の片鱗《へんりん》に気づき、僕の言動を手掛かりに、常識的な見地を捨てた思考で、那々木は真実に辿り着こうとしている。そのことに、僕はこの上ないほどの驚きと関心を抱いていた。

この男になら話せるかもしれない。僕が陥っているこの現状を。そして託せるかもしれない。僕や真由子、そして他の乗客たちを含む、みんなを救いたいという僕の願いを。

「教えてくれないか天田くん。怪物なんかよりもずっと深刻に君のことを追い詰め、苦しめているものの正体を。それがどんなものであれ私は知りたい。理解したいんだ。そうすることで、この地に存在する怪異を『知る』ことにも繋《つな》がるはずだからね」

その言葉を疑う余地はなかった。出会ったばかりだというのに、僕はこの時すでに、那々木悠志郎という男に強い可能性を感じていた。信じる価値のある確かな可能性を。

「僕は何度もこの夜を繰り返している……。タイムループに陥ってしまったんです」

意を決して告げた直後、間の抜けたような沈黙が、不意に訪れる。

「あー、うん。えーっと……」

裏辺が苦笑交じりに頭をかきながら、苦虫をかみつぶしたような顔をした。

「なあ君、今なんて言ったんだ？」

思った通りの反応。わかっていたことだけれど、歯がゆさがこみあげてくる。

「タイムループだ。聞いていなかったのか？」

ところが、呆れた様子の裏辺とは対照的に、那々木はさも当然のような口ぶりで言った。

「いや、聞いてたさ。ちゃんと耳には入ってた。けど彼の言うことは、いくらなんでも度が過ぎてやしないか？」

「度が過ぎている？　何のことだ？」

今度は那々木の方が訳が分からないとでも言いたげに肩をすくめてみせた。

「だから、タイムループだよ。俺だって映画館デートはするし、たまの休みにレンタルしてきたＤＶＤを観たりもするからな。多少の知識はある」

「ＤＶＤ……」

　ぽつりと呟《つぶや》いた僕をよそに、裏辺は先を続ける。

「タイムループといえば、同じ時間を何度も繰り返すってやつだよな。結構、その手のストーリーは面白いのが多いんだよ。何度も時間を遡《さかのぼ》って恋人を死から救おうとするとか、死んでしまった友人を死なせないように奔走するとか、そういうやつだ。だが往々にしてその目論見《もくろみ》は一筋縄じゃいかない。過去を改変した結果、かえって状況が悪くなるってこともしばしばだ。そんな中で最良の選択を何度も何度も繰り返すうちに、ようやく突破口が見えてくるというのがセオリーなんだよな」

　思いのほか饒舌《じょうぜつ》に喋《しゃべ》りながら、裏辺は那々木に同意を求める。那々木はどこか白けた様子でうなずいていた。

「けどよ、それはあくまでフィクションの中での話だ。現実にタイムループなんてもんは起こるわけがない。幽霊や怪物なんてのは、これまでに何度か見てきたからわからないでもないさ。けどこんな、あまりにもＳＦめいた話を受け入れるのは難しいぜ。第一、時間を飛び越えるために必要なタイムマシンだって、どこにも見当たらないしな」

　裏辺は両腕を広げ、やや芝居がかった仕草をしてエントランスを見回した。

「でも、僕は本当に――」

弁解しようとする僕を遮り、裏辺はピンと立てた人差し指を左右に振ってみせた。

「もし仮にだ。君が本当にタイムループに陥っているとして、さっき俺たちを見た時に名前を知らなかったのは何故だ？」

「それは……」

「君が何度もこの夜を繰り返しているのなら、俺たちが来ることも知っていたはずだろ。前にもこうやって自己紹介をして話をしたはずだ。だが君は俺たちの名前を知らなかった。これは明らかにおかしい。矛盾しているってやつさ。そうだろ？」

僕は歯を強く食いしばり、頭《かぶり》を振った。

「そうじゃないんです。前回までは、あなた方はここへはやってこなかった。会うのは初めてなんです」

「なんだって？　それじゃあループとは言えないだろ」

「だから、繰り返しているのは僕なんです。あなた方がここへ来たのは初めてなんだ。これまでにも、そういう人たちはたくさんいたんです。だから僕は――」

「ああ、わかった。わかったから落ち着いてくれよ」

さっと手を掲げ、裏辺はまたしても僕の発言を遮った。その通りに僕が黙り込むと、彼はなるほど刑事らしい、犯人に自白を迫るような調子で詰め寄ってきた。

「これは俺の予想なんだが、たぶん君が言ってるのはあれさ。えっと、なんつったっけな。ああ、そうそう、デジャヴだ」

「デジャヴ？」

「そうさ。たまにあるだろ。『これ夢で見たことあるな』って思うあの感覚だよ」

デジャヴが何なのかくらい僕にだってわかる。しかしそれでは、この状況を正しく説明することは不可能だ。

「違います。僕が繰り返しているのは一瞬のことだけじゃなくて、午前零時までの数時間の出来事なんです」

「だから、そういうふうに感じるのがデジャヴだろ？　日本語で言えば既視感ってやつだ。バス事故を起こしたって言ってたけど、その時に頭を打ったせいで、一時的にその感覚が長引いているんじゃないか？」

裏辺は、さも医者が言い出しそうな理由を持ち出し、勝手に納得しようとしている。

「でも僕は、皆が殺された所を確かに見ました。それも、一度や二度じゃないんです」

「そうは言っても、それは現実にはまだ起きていない。だろ？　そして必ず起こるとも限らない。何しろ君はデジャヴを――」

「デジャヴなんかじゃないんだ！」

強い衝動に圧《お》されて、僕は声を荒らげた。握りしめた拳《こぶし》が、意思とは無関係に震えている。

言葉途中で黙り込んだ裏辺は口を半開きにして唖然《あぜん》としていた。

「繰り返しているのは本当なんです。僕は何度もここに来て、人が殺されるのを見て、怪物から逃げて、でも最後は結局殺される。そしてまたバスの中で目覚める。死んだはずの人たちも生きていて、僕も無傷で、こうしてここにやって来てしまう。その流れは絶対に変えられない。けれど『僕ら以外の人』は別なんだ。何度も繰り返すうち、たまにあなた方のような知らない人間がここにやって来ることがある。どういう仕組みなのかはわからないけど、今のあなたたちのようにふらりと現れて、この建物を調べたり肝試しをしたりするんだ。人数も性別も、その目的さえもバラバラだけど、全員に共通しているのは怪物に襲われて消えてしまうということ。そして消えた者は二度と見つからないし、その後の繰り返しにも出て来なくなるんだ」

一息に告げて、僕は相手の反応を見た。

裏辺は依然として僕の発言を受け止めかねているし、那々木はじっと黙したまま、何も言おうとしない。信じられないのも当然だ。こうして話を聞いてくれているだけでも、奇跡と呼べるような状況なのだから。彼らの前にやってきた何組かの闖入者《ちんにゅうしゃ》たちにも、このことを説明しようとしたが、僕の頭がおかしいか、そうでなければドッキリか何かだと疑われ、ろくに話にもならなかった。

この二人には、どうにかして僕の話を信じてほしい。いや、信じさせなくては、彼らの身が危ない。けれど僕には、その方法がわからないのだった。

「なあ那々木、お前も何か言ったらどうだ？」

裏辺に水を向けられ、那々木は固く閉ざしていた口をようやく開いた。

「天田くんの言うことが百パーセント事実かどうかに関しては確かめるすべがない。お前の言う通り、彼は私たちの名前を知らなかったし、反応からしても初めて会ったのは間違いないだろう。だが我々が彼のループする世界に予期せず現れた『闖入者』であるという発想は、実に面白いじゃあないか。我々の他にも、こうしてここを訪れた闖入者がいて、しかもその連中は一人残らず姿を消してしまい、死体すらも見つからない。ということはつまり、私やお前も、これからそうなる可能性が大いにあるということさ。くくく、これは実に面白い展開だ……くくく……」

「ちょっと待てよ。なんで楽しそうに話してるんだ？　笑ってる場合かよ？」

呆《あき》れた様子の裏辺をよそに、那々木は何かに取り憑《つ》かれたような顔をして不気味に肩を揺らしている。自らの置かれたこの状況が、楽しくて仕方がないとでも言いたげに。

「天田くんといったね。もう一度確認させてくれ。この建物には得体のしれぬ怪異が現れる。それは間違いないんだな？」

「はい、そうです」

応じると、那々木は満足そうに何度も肯《うなず》いた。

「そうなると、現時点で確実なことは、屋敷の内外に私たちを襲おうとした怪異が存在し、うかうかと出ていくことはできないということ。その怪異を最も理解しているのは天田くんだということ。そして、タイムループに陥っているという発言が事実か否かは、時間が経てばおのずと証明されるということだ。我々が君を信じ、怪異の正体を突き止め、無事に生き残れるかどうかは、今後の君の行動次第ということでもある。君の発言が真実を語っているという確信を持てたなら、我々は大いに力を貸そうじゃあないか。なに、心配はいらないよ。私には各地の怪異譚蒐集《たんしゅうしゅう》をライフワークとし、あらゆる怪異を見聞きしてきた実績がある。君に渡した作品もまた、その経験をもとに執筆したのだからね」

手にしていた文庫本に視線を落とす。薄汚れた路地裏にうずくまる異形の存在がこちらに目を光らせている不気味な表紙を見下ろしながら、僕は思わず生唾《なまつば》を飲み下した。

「――いずれ、その本は君に真実を教えてくれる。だからしっかりと肌身離さず持ち歩いておくんだな」

ぽつりと、囁《ささや》くような声で言った那々木を思わず見上げ、意味が分からないながらにも僕はうなずいた。まだ完全に信頼は出来ていないけれど、少なくとも彼は、これまで見てきたどの闖入者たちとも違っていた。

この『白無館』に巣くう奇怪な存在の正体を解き明かすという、僕なんかには逆立ちしても出来ないことを、この男は本当にやってのけるのではないだろうか。

そんな願望めいた考えが僕の頭を支配していた。

「さて、そうと決まれば、まずは他の乗客たちに挨拶《あいさつ》をさせてくれ。それからこの建物を隅々まで見て回る。その中で、君がこれまで何度この夜を繰り返し、どんな体験をしてきたのかを聞かせてほしいんだ」

言いながら、那々木は意気揚々とその目を輝かせた。

「信じて、くれるんですか？」

おずおずと、確認するように問いかけた僕に対し、那々木はさも当然のようにうなずいた。

「お、おいちょっと待てよ那々木、本気なのか？」

裏辺が慌てた様子で割って入る。

「何がだ？」

「決まってるだろ。タイムループなんてものを本気で信じるつもりなのか？」

「いけないか？」

「いけないかってお前……だって、ありえないだろ」

困ったように顔をしかめている裏辺に対し、那々木はまたしても、そうするのが当然であるとでも言いたげに鼻を鳴らし、嘲《あざけ》るような視線を向ける。

「ふん、ありえないだと？　この期に及んで何を言ってるんだ。これまでにも、お前は私と共にその『ありえないもの』を嫌というほど見てきたじゃあないか。深夜の港に寄港する幽霊船や死後何日経過しても腐らない死体、爪や髪が伸び続ける生き人形、内臓だけを食い尽くす魚人や人に擬態するナメクジのような生命体、果ては人体に寄生する水棲《すいせい》生物まで。それらは現実のものではなかったのか？　すべて我々の妄想だったのか？」

「いや、そういうわけじゃないが……」

裏辺はばつが悪そうに口ごもり、こめかみの辺りをかいている。そんな彼を真正面から見据え、那々木は几帳面《きちょうめん》な仕草でネクタイを正した。

「そういったものが確かに存在するのを我々は知ってしまった。目で見て、耳で聞いて、肌で感じ、あらゆる感覚で理解した。ゆえに私は天田くんの言葉も信じる価値があると考える。彼の言うタイムループ──すなわち『繰り返す世界』が本当に存在し、そこに我々が踏み込んでしまったのだとしたら、その現象を引き起こしているであろう怪異を見定めない限り、生きて帰ることはできないんだ」

そこで一呼吸おいて、那々木は何物をも恐れぬような不敵な笑みをその顔に刻んだ。

裏辺はしばし、僕と那々木との間で視線を往復させていたが、やがて観念したかのように、ひどく億劫《おっくう》そうな仕草で首を縦に振った。

3

今回、僕は荷物を部屋に置いてすぐにエントランスに向かった。そこで何をするつもりでもなかったのだが、じっとしていることもできず闇雲に歩き回っていた時、切羽詰まったような裏辺の声がしたため、玄関の扉を開いたのだった。

二人と連れ立ってエントランスを後にした僕は、そのまま二階フロアに上がり、各部屋をノックして乗客たちを集めた。早い時間に二人が来てくれたこともあって、乗客たちは誰一人欠けておらず、全員と引き合わせることが出来た。

予想通りというかなんというか、『ホラー作家那々木悠志郎』の名を知る者はいなかった。彼が作家だと知って読書家を自称する光原守は色めき立ったが、どれだけ記憶を辿《たど》っても、那々木悠志郎という名前など耳にしたことがないと言い、挙句の果てには「小説ではなく、学術書など書かれてはいませんか？」などと質問していた。

自らの知名度の低さにショックを受けるのではないかと心配になったが、意外にも那々木は平然としていて、さほどダメージを負った様子はなかった。諦《あきら》めているというより、最初から気にしていないという様子。誰かに本を押し付けるようなこともしないし、僕に詰め寄った時とは大違いだった。

一方、裏辺については、口止めされる前に彼が刑事だということをみんなに伝えた。現職の警察官がこの場にいると知らせておけば、仮に、乗客たちの中に殺人犯がいたとしても、犯行の抑止力になると思ったからだ。

先ほど那々木と裏辺に伝えたように、この建物の中で起きる不可解な殺人事件にはおそらく、得体のしれない怪物が関わっている。闖入者を手にかけ、血だまりだけを残していく手口から見ても、普通の人間の仕業とは思えない。だが乗客たちに限っては、殺害方法に鑑《かんが》みても人間の犯行である可能性が残されているのだ。確証を得られたわけではないけれど、その可能性がゼロではない以上、一抹の不安を拭《ぬぐ》い去る意味でも刑事という存在は利用できると思った。

ひとしきり挨拶を済ませたところで、乗客たちはめいめい部屋へと戻っていった。僕たちは形だけ、那々木と裏辺が利用する部屋を決め、すぐに建物を見て回ることにした。

まずは三階へ上がり、ほとんど何も残されていないがらんどうの会議室や、やたらと大きなベッドだけがぽつんと残されている教祖の私室などを見て回った後で一階に降り、事務室や応接室、食堂、その他諸々《もろもろ》をまわっていく。どの部屋もこれといって気になるものは残されておらず、那々木が求める人宝教に関する資料なども見つからなかった。

道中、僕はこれまでに繰り返してきたこの夜の顚末《てんまつ》を二人に話した。興味深げに話を聞く那々木とは対照的に、裏辺は、にわかには信じがたいような顔をしていた。そんな彼らを見ていると、僕が口にしている出来事が、いかに常軌を逸しているのかを思い知らされるような気がした。

一通りの説明を終えた後で、話題は他の乗客たちと僕との関係性に移っていく。

「――なるほどな。つまり君たちは、烏砂温泉街の火災事故の生存者であり、それ以外にはこれといった繫《つな》がりがない、ということなんだな？」

那々木は僕の話を要約しながら、改めて確認する。

「はい、今日会うまで、お互いの名前も知りませんでした。慰霊祭の案内状を受け取らなければ、こうして顔を合わせることもなかったでしょうね」

「ふむ、その火災事故というのは、かなりひどかったようだな」

どことなく訳知り顔で、那々木はそう言った。もしかすると、ニュースか何かで見たことがあるのかもしれない。

「僕と真由子はあの事故で親しい友人を失いました。一年経った今でも……いや、この先何年経っても、あの日のことは忘れられないと思います」

こうして事故のことを思い返すだけで胸が苦しくなる。那々木と裏辺は、そんな僕の心中を慮《おもんぱか》ってか、必要以上に踏み込んで詳細を求めようとはしなかった。

「たぶん、ここにいる全員が同じ気持ちなんだと思います。大切な人を突然、何の前触れもなく失って抜け殻のようになってしまった。明るく振る舞っている人もいるけれど、きっとみんな、胸にぽっかりと穴が開いているんじゃないかな」

乗客一人一人の顔を思い返しながら、僕は重々しく息を吐きだした。無表情な那々木とは対照的に、裏辺の横顔には事故の死者を悼む一方で、生き残ってもなお苦しみから抜け出せないでいる僕たちを憐《あわ》れむような、悲愴《ひそう》な色が浮かんでいた。

「未《いま》だに、あの時のことを夢に見ます。この一年間、それこそ時間を戻すことが出来たらと何度思ったかわかりません」

時間を戻す。そう口にしてから、僕は自分の置かれている状況がいかに皮肉の利いたものであるかを認識して苦笑した。過去を悔やみ、戻りたいと願いながらも、望みもしないループから抜け出せずにいる。

なんとも滑稽《こっけい》ではないか。

それから僕たちは廊下の突き当りに位置する礼拝室へと足を踏み入れた。祭壇の奥に掲げられた曼荼羅《まんだら》を見上げ、那々木は「ほう」と小さな声をあげる。

「これはまた、面妖《めんよう》だな」

意味深げに呟《つぶや》く那々木。その隣で、裏辺が同じように曼荼羅をしげしげと見つめ、

「このへんてこな絵は何だ？　仏さんの集合写真か？」

その発言に対し、那々木はこれ以上ないほど大きなため息をついて、裏辺を睨みつけた。

「何が集合写真だ。お前は本当に物を知らないな」

「な、なんだよ。知るわけないだろ。うちはひいばあちゃんの代からクリスチャンの家系なんだ。仏教なんてもんとは無縁でね」

「ふん、だからと言って敬虔《けいけん》な信者というわけでもないだろう。無知な自分を誇ることは愚かさを露呈させる行為であることに、いい加減気づいたらどうだ？」

うぐ、と返す言葉もない裏辺を冷ややかに一瞥《いちべつ》した那々木が、祭壇を回り込んで曼荼羅の前に立つ。

「それ、曼荼羅っていうんですよね」

「ほう、よく知っているじゃあないか」

毎回、ここを訪れるたびに辻井の説明を必ず耳にするので覚えてしまっただけだと説明すると、那々木は合点《がてん》がいったようにうなずいた。

「確かにこれは曼荼羅だが、私の知るものとはまったくの別物だ」

「別物？」

そういえば辻井もこれを『特別』だと言っていた。何がどう特別なのかは教えてもらえなかったが、那々木にはそれが理解できるのだろうか。

「そもそも曼荼羅というのは密教における悟りの境地を表した絵図のことだ。その起源は古代インドとされ、バラモン教やヒンドゥー教でも神や仏の世界を図で表していた。密教の広がりと共に曼荼羅はアジア圏に広まり、平安時代、弘法大師《こうぼうだいし》空海《くうかい》が初めて日本に持ち込んだと言われている。経典や宗派などで呼び方は分かれるが、最も代表的なものが『両界曼荼羅』というもので、これは『胎蔵界曼荼羅』『金剛界曼荼羅』の二つを合わせた呼称だ。どちらも大日如来《だいにちにょらい》を中心に悟りの世界と智慧《ちえ》の世界を表し、しばしばセットで扱われる」

那々木の口から、すらすらと淀《よど》みなく語られるそれらの知識を、僕はただただ感心して聞き入っていた。彼自身は当然のことのように説明を続けているが、こっちはついていくのがやっとである。

「これらは『東曼荼羅』『西曼荼羅』とも称され、一対で祀《まつ》る場合、古くは対面して安置していた。現在は祀る空間の問題もあってか、本尊の右側に『胎蔵界曼荼羅』、左側に『金剛界曼荼羅』を置く形式が多くなったのだという。だが、そのことを踏まえて考えてみると少々おかしいんだ」

「というと？」

促すと、那々木は更に一歩、曼荼羅に近づき、食い入るように見入った。

「この図は『胎蔵界曼荼羅』と同じ構図で十二の院によって構成され、左右に三重、上下に四重の構造で成り立っている。中央に大日如来のいる『中台八葉院《ちゅうだいはちよういん》』を据え、これを取り囲む形で初重、第二重、第三重と配置され、それぞれの中に仏や神がおわす宮殿が存在する。これは『大日経』の『住心品《ぼん》』における重要な思想である『三句の法門』の内容を基本として描き――」

「おおい、待て待て待て。話が小難しすぎるんだよ。もっとわかりやすく説明しろよ」

裏辺が慌てて止めに入る。那々木は不満そうに眉《まゆ》を寄せ、裏辺と僕を交互に見据えていたが、やがて仕方なさそうにうなずくと、

「確かに、あまり専門的な話をしても混乱を招くだけかもしれないな。とにかく私が言いたいのは、これは『胎蔵界曼荼羅』に似せてはいるが、まったくの別物だということだ。全体的な構図は同じでも描かれている神仏が本来のものとは異なっている。本来は中央に描かれているはずの大日如来の姿がなく、大きな鏡のような法具が描かれているだろう」

那々木は曼荼羅の中央を指差す。彼の言う通り、中央に大きく配置されているのは、丸く光沢のある鏡のような物体だった。

「そのほかにも、法具と思《おぼ》しきシンボルや梵字《ぼんじ》などが描かれている。法具は『三昧耶《さんまや》曼

茶羅』、種字《しゆじ》とも呼ばれるこの文字は『法曼茶羅』といい、それぞれ神仏を表現するものとして描かれる。だが、それらが混在するというのは珍しい。それに、法具や文字の中にも、一般的ではない独自の形が混じっているようだ。その点を踏まえてみても、これは人宝教が独自の解釈で作り出したオリジナルの曼茶羅なのだろう。そう考えれば、異形と思しき不可解な神仏が堂々と描かれているのにも納得がいく」

那々木は指先を滑らせ、曼茶羅に描かれた得体のしれない神仏を指差した。

「例えばこれなんかは、一見するとごく普通の仏の姿に見えるが、頭部は明らかに人のそれとは異なっている」

「本当だ。身体は人間なのに、頭だけが山羊《やぎ》のような動物に見えますね」

雄々しき角を有する神仏を食い入るように見つめながら、僕は率直な感想を述べた。

「曼茶羅に描かれる神仏にはきちんとした順列があるんだが、これは明らかにそうしたセオリーを逸脱したお粗末なものだ。さほどの知識もない人間が『胎蔵界曼茶羅』をテンプレートに、穴埋めをするような感覚でデタラメなシンボルを描き込んでいったアマチュアの作品といったところだろう。唯一、見どころがあるとすれば、この異形と呼ぶにふさわしい神仏の姿だ。これはどこかで……」

その部分にひっかかりを覚えたらしい那々木は低く唸《うな》り、考え込むようにして押し黙った。よく見ると、曼茶羅には他にも蛇や狐などの動物を模した姿や、手足が不自然に欠損していたり、二つの頭部が互いに睨《にら》みあっていたりと、およそ一般的な神仏とは思えぬものが多数描かれていた。神や仏というよりむしろ悪魔に近い気がする。何より気味が悪いのは、そのどれもが共通して苦悶《くもん》に満ち、今にも叫び出しそうなほど険しい表情をしていることだった。

「那々木よぉ、回りくどい説明はやめてくれないか。つまりお前は何が言いたいんだ？」

急《せ》かすような裏辺の口調に、那々木はむっとしたように眉を寄せた。

「これは人宝教が独自に造り出した仏——あるいは神の造形ということさ。奴らがどういった偶像を崇拝し、どのような教義を重んじていたのかはわからないが、これを見るだけで、およそまともなものではないと想像できる。こんなものが衆生を救済できるなどとは到底思えないな」

那々木の言う通りだと思った。この画《え》がどれほどありがたいものなのか僕にはわからないし、知りたくもない。少なくともここで修行をしていた信者たちは、この異形とし か言いようのない神、あるいは仏に対して、毎日祈りを捧《ささ》げていた。おそらくは、その祈りもまた、まともなものではなかったのだろう。歪《いびつ》な神に願いをかける信者たちの姿を想像するだけで、ぞくぞくと背中が粟立《あわだ》った。

「……くくく、だが、オリジナルと呼ぶには、これはいささかいい加減だな」

人知れず戦慄《せんりつ》する僕をよそに、那々木は突然噴き出すようにして笑い出した。

「この『白無館』の外観や内装、扉のデザインなどは宗教色を感じさせない無機質なものだが、この祭壇は日本神道のスタイルそのものだ。そうかと思えば曼荼羅を模した異形の神々の集合図。そしてその造形は密教やヒンドゥー教、更に悪魔学の要素も混在している。蛇や山羊は、海外ではしばしば悪魔の象徴とされるからね」

わかるかい？　と形だけの質問をしてから、那々木は更に続けた。

「要するに、ここまで様々な要素を手当たり次第に取り入れている人宝教とは、多数の宗教の要素を混在させたキメラ型の新興宗教だということさ」

そう結論付けた那々木の口調には、この上ないほどの嫌悪感が滲《にじ》んでいた。

「何故彼らは、そんなことをする必要があるんですか？」

何の気なしに訊ねた直後、那々木は僕の方へずいと身を乗り出し、ふふん、と得意げに鼻を鳴らす。

「いい質問だ。他の宗教の要素を取り入れるというのは、実はよく行われていることでね。たとえば『本地垂迹説《ほんじすいじゃく》』という神仏習合思想において仏教は、日本古来の神々は皆、御仏《みほとけ》が姿を変えたものであると説いた。それにより日本人は、慣れ親しんだ土着の神への信仰を捨てることなく、仏教に帰依することが出来るからだ。仏教はヒンドゥー教やマニ教、中国道教などを取り入れ、あらゆる土地に広まっていた。他の宗教の要素を取り入れ、あたかも最初から自分たちのものであったかのように振る舞うという、一見して浅はかに見える行為は、その実、とても重要な信者獲得のための戦術だったんだよ」

そこで那々木は唐突に何かを思い出した様子で視線を斜め上に持ち上げた。

「そういえば少し前に、道東の小さな村で、神道と道教を歪に融合させた邪教を見たことがある。すでに村ごと滅んでしまったが、人為的に奇跡を起こし、独自の神を祀るという点では、その神社も人宝教と根っこの部分は同じだったのかもしれないな」

僕に説明をするというよりは、話すことで自分の考えを整理するという感じで、那々木は一人納得している。

「人宝教も信者を獲得するために、様々な要素を切り貼りしていたと？」

そう訊《たず》ねると、那々木は「いや……」と突然勢いを失い、腕組みして首をひねった。

「ただ信者を獲得したいだけならば、もっと人々が慣れ親しめるよう、要素を絞るべきだ。わざわざ他所《よそ》からアイディアを引っ張ってくるのではなく、架空のものをでっち上げてしまえばそれで済む話なんだよ。だがそうはせず、あくまで『独自の神』にこだわっている。これまで誰も見聞きしたことのない新しい神。確かな起源に裏打ちされつつも、彼らだけにその恩恵を与える絶対的な存在。教祖が目指したのはおそらく、そういったものだったんだ」

那々木はそう断言し、改めて曼荼羅《まんだら》を見上げた。

たったこれだけのわずかな手掛かりから、人宝教の核心に迫ろうとする彼の観察眼と卓越した推察を目の当たりにして、僕は素直に感心してしまった。怪異を求めて自ら各地を旅するというのは、どうやら本当のことらしい。

彼なら――那々木悠志郎なら、すでに廃墟《はいきょ》と化したこの『白無館』で人宝教が何を行っていたのかを突き止め、僕が陥ったこの現象の謎をも解き明かしてくれるかもしれない。

　そんな希望に、知らず胸が高鳴っていた。

「おおい、那々木センセーのご高説はその辺にして、そろそろ先に進もうぜ。こっちはどこに繫《つな》がってるんだ？」

　待ちくたびれたとでも言いたげに、裏辺が不満げな声を上げる。その視線は礼拝室の壁にぽっかりと口を開いた地下通路へと注がれていた。

「この先は回廊になっていて、奥の扉は広間に繫がっています」

「広間ねえ。秘密の儀式なんかを行う部屋ってところか？　それにしても、この地下通路を進むのはぞっとしないな」

　裏辺がぶるる、と身震いして見せた。

「怖いなら、ここで待っていればいいさ」

　わざと挑発的な発言をする那々木に対し、「なにぃ？」と色めき立つ裏辺をなだめるため、僕は二人の間に割って入る。

「実はこの地下通路は、那々木さん達を襲ったあの足音が聞こえたり、気配を感じたりすることが多いんです。僕はループのたびに必ず最後にここに来てしまうんですが、広間に入る直前まで、何度もあの足音に追いかけられました……」

　思い出すだけで気分が悪くなるような感覚に襲われ、僕は無意識に顔をしかめていた。

「ふむ、確かにこの暗闇では何が潜んでいてもおかしくないだろうな」

「おい待てよ。それじゃあ何か？　わけの分からん化け物がいるかもしれない暗闇に、俺たちはみすみす飛び込もうとしているってことか？」

裏辺が急にそわそわし始めた。体格の割に小心者なのか、あるいはこういった不気味な雰囲気に免疫がないのか、彼はここへ来てからずっと落ち着きがない。

「みっともないな裏辺。それでも一課の刑事か？」

「大きなお世話だ。俺はなぁ、生きた人間なら、たとえどんな奴が相手でもビビったりなんかしないんだよ。日本刀を振り回すチンピラをぶちのめしたことだってあるし、身長二メートル超えのストーカー野郎を一本背負いで華麗に逮捕したことだってある。けど、そういう常識が通用しないもんを相手に、俺に何ができるっていうんだ？　そういうのは全部、お前の専門だろうが」

何故か開き直り、ふんぞり返ったように胸を突き出す裏辺。

「とどのつまり、刑事のくせに幽霊が怖いということだろう。いちいち開き直るんじゃあない」

那々木は呆《あき》れ果てたように毒づいた。容赦のない物言いに、裏辺はむぐぐ、と押し黙り、バツが悪そうにそっぽを向いて歩き出す。

「くそ、わかったよ。行けばいいんだろ。その代わり変なもんが出ても知らないからな」

半ばやけくそで喚《わめ》く裏辺を先頭に、僕たちは地下通路へと下りていった。

4

地下通路には相変わらず湿った空気が充満していて、足元がひんやりと冷たかった。懐中電灯の光だけでは心もとなく、電気が通っていないことがとにかく恨めしい。

「ふむ、これは……」

道の半ばで立ち止まった那々木は、壁のくぼみに佇《たたず》む木像に興味を示した。

「気味の悪い仏像ですよね」

「仏像は仏像かもしれないが、厳密にいうとこれは『天部像』に近いようだ」

「天部像？」

繰り返した僕を一瞥《いちべつ》した那々木は目の前の木像へと更に近づき、よく観察し始める。

「天部とは、古代インドの神々が仏教に取り入れられたものだ。仏教を護《まも》り、外敵を打ち滅ぼす守護神といったところか。天部は二百以上もの種類に分かれ、大きく分類すると貴人の姿をした『貴顕天部』と武装した『武装天部』に分けられる。その数の多さもさることながら、どれも個性的な姿をしているのが大きな特徴だ」

そう言ってから、那々木はまたしても何かを思い出したような顔をして「そうか」と一人納得。それからすたすたと歩き出し、別のくぼみに佇む木像を次々と観察していった。

「おおい那々木、何かわかったんなら、出し惜しみしてないでさっさと言えよ」

不満を漏らす裏辺を見向きもせずに、那々木は腕を組み、人差し指で眉間《みけん》の辺りをつきながら、目の前の木像に熱のこもった視線を注いでいる。

「この天部らしき像は、随所のディテールが先程の曼荼羅に描かれていた神仏によく似ているな。細かい造形は異なっているが、甲冑《かっちゅう》を纏《まと》い、複数の手に武器を持っている所にも天部像の特徴がある。そして何より、この怒りを湛《たた》えた表情だ。つり上がった眉《まゆ》、逆立つ頭髪、見開かれた眼には、仏敵を滅ぼすべく戦う守護神の圧倒的な力が表現されている。だがその一方、細かな点で違和感が拭《ぬぐ》えないのは、手足の長さが不均一であったり、通常は一対であるべき腕が三本や五本であったりという非対称さ、頭部に角を有していたり、動物の面相を模している点が挙げられる。二十八部衆の迦楼羅王《かるらおう》のように、人身鳥頭で表現されている天部像は存在するが、蛇や蛙、山羊《やぎ》などを模した頭部など私は見たことがない。これも人宝教が独自の解釈で造り出した、オリジナルの尊像とみて間違いないないだろう」

「さっきの話に出てきた、人宝教独自の神ってやつか？」

裏辺に問われ、那々木は重々しくうなずいた。

「というより、その『神』を守る存在と考えるべきかもしれないな。これらの像が持つ法具は、あらゆる邪悪な存在を退ける強力な武器ばかりだ。宝剣、宝棒《ほうぼう》、三叉戟《さんさげき》、独鈷杵《とっこしょ》、三鈷杵《さんこしょ》、斧《おの》や弓など。独自の神を崇《あが》めながらも、そうした法具類は忠実に再現するという点に、何かしらの意図を感じずにはいられない。たとえるならそう、既存の法具が持つ強い破邪の力にあやかりたい、といった具合にだ」

「それはまあ、部外者に立ち入られたくない理由なんていくらでもあるんじゃないのか？　何しろここは、人宝教の聖地だったんだからよ」

「――あるいは、その逆か、だな」

またしても意味深に告げて那々木は一人考え込む。たっぷりと時間をかけて木像に見入っていた那々木は、やがて上体をかがめ、

「そうしたことを加味したうえでも、やはりこの像は奇妙だよ。それに気になるのはこの断面だ」

那々木はとある木像の欠損した腕部に注目し、断面にこびりついた赤い液体を示す。

「うえ、なんだよそれ。まるで血みたいじゃないか」

顔をしかめた裏辺をよそに、那々木は木像に鼻先を近づけて匂いを嗅《か》いだ。

「この香りは……」

「何か、気づいたことでも？」

僕が促すと、那々木は小さくうなずき、

「君が建物の中に招き入れてくれる前に、我々は得体のしれない何かに襲われかけた。その時、立ち込めた霧の中で甘い香りを嗅いだんだが、この赤い液体はそれと同じ匂いがする」

那々木の主張を確かめようと、裏辺もまた木像に鼻を近づけた。

「確かにあの時嗅いだのと同じ匂いだな。いったい何なんだ、これ？」

「おそらく樹液だろう」

那々木は木像に近づけていた顔を離し、改めて全体を俯瞰《ふかん》する。

「この木像は桂や白檀《びゃくだん》など、通常仏像づくりに用いられる木材とは異なる素材を使用しているようだ。おそらくコナラだろう。コナラ属の植物は、西洋ではオークと呼ばれ、この樹液の匂いから、家具や炭などの燃料にも使用される。再生力が高く、切り倒しても二十年ほどで元通りになることから、きのこを栽培するための原木に使用されることもある。樹液はいわずもがなクワガタやカブトムシの好物だ。西洋のドルイド信仰などでは神を祀《まつ》る儀式にオークが使用されるという。ゆえにこの木像が呪術《じゅじゅつ》的な意図をもって使用されている可能性もまた大いにあるということさ」

那々木はすらすらと口にしながら木像に手を触れ、ペタペタとあちこち撫《な》でまわしては、その感触や質感を確かめている。

「ちなみにこの甘酸っぱい匂いのする樹液は本来、植物が自身の傷を癒《いや》す時に分泌するもので、発酵するとアルコール臭が漂う。だがそれは、あくまで植物が生きている状態に限ったことだ。こんな風に、木像に加工されてから樹液を分泌することなどまずありえないし、色にしても赤ではなく琥珀色《こはくいろ》が一般的だ」

「やっぱり血を流してるみたいじゃないか。気味が悪いな……」

裏辺が顔をしかめ、小刻みに頭《かぶり》を振った。彼の言う通り、この木像の腕に付着している——というより、断面から流れ出たような液体が樹液なのだとしたら、あまりにも不可解である。それこそ裏辺の言う通り、腕を失った木像が傷口から血を流しているみたいに感じられてならない。

「……あれ？」

その時、唐突な疑問が僕の頭をよぎった。

——腕を失った木像？

何気ない違和感のようなものが勢いよく湧き上がり、僕の胸の内に波紋を広げていく。

「あ、おい那々木。もしかしてこの地面に落ちてるのって、その像の腕じゃないか？」

裏辺が地面に転がる薄汚れた木の破片に光を当てた。そのすぐそばには、金属製の鐘のようなものが落ちている。そっと手を伸ばし、指先で軽く触れた那々木は、

「これは『金剛鈴《こんごうれい》』という、一般的な『鈴《れい》』ではなく、鐸《たく》に分類されるものだ。『金剛杵』の一端に鈴を取り付けたもので、密教の法具の一つ。振り鳴らすことで仏の注意を喚起する役目があり、魔よけの効果もあるという。この腕の持ち主である木像が携えていたものだろう」

この時、僕は那々木の説明を遠くに聞きながら、眼下の腕と木像とを見比べ、抱いていた疑惑を確信へと変化させていた。

間違いない。この木像の腕は、最初の夜に真由子がぶつかって折ってしまったものだ。

だが二回目以降、彼女がこの木像の腕を折る場面はなかった。これまで、一度も……。

「どうかしたのか？」

裏辺に問いかけられても、すぐには答えられなかった。

「いや、その、なんかおかしいような気が……」

考えがまとまらず、上手く説明することが出来ない。明らかな違和感に苛《さいな》まれながらも、それを説明できないでいる自分に対し、僕は強いもどかしさを感じた。

「おかしいだって？　そりゃあそうだろ。像が血を流すなんて、おかしいにも程がある。そうさ普通じゃない。まったくもってな。そうだよな那々木？」

「……ふむ」

過剰に拒否反応を示す裏辺に対し、那々木は曖昧《あいまい》に応じるだけで何も言おうとはしなかった。彼はただ、得体のしれない違和感に翻弄《ほんろう》され戸惑う僕をじっと見つめている。

「な、なんでもないんです。気にしないでください」

そう、なんでもない。ただの気のせいだと自分に言い聞かせて、僕はぶるぶると首を横に振った。すでに十数回、この夜を繰り返しているのだから、細かな違和感など数えきれないほど覚えている。今更騒ぐようなことなどないはずだ。

それに、この繰り返しの中には、那々木や裏辺のような闖入者《ちんにゅうしゃ》が現れる性質があるのだ。何もかも、完璧《かんぺき》に前回と同じというわけではなく、イレギュラーな出来事だって発生する。そのせいで僕は翻弄され、思い通りに行動できず、結局は乗客たちの死を防ぐこともできずに毎回同じ結末を辿《たど》ってきた。そうして振り出しに戻るたび、運命に抗《あらが》うこと自体が間違いなのだと告げられているような気がして、僕は自分の無力さを嫌というほど痛感する。それこそ、何もかもを投げ出してしまいたくなるほどに。

「とにかく進もう。こんなところに長く留《とど》まるのは、それこそ気味が悪いぜ」

裏辺の一言によって、僕たちは再び歩を進めた。

地下通路のちょうど折り返し地点までやってくると、右手の壁に扉が現れた。

「広間というのはここだな？」と那々木。

「はい。奥には大きな祭壇があります。それと資料のようなものが……」

僕の言葉を最後まで聞こうとせず、那々木は扉を押し開いて広間へ足を踏み入れた。

がらんとした室内には、ぽつぽつと窓を打つ雨音だけが響き、寒々とした空気が満ちている。

「ずいぶんカビ臭い所だな」

裏辺が顔をしかめ、鼻をつまむ仕草をした。

「ここは半地下に位置しているせいで湿気が多いのかもしれませんね。他の部屋に比べて、異様に気温も低いですし」

「ふむ、半地下か」

そう独り言《ご》ちた那々木は室内を注意深く見て回る。備え付けの棚には古びた書籍やファイルなどがいくつか残されていたが、どれも那々木の求めるような内容ではないらしく、ぱらぱらとめくってはがっかりしたように元に戻すという行為を繰り返していた。

朽ちかけた祭壇にも目新しい発見はなく、必然的に意識を向けるのは祭壇奥の巨大な像であった。

「これも人宝教独自の神、ってやつか？　随分と粗い造りだけど、もしかしてこれ、完成してないんじゃないのか？」

蠟燭《ろうそく》の光によって幽玄に浮かび上がる像をしげしげと眺めながら、裏辺は率直な感想を口にする。

「いいや違うな。確かにこの像の下部、足の周りなどは造りが粗く、一見未完成に見えるかもしれない。だがこれは『霊木化現《れいぼくけげん》』という、古い一木造《いちぼくづくり》の仏像や神像に見られる手法だ。素木《しらき》の状態をとどめ、木の節をあらわにしたり ノミ目を残したり、一部分だけを彫り残したりする。それは霊木に宿った神仏が徐々にその姿を現していく様子を表現しているのだという。つまり、未完成に見える部分にこそ霊威が表現されているというわけだ。地下通路の天部の木像たちにはそうした表現がなかったことからも、これは人宝教にとって、かなり重要な尊像だと言えるだろうな」

那々木の解説を、理解しているのかいないのか、裏辺はしかめっ面をしながら首を傾げている。

「だったら、どうしてこんな場所にひっそりと置かれてるんだよ。ありがたい尊像だってんなら、もっと目立つ場所に置いて、みんなで手を合わせるべきなんじゃないのか？」

「そうとは限らないさ。なぜならこれは仏像ではなく神像——神の姿を模した像なのだから」

「はぁ？　なんだよそれ。何が違うってんだよ」

さらに首をひねる裏辺を冷ややかに一瞥し、那々木は説明を続けた。

「仏像はその功徳を体現する存在がゆえ、本堂において多くの者の目に触れ、崇《あが》められるべきものだ。だが神像は違う。祭神の神霊が宿る依《よ》り代であり、人の眼には視えず、畏怖《いふ》すべき存在でもある。ゆえに直接見ることははばかられるし、拝むべき対象でもないんだ」

「へぇ、そういうもんなのか。じゃあ、この異様に長い腕が六本——いや八本あるのも、両足が台座と融合しちまってるのも、仏様じゃなくて神様だからってことで説明がつくんだな」

裏辺はどことなく嫌悪感をあらわにして言った。こちらを見下ろす神像ののっぺりとした顔には那々木の言うように木の節やノミの跡が残され、うっすらと開かれている目が今にも輝きだすのではないかという、荒唐無稽な想像が脳裏をよぎる。

「その点に関しては、仏像の要素が多分に含まれているな。光背のように背中に広げられた六本の腕は多くの衆生を救済しようとするさまを表し、宝珠、香炉、薬壺《やっこ》、数珠、羂索《けんさく》、賢瓶《けんびょう》をそれぞれ掲げている。右手には錫杖《しゃくじょう》を持ち、左手で結んでいる手印は与願印という、衆生の願いを聞き届ける意の表れだ。これらはすべて、現存する仏像と共通している。だがその一方で、額には白毫《びゃくごう》が無かったり、はだけた胸元には肋骨《ろっこつ》が浮き出ていたりと、ごく一般的な仏像にはない特徴も見られる。つまりこれは仏像と神像、どちらの要素も含む習合神という見方もできるようだ。どこにも存在しない、人宝教が独自の解釈で生み出した神を表現した神像というわけさ」

そう言い切ってから、那々木はふと言葉を途切れさせた。わずかに驚きの色が混じっている。

「——人宝教はこの神を崇めていた。だが、ただの偶像崇拝にしては、少々手が込みすぎている。もしかすると、他にも何か代償が？」

「……那々木さん、どうしたんですか？」

ぶつぶつと一人で喋《しゃべ》り出した那々木は、僕がかけた声にもすぐに反応を示そうとはしない。一方の裏辺はというと、考え事を始めた那々木がこういう状態になることに慣れているらしく、おどけた表情を浮かべ、肩をすくめるばかりだった。

「あの、那々木さん？」

「……いや、すまない。少し、思い当たることがあってね」

声のボリュームを上げてもう一度呼びかけると、那々木は小さく息をつき、ようやく顔を上げて僕たちの方に視線を向けた。

「なんだよ、出し惜しみしてないで言えよ」

裏辺の催促に「関係があるかはわからないが」と前置きしてから、那々木は話し始める。

「礼拝室に掲げられていた曼荼羅《まんだら》は密教で用いられるものだ。その密教の修行法の中には、かなり過激なものも含まれている。とりわけ『即身仏信仰』は相当のものだ」

「即身仏信仰？」

繰り返した僕に、那々木は視線だけでうなずいた。

「即身仏とは食を断った修行僧が入滅し、ミイラになったものだ。日本では十八体の即身仏が現存し、山形にある出羽三山《でわさんざん》の山麓《さんろく》地帯に集中的に存在している。その始まりは平安時代末期に遡《さかのぼ》り、『南無阿弥陀仏《なむあみだぶつ》』と唱え極楽浄土に往生しようとした浄土信仰の僧の肉体が死後も腐らず臭いもないという現象に端を発しているんだ。かの空海も死後は即身仏になったという伝説が残されている。だがこれは高野山《こうやさん》を復興するために捏造《ねつぞう》された情報だという説もあるがね。いずれにせよ、その伝説は人々に語り継がれて発展し、『空海は土の中に生きながら入り、ミイラ化した』という土中入定伝説になった」

そこで一旦《いったん》、息継ぎをした那々木は、熱のこもった口調でまくしたてる。

「この空海の伝説が、江戸時代に本格的な即身仏の流行を生み出すきっかけとなる。後に聖地となる湯殿山《ゆどのさん》へと伝わり、そこで生まれたのが『土中入定型』の即身仏だ。これは木食行《もくじきぎょう》という徹底した食事制限によって脂肪分を落としながら、漆の樹液を飲んで内臓の腐敗を防ぎ、生きながらミイラに近づいていくまさに苦行。その状態で山籠《やまごもり》や水垢《みずご》離《り》、手灯行《しゅとうぎょう》などの危険な荒行に身を投じ、最終的に地中に籠って入滅するんだ。湯殿山で最初に即身仏となったのは、もと下級武士の本明海上人《ほんみょうかいしょうにん》という人物で、藩主の病気の回復を祈願し土中入定した。三年三か月後に掘り返すようにとの遺言を残し、大穴を掘って土中に入り、竹筒を地上に延ばして呼吸ができるようにして、念仏を唱えながら死んでいったんだ」

「な、なんでそんなことすんだよ。自分から生き埋めになんて……」

裏辺がぞっとしたような声で問いかけた。

「当時はそうすることが人々を救う方法だと信じられていたんだ。主《あるじ》のためだけではなく、飢饉《ききん》に苦しむ人々を救う目的でも土中入定は行われた。つまりは衆生救済の祈願だったのさ。そうして往生する者は聖人と見なされ、人々に崇《あが》められた。その一方で、あまりの苦しみから途中で断念する者も少なくなかった。だが途中でやめることなど許されず、弟子たちの手で無理やり土中入定させられたなどという例もあるんだ。死にたくないと許しを請う僧を生きたまま地中に埋めるというのは、なんとも恐ろしい行為だが、それでも人々は飢饉が解消されることを信じ実行したという。これは見方を変えれば、災いを避けるための人柱や体のいい生贄《いけにえ》という捉《とら》え方も出来てしまうがね」

那々木の説明が終わると共に、息を呑《の》むような沈黙が僕たちの間に降りた。

確かに、その時代にはそう信じていた者が多くいたのだろう。だが実際、そうやって生贄を出したところで本当に人が救われるとは思えない。土中入定を強要した人々だって、ただ盲目的に信じ込まされ、傍《はた》から見れば集団で一人の人間を生き埋めにするという吐き気を催すような行為に加担してしまったことになる。

泣き喚《わめ》きながら死にゆく人間を、大勢が手を合わせて拝む。そんな光景を想像するだけで、ひどく胸糞《むなくそ》の悪い気分になった。

「それで、その即身仏がどう関係してるんだよ。まさか、この仏像の中にもミイラがあるとか言い出すんじゃないよな？」

茶化したはずの裏辺だったが、那々木は真剣そのものといった表情を崩そうとしない。

「――おい、嘘だろ。そんな馬鹿なことがあるのかよ」

裏辺の顔から、さーっと血の気がひいていく。

「だから、関係あるかはわからないと言っているだろう。だが中国には『肉身仏』という伝承がある。即身仏とは微妙な違いがあり、こちらは遺言などによって死後の遺体を『人工的に』ミイラにするというものだ。防腐処理をして生前の姿を復元し、金泥などをぬって仏像のように加工する。一見すると、ごく平凡な仏像にしか見えなくなるというわけさ」

「ああ、そういや少し前に、どこかの国で仏像をCTスキャンしたら、人間の骨が確認できたってニュースがあったよな。あれは気味が悪かった」

自分で言っておきながら、裏辺はぶるると身震いした。僕はそんなニュースなど知らなかったから、素直に驚くと同時に、那々木の語る話が絵空事ではないという、危機感にも似た感覚を抱いていた。

「中国にはもともと不老長寿を求める神仙思想の道教があり、そこに仏教の思想が加わって肉身仏が生まれた。また、僧の遺体に麻布を巻き、漆を塗って採色し、ミイラ像を作り上げる『加漆肉身像』というものもあり、これは死者が高僧であることを証明するため、特殊な手法で強引にミイラを作り出すものだった。彼らがそこまでして肉身仏にこだわったのも、根底には人々を救いたいという利他的な精神があり、死をも超越した存在として、いつまでも人々を見守る神仏に昇華するための重要な儀礼だったからだろう」

那々木は腕組みをし、何事か思案げに顎《あご》に手をやって「以上を踏まえると」と結論に至る弁を振るった。

「これはあくまで私の想像だが、人宝教はこうした他宗教の概念を利用し、何かを作り出そうとしていたのかもしれない。道徳や倫理観など度外視で、普通なら尻込《しりご》みしてしまうような常軌を逸した行動を、信仰のためにと平気でやってしまうのがカルトの集団心理だ。大いなる目的のために人の命をも平気で差し出すというのは、本来人のためにあるはずの信仰が、人の上に立ってしまっている証明でもある。信仰の名のもとに多くの犠牲者を出した人宝教ならば、これは十分にあり得る話だとは思わないか？」

徐々に熱を失い、淡々とした口調に戻っていく那々木の声を聞きながら、僕は改めて神像を見上げた。この大きな像の中に人間が生きたまま埋め込まれている。そんな、にわかには信じがたい那々木の仮説を、しかし僕は一笑に付すことなどできなかった。この像に宿る生贄の無念、苦痛が混ざり合い、やがて邪悪な『何か』を降ろす呼び水になったのだとしたら？

繰り返しのたびにこの広間で最期を迎える僕にとって、それは決して他人事《ひとごと》などではなかった。深淵《しんえん》の闇に閉ざされたこの広間で、僕は人ならざるものの存在を確かに感じた。口にするのもはばかられるようなおぞましい存在を……。

「――大丈夫か？　気分でも悪いのか？」

思いつめたような僕の表情を見てか、那々木は怪訝《けげん》そうに眉《まゆ》をひそめた。

僕は力なく首を横に振る。

「いえ別に。ただちょっと空気が悪くて……」

彼らに隠し事をしたいわけではない。ただ、自分が何かに殺される場面を、わざわざ思い返すのが嫌だった。

――今回は大丈夫。そうだ。今回こそは……。

僕はそれこそ祈るような気持ちで自分に言い聞かせながら、強引に心を落ち着ける。

そんな僕を嘲るかのように、広間には止むことのない雨音が響き続けていた。

5

広間を後にし、地下通路を抜けて一階に戻ってきた僕たちは、礼拝室を出てすぐ左手にある別館へと続く通路に向かった。

「この通り、別館への通路は防火扉で固く閉ざされていて進めないようになっています。何度か通れないか試したこともありましたけど、びくともしませんでした」

通路の先、閉ざされた防火扉の前で僕はそう説明した。

「こりゃあ開きそうにないな。こじ開けるにしても、それなりの道具を持って来なきゃ無理だ」

「そのようだな。そこの小さな引き戸は？」

那々木に尋ねられ、僕は通路の脇にある小さな引き戸に懐中電灯の光を向けた。

「ただの物置です。中には蠟燭《ろうそく》やランタンなんかがあったので拝借しましたけど、他に役に立ちそうなものはありませんでした」

凶器に使われたナイフや斧《おの》がないかと思い、念入りに調べてみたことがあったが、そんなものは影も形もなかった。

「そうか」と那々木。

これで、ひと通り建物の中を見て回ったことになる。やはりどこにも、このループを終わらせるために役立ちそうなものなんてないし、殺人を止めるために利用できそうなものもなかった。人宝教がかつてここで何をしていたのかを特定できるような資料も見つけられず、那々木は落胆した様子で別館への扉を見つめている。

「あの、那々木さん」

その横顔に僕は訊《たず》ねた。

「何故そこまで人宝教について調べようとするんですか？　というか本当に人宝教のことを調べたいのなら、こんな廃墟《はいきょ》じゃなくて、現在の人宝教が活動している施設に行った方が早いんじゃないですか？」

那々木は「ふむ」と軽くうなずいてから、

「たしかにその通りだ。だが私は今の人宝教について知りたいわけではない。この場所を聖地としていた当時の彼らが何故、大量死という末路を辿《たど》ったのか、それを知りたいんだよ。そして、その答えはおそらく、この場所以外には存在しない」

「信者の中から、事情を知る人を探して聞き出すというのは？」

「それも難しいな。今の人宝教信者の中に、ここを拠点にしていた頃の——いわば黎明《れいめい》期《き》の教団の内情を知る者は少ないんだ。すでに教団を去ってしまい行方をくらませているか、鬼籍に入っているか、そうでなければ今も教団内部にいて、幹部クラスに格上げされているだろうからね」

嫌悪感を剝《む》き出しにした皮肉げな口調で、那々木は嘆息した。

「そういう相手から情報を聞き出すのはまず不可能。だからあえてこの廃墟に残されている手掛かりを探しに来た。つまりはそういうことだろ？」

裏辺の問いに、那々木は曖昧《あいまい》な仕草でうなずいた。

「もちろん、この廃墟が怪異譚《たん》の舞台であることも大いに関係しているがね。人宝教を調べるためだけに辺鄙《へんぴ》な山奥を訪れるほど私は暇じゃあないんだよ」

「そもそも最初に目を付けたのは失踪《しっそう》事件の方なんだろ。ここ十数年の間に、この辺りで行方をくらませた者は数多くいるが、そのほとんどが見つからず、恐ろしい事件の起きたこの建物が失踪者たちと関係している。情報提供者から得た情報を加味しても、まともな事件じゃない。そう睨《にら》んだから調べる気になったんだよな」

「そういうことだ」

このループの謎が解けず、このまま殺人を防ぐことも出来なければ、きっと僕たちもその失踪者の中に数えられることになるのだろう。そのことを考えるとただただ鬱屈《うっくつ》としてしまうが、那々木や裏辺という話の分かる協力者が現れてくれた今なら、少しだけ前向きな気持ちになれた。今度こそ、この繰り返しから抜け出せるかもしれない。真由子を連れて、無事に山を下りられるかもしれない。

そのためには自分も、那々木と裏辺の調査にはできる限り協力するべきだ。彼らがこれまでの闖入者《ちんにゅうしゃ》のように怪物の餌食にならないよう、細心の注意を払う必要がある。

そんな風に考えながら、そろそろ二階の部屋に戻ろうかと提案しようとした時、どこからともなく、かしゃ、とガラス片を踏むような音がした。

僕たちはほとんど同時に顔を上げ、音の出所を視線で追う。

「――裏辺」

「ああ」

　きょろきょろと周囲を見回す僕をよそに、二人はわずかな言葉と視線のやり取りだけ
で互いの意思を確認し、無駄のない動きで行動を起こした。

先ほど、那々木が気にしていた物置。二人はその扉を左右から挟むようにして立つ。

裏辺が引き戸に手をかけ、

「誰かいるのか。いるなら出てこい」

　呼びかけてからきっかり三秒後、引き戸の向こうから、再びガラス片を踏む音がした。

裏辺は勢いよく扉を開き、懐中電灯の光で中を照らしながら飛び込んでいった。

「うわあああ！」

　中から響いてくるのは断末魔かと思《おぼ》しき悲痛な声と、揉《も》み合うような気配。スチール
棚をガタガタいわせながら、裏辺は「大人しくしろ」と鋭く言い放つ。

　その声を合図に那々木が、少し遅れて僕も物置の中へと駆け込んだ。

「ご、ごめんなさい！　ごめんなさい！」

　裏辺に腕を捻《ひね》り上げられ、壁に押し付けられていたのは一人の少年——いや、青年と
いうべきか。年の頃は十代半ばから後半。長身な裏辺の肩ほどの身長で、前髪が長く、
黒縁の眼鏡をかけている。利発そうな顔立ちをしているが、どことなく幼さも残ってお
り、そのせいで少々気弱に見えた。

「お前は何者だ？　どうしてここにいる？」

裏辺が鋭い詰問口調で責め立てる。青年は何事か呻《うめ》きながら、必死に謝罪を繰り返すばかりで、その内容は要領を得なかった。

「ああもう、わかったから泣くな。少し落ち着け」

「ひぃぃ！　やめて、殺さないで！」

「だから、殺さねえって！　俺は刑事だ。怪しい者じゃない」

裏辺が声を荒らげ、青年を解放する。そこでようやく冷静さを取り戻したのか、彼は呆《ほう》けた顔をしてその場にしゃがみ込み、「刑事？　本当に？」と繰り返した。

「本当だよ。それよりお前は何者だ？　子供がこんな時間にこんな場所で何してやがるんだよ」

「ぼ、ぼくは高校生です。子供じゃありません」

「高校生だとぉ？　やっぱり子供じゃないか。いったいどうやってここに入った？」

「それは……」

途端にもごもごと口ごもった青年の代わりに、那々木がその疑問を解消した。

「そこの窓を割って入ったようだな。何故入口から入らなかったんだ？」

「鍵《かぎ》がかかっていて、開かなくて」

青年の言葉を受け、僕はつい先ほど、那々木たちを助けた際に入口の鍵を閉めてしまったことを思い出した。そのせいで彼は中に入れず、格子のついていない物置の窓を割ることにしたのだろうか。

「他に入れる所を探したけど見つからなくて、そしたらここの窓が……あ、窓を割ったのはぼくじゃないんです。気づいた時には割れてて……」

散乱する窓ガラスを見下ろすと、確かに今割られたとは思えぬほど床はずぶ濡《ぬ》れだった。少なくとも三十分以上は雨が吹き込んでいたはずだ。

この青年が割ったのではないとすると、誰が窓ガラスを割ったのか。しばし黙考してみても、答えらしい答えは浮かばなかった。怯えた様子で押し黙る青年を見下ろしながら、裏辺は腰に手を当て溜息《ためいき》をつく。

「あのなぁ、肝試しのつもりか知らないが、これは立派な不法侵入だぞ。まあ、そこに関しては俺たちも咎《とが》める権利なんてないかもしれないけどよ」

自嘲《じちょう》的に言う裏辺をよそに、僕は青年の顔をまじまじと見つめながら、内心に膨れ上がる困惑を必死に押し殺そうとしていた。そんな僕の異変に気がついたらしい那々木は、青年と僕を交互に見つめてから、そっと耳打ちするように囁《ささや》く。

「彼も、『闖入者』なのか？」

「はい、そうです」

那々木や裏辺だけではなく、もう一人この繰り返しの夜に闖入者が現れた。そのこと自体は驚くほどのことではない。だが、まったく無関係の二組が同時に現れるというケースは初めてだった。

「それで君は、こんなところまでどうやってきたんだよ？　タクシーでも使ったのか？」

裏辺の問いかけに、青年はこくりと肯《うなず》く。

「ったく、今どきの子供はタクシーまで使って肝試しに来るのか？　高校生なら高校生らしく、家で漫画でも読んでりゃあいいんだよ」

「……です」

ぶちぶちと小言めいた発言をする裏辺に対し、青年が蚊の鳴くような声を返した。

「なんだ？　なんて言ったんだ？」

「……父親を、捜しに来たんです」

「父親だって？」

怪訝《けげん》な声を上げたのは那々木だった。

青年は、そろそろと立ち上がり、何度か呼吸を繰り返してから、

「そうです。ぼくの父親は、ずっと前にここで行方不明になりました。もちろん生きてるなんて思ってません。父がいなくなったのはぼくが生まれる前でしたから」

「だったら、何で今になって捜してんだよ？」と裏辺。

青年はやや考える仕草を交えつつ、意を決したように口を開く。

「母のためです。母は今でも父のことを気に病んでいるから。父の持ち物だけでも見つけられたら、気持ちの整理がつくんじゃないかって思って……」

しばし、重苦しい沈黙が降りた。肝試しなどではなく、失踪した父親の——おそらくは白骨化しているであろう死体を探しに来たという青年。それなりの思いを抱えてやっ

とかきむしった。

て来た彼を責め立てる気にはなれないらしく、裏辺はばつが悪そうに後頭部をがしが
「そういうことなら、うるさいこと言うのはやめておくか。それで君は、ええと……」

「……明彦《あきひこ》です」

青年は軽く口を尖《とが》らせ、ぶっきらぼうに名乗った。そんな態度が気に入らないのか、またしても小言を口にしようとする裏辺を押しのけ、那々木がずい、と身を乗り出した。

「突然で悪いが明彦くん、君がここへ来るまでに何かおかしなことは起きなかったか？」

「おかしなこと？」

怪訝そうに繰り返す明彦に、那々木は自分たちが建物に入る前に遭遇した奇妙な霧や、その奥から聞こえてきた足音のことを説明した。それに対し明彦は「いえ、ぼくは何も」と首を横に振る。どうやら彼はまだ怪物に目をつけられてはいないらしい。

だがそれも時間の問題である。遅かれ早かれ、闖入者は必ず怪物に捕まり、連れ去られてしまう。彼の父親もきっと、そうやって姿を消したのだろうから。

「本当に何も見てないんだな？　おかしなものとか、怪しい奴とか」

「怪しいっていうか……その……」

問い質《ただ》すような裏辺の口調に、明彦はわずかに逡巡《しゅんじゅん》した後、そっと人差し指を立てて僕たちの後方を指差した。振り返った先、二つ並んだスチール棚の向こう側には、壁に

もたれかかってしゃがみ込む一人の女の姿があった。

「うぉおっ！　な、なんだよ。いつからそこにいたんだよ！」

裏辺がお手本のようなリアクションを取り、女に懐中電灯の光を向ける。

見た目から想像できる年齢は四十代半ば。お世辞にも手入れがされているとは言えない白髪交じりの長い髪を後ろで束ねている。顔には深いしわと疲れが滲《にじ》み、目の下にはくっきりと隈《くま》が浮いている。実年齢はともかく、まるで老女のような風情があった。

「また一人増えるなんて……」

僕は無意識にそう呟《つぶや》いていた。これで三組、合計四人の闖入者《ちんにゅうしゃ》が現れたことになる。もう数えるのも嫌になった繰り返しの夜の中で、こんなことは初めてだった。今まではせいぜい一組、多くても三人程度が普通だった。

四人の闖入者たちを見比べながら、僕は嫌な予感に包まれていた。闖入者が多いということは、怪物が彼らを襲いに来る頻度も高くなり、必然的に遭遇する危険性もぐっと増えてしまう。それは非常にまずい状況といえた。

「そうか、窓ガラスを割ったのは彼女なのか」と那々木。

「ていうか、なんでそれを早く言わねえんだよ」

「い、言おうとしたのに、ぼくの話を聞いてくれなかったのは刑事さんだろ」

裏辺に詰め寄られ、明彦は不満そうに口を尖らせる。

「ぐ……まあいい。それよりあんた、いったい何者だ？」

女性は向けられた懐中電灯の光を眩《まぶ》しがり、手でひさしを作った。そういう反応を見る限り、幽霊の類《たぐい》ではないらしい。だがどれだけ待っても女性は口を開こうとせず、裏辺の質問にも答えようとはしなかった。

「名前はオオシマさんっていうらしいよ。ぼくも話しかけたけど、名前以外は何も答えてくれなかった。もしかすると心の病気を抱えているのかもしれない」

「心の病気だと？　なんでお前にそんなことわかるんだよ」

裏辺から疑わしげな視線を投げかけられた明彦は、すぐにぶるぶると頭《かぶり》を振った。

「二年前まで、認知症にかかったお祖母《ばあ》ちゃんを介護してたんだ。だから、なんとなくそういう雰囲気はわかるんだよ」

「なるほど、それでオオシマさん、こいつの言うことは本当なのか？」

再び問いかけるも、オオシマは忙《せわ》しなく視線を泳がせ、膝頭《ひざがしら》を抱えるばかりだった。

「ね、言った通りでしょ。誰とも話をしたくないんだよ。もしかすると、彼女もぼくみたいに家族が失踪《しっそう》しちゃってるのかもしれないよ」

明彦はそう言ってオオシマの側に歩み寄り、そっと背中をさする。オオシマは一瞬、肩を震わせ、明彦に軽い会釈を返す。

「――どう思う、那々木？」

裏辺は小声で問いかけた。

「嘘をついているようには見えないな。だがわからないのは、こんな状態の彼女が、たった一人でどうやってここにやってきたのかだ。明彦くんのようにタクシーに乗ったとも思えないが……」

　確かに、一見してオオシマが運転手に行き先を告げられるような状態であるとは思えなかった。薄汚れた衣服にボロボロのスニーカー、全身ずぶ濡《ぬ》れという恰好《かっこう》から察するに、この風雨の中を長時間さまよった末にたどり着いたという方が自然かもしれない。

「なんにせよ、こんな状態じゃ聞き出すのも難しそうだな。どうする那々木？　彼女、保護した方がいいかもしれないぞ」

「ふむ……」

　裏辺の問いに、那々木はしばし黙考する。

「オオシマさんも一緒に連れて行ってください。一人で残して行ったらかわいそうですよ」

　そんな二人に向けて、明彦が「お願いします」と頭を下げた。

「おいおい、オオシマさん『も』ってなんだよ。まさかお前も一緒に来る気なのか？」

「え、ぼくのことは放っておくつもりだったんですか？　おじさん、警察の人なんでしょ？」

　信じられない、とでも言いたげに声を上げ、明彦はじっと裏辺を見上げた。

「そ、それはそうだけどよ……」

　裏辺はばつの悪い顔をして、助けを求めるように那々木を見る。那々木は我関せずとでも言いたげに肩をすくめ、小さくため息を漏らしていた。

「あの、とにかく一度みんなの所に戻りませんか。二人が増えたってことも伝えないといけないし、それに――」

間に入り、そう提案した僕は、しかしそこで言い淀《よど》んだ。明彦が不思議そうに首を傾げる一方で、那々木や裏辺には僕の言わんとしていることが伝わったらしい。真剣な面持ちで目配せをしてから、二人は静かにうなずいた。
　僕は改めて腕時計を確認する。

　飯塚と光原夫妻が殺害される時刻が、あと一時間ほどに迫っていた。

第四章

1

二階と三階を繋《つな》ぐ階段の踊り場でエントランスを見下ろしながら、裏辺は煙草をくゆらせていた。数時間ぶりの喫煙のせいか、軽いめまいがする。心地よい陶酔感に身をゆだねつつ、裏辺はこれまでに見聞きしてきた情報を頭の中で整理していた。

地元警察によると、過去十八年の間にこの山では十六人もの失踪者が出ているという。この数字には山菜取りに出かけて遭難したり、事故に遭ったり、あるいは獣害に遭ったりというものは含まれていない。あくまで、原因不明の失踪者に対象を絞りピックアップした数字である。

失踪した十六人のうち、所在が確認されたのはたったの一名のみで、他の者に関しては現在も生死不明。死体も見つかっていない。裏辺としては、そのたった一人の生還者に会って話を聞くべきだと那々木に意見したのだが、「その必要はない」とあっさり拒否された。なぜ必要ないのかと怪訝《けげん》に思ったのも束の間、なんと、那々木にこの不可解な失踪事件や『白無館』についての情報を与えてくれたのは他でもない、そのたった一人の生還者だったのだという。

那々木の小説の読者でもあるというその人物から、この場所にまつわる奇怪な現象と体験談を聞かされ、那々木は強い興味を持った。そして自らこの場所を訪れ、怪異譚《たん》を究明しようとしたというのが、そもそもの発端であった。

この山で起きている失踪事件が本当に那々木の求める怪異譚であると仮定して、その現場となっているのは紛れもなくこの『白無館』だろう。そのことは、ここに到着してすぐに遭遇した奇怪な現象や、建物内部を歩いて回っている間にもひしひしと感じられた異様な雰囲気が証明していた。認めたくはないが、やはりここには『何か』がいる。その正体が何なのかはわからないが、この場所を訪れる者に害をなしているということだけは確かだった。

しかしながら、その『何か』の正体を解き明かすだけの材料はまだ集められていない。失踪事件の謎に加え、この建物で遭遇した天田耕平という人物と、彼の恋人をはじめとするバスの乗客たちについての謎も上乗せされてしまったのだから、いくら那々木といえど一筋縄ではいかないだろう。

天田の話によると、乗客たちは今夜、正体不明の何者かによって殺害され、最後に残った天田自身も得体のしれない何かによって殺されてしまう。だが彼は死の直後に目を覚まし、再びこの夜を繰り返すのだという。本人はタイムループに陥ったと主張しており、すでに数えるのも嫌になるくらい、この夜を繰り返しているらしい。

更に不可解なのは、その『繰り返し』には時折、ふらりと現れる『闖入者《ちんにゅうしゃ》』がいることだった。前回は現れなかったはずの見知らぬ人物が突然現れ、そうかと思えば次の繰り返しには登場しないという、なんとも厄介な性質が、彼の陥ったタイムループにはあった。天田から見れば、那々木と裏辺もこの闖入者に該当するというのだ。

このことが、裏辺にはまったくもって理解不能だった。そもそもタイムループなどというSFじみた現象は、いうなれば怪異譚なんかよりもずっと胡散臭《うさんくさ》い。その身をもって体験でもしない限り、やすやすと信じられるものでもないと思うのだが、那々木は天田の言うことを頭から信じ、「そういうこともある」などと簡単に受け入れてしまっている。その根拠もわからぬまま建物内を見て回り、明彦やオオシマという新たな闖入者とも出会い、そして今、まもなく行われるという第一の犯行を前に、こうして身構えている状況なのだった。

もしも事件など起こらず、無事に明日を迎えることが出来たなら、それはつまり天田の言っていることがデタラメであると証明される。一方、本当に天田の言う通り殺人事件が起こるのだとしたら、自分はその犯行を未然に防ぎ、犯人を見つけ出す必要がある。それができれば天田の主張を信用することもできるだろう。同時に、自らが抱える疑問も解消される。

だがその一方で、このことを簡単に割り切れない自分がいるのもまた事実だった。天田は本当に、この夜を繰り返しているのだろうか。本当は何もかも作り話で、自分や那々木を騙《だま》し、怪異の餌として差し出すつもりなのではないか。そんな疑惑がこの胸の中にわだかまっている。ともすれば、乗客たちの殺人だって奴が……。

そんな想像が、常について回っていた。単にネガティブな性格が悲観的な想像をさせているのか、あるいは刑事としてのカンが何かを感じ取っているのか。

「仮にそうだとして、あいつがそんなことをする動機は何だ？」

再び紫煙を吐き出しながら、裏辺は独り言《ご》ちた。

答えらしい答えを見出せぬまま携帯灰皿に灰を落とした時、頭上から足音が響いてきた。

「——こそこそ隠れて喫煙か？」

こちらを見下ろす那々木が、皮肉交じりの口調でせせら笑う。

「別に隠れちゃいない。廃墟《はいきょ》なんだし、館内禁煙ってわけでもないだろ？」

「ふん、まあいいさ。それより天田くんはどうした？」

「あの高校生とオオシマとかいう女を部屋に連れて行ったよ。中で休んでる」

裏辺は煙草の先で、二階廊下の方向を示した。

「そっちは収穫あったのか？　その顔を見る限りじゃ何もなさそうだが」

水を向けると、那々木は途端に険しい顔をする。

「だったらわざわざ訊《き》くな。お前こそ、少しは情報収集を手伝ったらどうなんだ」

「おいおい、俺がさぼってばかりで何もしてないみたいな言い方だな」

「違うのか？」
「ふふん、わかってねえなぁ那々木センセーは」
裏辺は大きく鼻を鳴らし、溜息まじりに苦笑した。
「天田耕平の話が本当なら、最初の殺人まではもう少しだ。部屋を出て一階に向かおう
とする奴がいれば必ずここを通る。だが俺が足止めすれば、被害者だろうが犯人だろう
が下には行けない。つまり犯行は起きないっていう簡単な図式さ。さぼっているように
見えて、案外ちゃんと仕事してるだろ、俺」
　得意げに胸を反らす裏辺だったが、那々木はさして興味なさそうにうなずいただけだ
った。それから裏辺の隣に並び、取り出した煙草をくわえてオイルライターの蓋《ふた》を開く。
月に向かって吼《ほ》える狼の意匠が施された年代物のライターは、何度か石をすった後によ
うやく火を灯《とも》した。
「それで、刑事殿は何を考え込んでいた？　天田耕平が殺人犯だという仮説でも立てて
いたのか？」
　吸い込んだ煙を吐き出しながら、那々木はライターの蓋を閉じる。心地よい金属音が
虚空に響いた。
「な、なんでわかるんだよ。もしかしてお前も同じこと考えてたのか？」
「馬鹿を言うな。私は作家だぞ。お前のような想像力のない凡人と一緒にしないでくれ」
　むぐう、と口惜しげに唸りながら、裏辺は喉《のど》まで出かかった怒りの声をどうにか飲み

下す。

「天田耕平はおそらく嘘をついていない。彼は本当にこの夜を繰り返しているんだ。そうでなければ説明のつかないことがいくつもあった」

「なんだよ。説明のつかないことって」

問い返すと、那々木は「それくらい自分で考えろ」とでも言いたげな眼差《まなざ》しを無遠慮に投げかけてきた。侮蔑《ぶべつ》に満ちたその視線を甘んじて受けながら、裏辺は続く那々木の言葉を待つ。

ふわりと漂う紫煙を目で追いながら、那々木は、ひどく億劫《おっくう》そうに説明を始めた。

「ここへ来る前に、お前にもちゃんと説明したはずだぞ裏辺。私が事前に仕入れた情報と、我々がこの場所を訪れて目の当たりにしたいくつかの事柄を照らし合わせれば、おのずと全体像が見えてくる。言うなれば、彼の存在自体がその証明でもあるのだからな」

そうだろう？　と視線で同意を促され、裏辺は曖昧にうなずく。

「天田耕平は紛れもなく、この白無館で起きている怪異譚の特異点となる存在だ。彼が怪異の手先であったり、悪意を持って誰かを傷つけるようなことはあり得ないさ」

含みのある物言いに戸惑いを覚えたが、那々木の言わんとしていることは理解できた。

「それはそうかもしれないけどよ、いきなりタイムループだなんて言われても受け止めきれないっていうか、俺のキャパ的にしんどいっていうか……」

「まあ、お前の気持ちもわからないでもないさ。確かに今回の件は異例中の異例だよ。だが私には、彼の話を信じるに至った最も大きな理由がもう一つある」

「なんだ？」

「期待だよ。私は彼の話が本当であってほしいと心底から期待している。当然だろう。これまでに、こんな突飛な怪異譚には巡り合えたことがない。おぞましい死の夜を何度も繰り返しながらも、逃れることのできぬ運命に翻弄《ほんろう》される男。そして彼を終わりのない迷宮に陥れた得体のしれぬ怪異――」

煙草を口に運ぼうとして、すでにフィルターすれすれになっていることにようやく気付いた那々木は、裏辺の持つ携帯灰皿に吸い殻を押し込みながら改めて声を震わせた。

「ふふふ、最高じゃあないか。これぞまさしく、私が求めた怪異譚だ。この地に宿る怪異によって、天田くんは『閉じた世界』に囚《とら》われてしまった。そして我々はその世界に意図せず迷い込んだ招かれざる客。ゆえに怪異は我々の存在を許さない。こうしている間にも、怪異は我々を血祭りにあげようとしている……くく……くくく……」

興奮が抑えきれぬのか、那々木は端整な顔に歪《いびつ》な笑みを浮かべて肩を揺すっている。

こうなってしまうと、この男はもう手が付けられない。追い求める怪異を近くに感じる時、那々木の目には他のものなど映らない。それこそ自分の命すらも後回しで、怪異の正体を解き明かすことに全身全霊を注ぐのだ。そうして真相に行きつくことでのみ、この男の欲求は満たされる。

何故那々木がここまでして怪異を求めるのか。そこにどんな動機があるのか。その点に関しては、裏辺は知る由もない。ただ、これまで一緒に怪異譚《たん》に遭遇し、生き残りをかけて奮闘する中で、彼のそういう面を目の当たりにしてきただけだ。理由を訊いたところで、この男はどうでもいい事ばかり喋《しゃべ》るくせに、肝心なことを話そうとしない。それは根本のところで他人を警戒しているからか、あるいは他者に自分のことを『知られる』のを恐れているからかもしれない。

いずれにせよ、那々木が怪異を近くに感じている以上、それを確かめるまでは、ここから逃げ出すようなことはしないだろう。必然的に、裏辺もまた命をかけてこの場に留《とど》まらなければならないということである。

「しかしなぁ、そのイレギュラーな存在が迷い込むってところが、俺にはよく理解できないんだよ。タイムループってのは同じ時間を繰り返す現象だろ。繰り返しに気付いている天田以外の人間は同じ行動を取るものなんだよな。だとしたら、そもそも俺たちがこの場にやってきたこと自体、おかしな話じゃないか。同じことが繰り返されるはずなのに、違うことが起きてる。それも天田のあずかり知らぬところでだ」

「つまり、何が言いたい？」

「決まってるだろ。そもそも天田は、タイムループなんてしちゃいないってことだよ。あいつの話はデタラメで、怪物なんてもんもいなくて——」

言い終えるより先に、那々木はさっと手を掲げ、裏辺の話を遮った。

「お前の主張は理解した。あくまで刑事として、現実的な視点で物事を見極めようとするのは悪いことじゃあないさ。むしろ、お前がそういう目線でいてくれれば、私としてもやりやすい。お前の説を看破することがすなわち、怪異の正当性を見極めることにもつながるからな」

そう自信満々に告げる那々木の目は、どこか嗜虐《しぎゃく》的で、まるで裏辺の考えを論破することに快感を見出《みいだ》そうとしているかのようである。こちらの意見を聞き入れているようで、実際は全く歯牙《しが》にもかけていない。自分の提言する仮説こそが真実であるという絶対的な自信――あるいは期待を、那々木は抱いているのだ。

「なあ、一つ訊いてもいいか、那々木？」

「なんだ？」

那々木は二本目の煙草を取り出し、火をつける。

「乗客たちのことだよ。一応、全員から話だけでも聞いておいた方が良くないか？」

「聞いてどうする。あなたはもうすぐ殺されるから用心した方がいいと助言でもするのか？」

「いや、それは……」

軽く咳《せ》き込みながら煙を吐き出し、裏辺は言葉をさまよわせた。

「天田くんが何度挑戦したところで彼らを救うことはできなかった。おそらく、今回も同じだよ。彼らの運命は変えられない。時を巻き戻して悲劇を回避するなんていうのは、それこそフィクションの中の幻想でしかないということさ」

すでに諦《あきら》めきったような口調で平然と言い放ち、那々木は鋭い眼差しで裏辺を見据える。

「最初に言っておいたはずだぞ裏辺。今回の怪異譚は、これまでとは一味違うと。その理由も告げてある。目の前にあるものに翻弄されて本質を見逃していては、ここを根城にする怪異の思うつぼだ。その先にある真実に目を向けろ」

「それは、わかってるつもりなんだが……」

裏辺は言い訳をしている自分に気付き、思わず苦笑する。

たしかに、この場所を訪れる前に言われたことがあった。最初に聞いた時はそんな馬鹿なと頭から疑ってかかっていたが、白無館に足を踏み入れた瞬間に、それが事実であることを思い知らされた。そしてその事実こそが、にわかには信じがたい天田耕平の主張を裏付けることにも繋《つな》がっている。

そういう形で目の前に転がされた一つの決定的な事実を、裏辺はまだ消化しきれていなかった。

「わかっているなら実践しろ。何度も言うように、運命というものは、どうあがいても変えようがないからこそ運命なんだ。最終的に必要なのは抗《あらが》うことでも立ち向かうことでもない。受け入れることなのさ」

「そうだよな。それが情報提供者の願いでもあるんだもんな」

そう返すと、仮面のように変化のなかった那々木の表情にほんの少しだけ、動揺の色が浮かんだ。

「ふん、本当なら、私はこういう役回りなどごめんなのだが、熱心なファンの頼みを無下にするわけにはいかないからな」

照れ隠しのつもりなのか、那々木は明後日《あさって》の方を向いて咳払《せきばら》いを繰り返している。

「自分の求めるものにしか興味がない那々木センセーでも、たまには他人のお願いを聞くことがあるんだな。今回、俺はそのことに一番驚いているよ」

「うるさい。人を身勝手で自己中心的な人間のように言うのはやめろ。私は誰がどう見ても常識的かつ模範的な社会適合者であり、ケチのつけようのない人格者じゃあないか」

思いがけぬ反論を受け、裏辺は耳を疑った。お前は十分、身勝手で自己中心的だよ、と内心で呟《つぶや》きながら、裏辺はこらえきれずに噴き出してしまった。

「何がおかしい?」

「いや、なんでもない。とにかく殺人が止められないってのはわかったけど、犯人を特定することが有益なのは間違いないだろ?」

気を取り直して問いかけると、那々木はどこか意味深に肩をすくめた。

「当然だ。そもそもの発端はそこにあるんだからな。犯人が突き止められれば、犯行動機を明らかにすることができる。もちろん、それまで我々が無事でいられればだがな」

この建物に入る直前に自分たちを襲った謎の霧や、その向こうから響いてきた足音。

それらを思い返すと同時に、背中を不快な感覚が撫《な》でていった。

「あの不気味な足音をさせてた奴らが、また俺たちを襲いに来るっていうのか？　ていうかそもそも、あれは何だったんだよ？　幽霊とか亡霊とか、そういうのとは違うんだろ？」

「違うな。単なる霊魂だとか怨念《おんねん》だとか、そういうわかりやすいものではない。あれはたぶん、もっとずっと複雑で、それゆえに厄介なものさ。今ここで正体を特定することはできないが、邪悪で汚らわしい存在であることは間違いないだろうな。だが、それを特定するためには資料が足りなすぎる。どこかに残っているのではないかと思ったんだが、あるのは虐殺の痕跡《こんせき》だけだった。せめて柴倉泰元が書き記したものでも残っていればいいんだが」

忌々《いまいま》しげに顔をしかめ、那々木は舌打ちをした。

「しかしなぁ、人宝教は教団の汚名を必死にそそごうとしているんだぞ。昔のことといえ、自分たちに都合の悪いものをこんな廃墟《はいきょ》に残したりしないんじゃないか？」

「――いや、そうとは限らない。怪異にとって場所というのは非常に重要だ。なぜそこでなければならないのか。なぜそこに存在することになったのか。それらを解明することで、怪異を知る手掛かりになる。ましてや、それが多くの死者を出した土地ならば尚《なお》更《さら》だ。もし奴らが、怪異を恐れるがゆえにこの場所に近づけずにいるのだとしたら？」

その地で起源となる何かが起こり、その結果として怪異が存在する。そして、その存在を認識する人間がいて初めて、怪異は怪異たり得る。いつも那々木が口にしている言葉であった。

「この場所に残された何かを手に入れたい。だが怪異が存在するために近づけない。回収できないのならば隠すしかない。奴らはそう考えているのではないか？」

「まさかお前、今の人宝教が失踪《しっそう》事件に一枚噛《か》んでいるとでも言うつもりか？　こんな廃墟を守るために、立ち入った人間を排除しているとでも？」

裏辺は両手を広げ、エントランスを見渡す。

「ありえない話ではないと思うが」

「いいや、そんなわけないだろう。いくらなんでも非常識すぎる。それならいっそ、人宝教がお前をしとめるために罠《わな》を張っている、って言われた方が納得できるよ」

「……なぜ、奴らが私を狙う？」

煙草を持つ那々木の手が、わずかに硬直する。

「お前が人宝教と少なからぬ因縁を抱えているのは俺にもわかってる。ほら、前に言ってたよな。一度、教団の支部で怪異譚《たん》に遭遇したことがあるって。確かその時、やっこさんがたに相当恨まれたって言ってなかったか？」

「人聞きの悪いことを言うな。別に恨まれちゃあいない。少し反感を買っただけだ」

「それを世間一般では恨まれてるっていうんだろ？　事件の後、そこの支部は解体されて、町の住民にはたいそう感謝されたって言ってたもんな。怪しげな宗教団体を町から追い出したホラー作家なんて、どこを探してもお前くらいなもんだろ。そんなお前がどうして自分から教団に関わろうとするんだよ？」

「……個人的な理由だ。話すまでもない」

「おい何だよ。いつも、どうでもいい話は聞きもしないのにペラペラ喋《しゃべ》るくせに、人宝教とのことになると急に舌の回りが悪くなるな。俺はお前の誘いに乗ってここまで来たんだ。教えてくれたってバチは当たらないと思うぜ」

裏辺が食い下がったところで、那々木は閉ざした口を開こうとはしなかった。それっきり会話は断絶し、互いに押し黙ったまま裏辺は二本目の煙草を咥《くわ》える。ちら、と横目に盗み見た那々木の横顔には、怒りや憎しみといった類の、普段ならば決して表に出さないような感情が微《かす》かに揺れていた。

裏辺にはまだ、那々木悠志郎が背負うものが何なのか、まるで見当もつかない。おぞましい悪意を秘めた闇なのか、正視することすらはばかられる悲しみなのか、あるいはそのどちらでもない、予想だにしない突飛なものなのか。

いずれにせよ、どれだけ一緒に事件を乗り越えても、どれだけの言葉を重ねても、肝心の所に踏み込もうとするこちらを、那々木はきっぱりと拒絶する。そこに無理やり踏み込もうとしないからこそ、那々木は裏辺に対し、ある程度の信頼を置いてくれているのだ。

那々木には最初から、その重荷を誰かと分かち合おうという気などない。そのことに気付いた時、裏辺は自分が那々木の抱える苦しみを緩和し、楽にさせてやれるのではないかという思い上がりを抱いていたことに気付かされた。

同時に、大した覚悟もなく、気軽に誰かを救おうとする行為がいかに浅はかで、思い上がったものであるかということにも。

「──裏辺、おい、聞いているのか？」

那々木の声にはっと我に返り、裏辺は顔を上げた。

「悪い悪い。なんだ？」

「そろそろ天田くんの言っていた殺人の起こる時間だ。一度、合流しよう」

そう促され、裏辺は腕時計を確認する。そして携帯灰皿をしまい、二階の廊下に足を踏み入れた時だった。


かつ……かつ……かつ……。

聞き覚えのある足音と共に、何かが囁くような、異様な声が裏辺の耳朶《じだ》を打った。

2

僕が明彦とオオシマを伴って部屋に戻った時、真由子は美佐と連れ立ってトイレに行っていた。用を足し、美佐と別れて部屋に入ってきた真由子は「なに、どういうこと?」と目を白黒させていた。

事情を説明し、危険がないようこの二人も一緒にいた方がいいと説得すると、渋々ながらも了承してくれたが、何やら不満そうな表情は変わらなかった。

さほど広くもない部屋の中で顔をつき合わせながら、特に何をするでもなく無為な時間が過ぎていく。こんな風に過ごしたのは久しぶりだった。幾度となく繰り返されるこの夜において僕は、殺人を防ぐために誰かの後をつけてみたり、犯行現場を見張ってみたりという落ち着かない時間を過ごしてきた。だが僕がどんなに犯行を食い止めようとしても、乗客たちはみんな必ず同じ末路を辿《たど》った。

飯塚は食堂で死に、光原夫妻は応接室のソファで死ぬ。そして辻井と美佐はエントランス入口で死亡し、僕と真由子は地下の広間へ逃げ込む。窓から脱出した真由子は悲鳴をあげ、その直後に僕は、あの得体のしれない存在に……。

多少の変化はあれど、おおむねこのような状況で僕たちは必ず同じ運命を辿る。そういうふうにできているのだ。この中の誰かが犯人だと思って行動を監視していても、必ず途中で別のことに気を取られたり見失ったりして、うまくいかない。最後まで生き残るのは僕と真由子で、僕が死体を見ていないのは真由子だけだ。追い詰められた僕の頭には、彼女が犯人ではないかという邪推が何度もよぎったが、それはあまりにも無理があった。真由子があんな恐ろしいことをするはずがない。そもそも彼女にはそうする動機がないのだから。

いずれにせよ、僕たちが辿る死の運命はどうやっても変えられない。歪《ゆが》められた歯車は必ず元の形に戻ろうとする。どれだけ身を粉にして殺人を阻止しようとしても、結末はいつも同じなのだった。そのことは、すでに十数回以上繰り返しを経験した僕が一番よくわかっている。そして、わかっているからこそ、どうしようもなかった。無理に捻《ね》じ曲げようとすればするほど、かえって状況は悪くなってしまうのだ。まるで運命が定められた道から逸《そ》れることを許さないとでも言っているかのように。

だから、このまま何もしなければ、きっと今回も僕たちは殺される。ここにいる明彦やオオシマはもちろん、那々木や裏辺に関しても例外なく、怪物によって殺されてしまうのだ。

那々木の怪異に向かう姿勢に凄《すご》みを感じ、彼ならばどうにかしてくれるのではないかという希望を抱きはしたものの、明確な解決策が示されたわけではない。だからこんな風に冷静になってこの先のことを考え出すと、つい諦《あきら》めにも似た後ろ向きな感情が頭をもたげてくる。

せめて、彼らだけでもここから脱出できる方法はないものかと、さっきから考えを巡らせているのだが、これといった妙案は浮かびそうになかった。

「ねえ、明彦くん、だったよね？」

ふと、真由子の声で僕は物思いから立ち返った。

「そうだけど……」

明彦はどこか警戒するような面持ちで、ぎこちなくうなずく。

「お父さんを捜しに来たんでしょ。いなくなったのはいつ頃？」

「もう、ずっと前。ぼくが生まれるより……」

「てことは、だいたい十六、七年くらい？」

明彦はこくりとうなずき、両膝を抱えて縮こまった。どことなく中性的な顔に不安そうな表情を浮かべ、今にも消え入りそうな様子である。

「どうして、お父さんはここに？」

「わからない。母さんは詳しい話をしてくれないから。でも、どうしても気になってこっそり調べたんだ。そしたらここが人が消えてしまう心霊スポットだってわかって、もしかしたら父さんはそういう幽霊、みたいなものに連れていかれちゃったんじゃないかって思って……」

もごもごと口ごもる明彦。自分で口にしておきながら気恥ずかしくなってしまったのだろうか。上目遣いに僕や真由子を窺《うかが》うその姿は、悪戯《いたずら》を咎《とが》められる子供のようで、どことなく微笑ましい。

「何故そこまで、お父さんを見つけたいの？」

再び真由子が問いかける。明彦は少しの間、言いづらそうに口を閉ざしていたが、やがて決心を固めたみたいに話し始めた。

「父親がいないことを不満に感じたことはなかった。それでいいと思ってたし、寂しくもなかった。けど来月、母さんが結婚することになったんだ。新しい父親はすごくいい人だし、母さんが幸せそうだから、ぼくも納得してる。でも、そうと決まってから無性に本当の父さんのことが気になり始めた。もう生きてないことはわかってるけど、それでもここに来て、父さんがこの世界にいたってことを感じてみたかった。だから……」

そこまで言って、明彦は苦しそうに押し黙った。何度も口にしている通り、彼は父親がすでにこの世にいないであろうことに気づいている。そのことを受け入れてもいるのだろう。しかし、だからこそ、その存在の欠片《かけら》というか、残滓《ざんし》のようなものを少しでも感じたくてここにやって来たのだ。

「――私もね、お父さん、いないの」

真由子の一言に、明彦は素直な驚きを示した。

「物心ついた頃から、お母さんは仕事で忙しくて、私の世話をしてくれたのはお祖父《じい》ちゃんとお祖母《ばあ》ちゃんだった。二人とも優しくて、私は何不自由なく育ったけど、ある時急にお父さんのことが知りたくなってね。でも誰にも訊《き》けなかった。だってお母さんたちはきっと、お父さんがいないことで私が不自由しないように、必死にやってくれた。それなのに、私がお父さんに会いたがったりしたら、みんなを悲しませることになる。だから、どうしても言えなかったんだ」

どこか寂しげに遠くを見つめながら、真由子は微笑した。その横顔に僕は意図せず鼓動の高まりを感じる。約一年半の付き合いの中で、真由子のこんな表情を見たのはたぶん、初めてだった。

父親がいないことは聞いていたけど、彼女がそれについてどんな気持ちを抱いていたのかを想像したことはなかった。僕自身すでに両親は他界し、頼れる親戚《しんせき》もいないけど、それでも幼い頃の思い出くらいは残っている。以前、両親に対する愚痴を何気なく口にしたとき、真由子は僕に言った。それがどんなに些細《ささい》なことでも、どんなに後味の悪い思い出だったとしても、最初から存在しないよりはずっとマシだと。

その一言に、父親の不在という境遇に対する彼女の気持ちが表れているような気がした。

「――見つかるといいね、お父さん」

ふと、真由子の声が静寂の中に響いた。慈しむような微笑みを前に、明彦は言葉を失っている。その何気ない一言に込められた真由子の思いやりによって、明彦は自分の意志が肯定されたように感じたのだろう。眼鏡の奥の、やや切れ長の目を赤く充血させながら、何度も首を縦に振っていた。

僕はこの時、二人の間にたとえようのない不思議な空気を感じていた。今夜、初めて会ったはずの二人が、まるでずっと前から互いを知っているかのような親密さで見つめ合っている。普通ならここで嫉妬《しっと》の一つでもするべきなのかもしれないが、そんな気分になどならず、むしろ心が落ち着くような、深い安堵《あんど》さえ感じていた。

そうしてしばらくの間、原因不明の安心感に浸った後で時刻を確認すると、午後九時半を過ぎていた。そろそろ廊下で待機しているはずの那々木や裏辺と合流しておいた方がいいだろう。

僕はトイレに行くと理由をつけて立ち上がり、ドアに手を伸ばした。ところが僕がノブを握ろうとする寸前でドアが勢いよく開き、鬼気迫る表情をした裏辺が僕を乱暴に押しのけた。

「那々木、早くしろ！」

「わかっている。そう急《せ》かすな」

続いて那々木が室内に駆け込むと同時に、裏辺は身体ごとぶつかるようにしてドアを閉めた。

「あの、二人ともどうしたんですか？」

ただならぬ剣幕にたじろぎながら訊《たず》ねると、裏辺が鋭い眼差《まなざ》しで僕を振り返り、

「どうもこうもあるか！　何か……ヤバいもんが……」

部屋の外で何かを見たらしく、裏辺はドアに張り付き、じっと耳を澄ませている。それっきり何も言おうとしない裏辺の代わりに、僕は壁に寄り掛かって乱れた呼吸を整えている那々木に問いかけた。

「那々木さん、いったいどうしたんですか？」

「いや、大したことはないんだ。ただちょっとだけ、奇怪な足音と囁《ささや》き声を聞いてね」

思わず、背筋がぞっとした。

「ちょっと待てよ那々木、お前やっぱりどうかしてるぞ。あれのどこが大したことないんだよ。異常にもほどがあるじゃねえか」

「いちいち騒ぐな裏辺。お前こそ、姿を見たわけでもないのに慌てすぎだ。こういう時は、しっかりと怪異の姿を見極めてから――」

「そんな悠長なこと言ってられる場合かよ！　ぼさっとしてたら取り囲まれて、八つ裂きにされちまうだろうが！　俺は自分がバラバラにされるのも、バラバラにされたお前を拾い集めるのもごめんだぞ！」

裏辺は取り乱したように喚《わめ》き、唾《つば》を飛ばしながら那々木に抗議する。

おそらく、さっさと逃げ出そうとする裏辺に対し、那々木はその場にとどまって、足音の正体を見極めようとしたのだろう。那々木ほど怪異に固執していない裏辺からしてみれば、那々木のそういう行動は危険な迷惑行為以外の何物でもないはずだ。

「ほう、八つ裂きとは穏やかではない物言いだな。現実的な考えをお持ちの刑事殿とは思えない発言じゃあないか」

「茶化すなって。現実だろうとなかろうと、現に被害に遭いそうになってるんだから逃げるのは当然だろうが。お前もいい加減、身を守ることを考えないと、いつかひどい目に遭うぞ。そうじゃなくてもお前は無鉄砲で――」

言いかけた裏辺が、そこで不自然に黙り込んだ。

水を打ったような静寂が室内に満ちていく。

かつかつ……かつかつ……。

「……来たぞ」

呻《うめ》くような声で告げると、裏辺は再びドアの向こうに耳を澄ます。

かつかつ……かつ……かかかかか……。

突然、足音が速まり、次の瞬間にはものすごい勢いでドアが叩《たた》かれた。一瞬、裏辺の身体が後方に仰《の》け反るほどの強い衝撃。

その瞬間を狙いすましたかのようにノブが回転し、ドアがわずかに開きかける。

「うぉっ！　この……！」

裏辺は負けじと踏みとどまり、身体全体でドアを押さえた。体格のいい裏辺だが、向こう側からドアを押している『何か』は、彼の力をやすやすと押し返そうとしている。

「押し負けるなよ裏辺。中に入られたら、我々に逃げ場はない」

「そう思うならお前も手伝えよ！」

裏辺は半ばやけくそ気味に叫びながら、顔を真っ赤にしてドアを押さえつける。できることなら僕も手伝うべきなのだろうが、情けないことに足がすくんで動けなかった。

これまで、繰り返しの世界にやってくる闖入者《ちんにゅうしゃ》と会話をしたことは何度もある。だが、彼らが怪物に襲われる現場を直接目にしたことはなかった。それはある意味で意図的に、僕の見ていないところを狙って行われているかのようですらあった。

だが今、怪物は僕や真由子のいるこの部屋に入ってこようとしている。僕たちの目の前で容赦なく那々木や裏辺、そして明彦やオオシマに危害を加えようとしているのだ。彼らの身に何が起きるのかを想像しただけで全身に寒けが走り、両足は根を生やしたみたいに動かなかった。

振り返ると、明彦は膝立《ひざだ》ちの状態で身構えており、オオシマは頭を抱えて床に突っ伏している。そして真由子はあまりにも急な展開についてこられず、ただただ不安そうな表情を僕に向けていた。

真由子の眼差しに我を取り戻し、僕は裏辺の背中に体当たりする勢いでドアに突進する。視界の端で那々木が嵌《は》め殺しの窓に手をかけるのが見えた。

「駄目だな。窓は開きそうにない。他に脱出路がないとすると、やはり我々は袋の鼠だ」

他人事《ひとごと》のように言い放つ那々木を相手にする余裕など僕たちにはなかった。

乾いた足音の合間には、くぐもった囁き声のようなものが聞こえてくる。どことなく僧侶《そうりょ》の念仏じみた重々しいその声は、聞いているだけで精神が蝕《むしば》まれ、神経が焼き切られるかのようであった。

「何なんだこれは。こいつら何を言って……」

裏辺が苛立《いらだ》たしげに喚く。その間にも凄《すさ》まじい力がドアをこじ開けようとしていた。

雄たけびのように声を張り上げ、僕と裏辺は一心不乱にドアを押さえつける。その攻防
をどれくらい繰り返しただろう。

やがてふっと電池が切れたみたいに囁き声はかき消え、同時にドアを押す力も失《う》せた。

僕と裏辺はもつれ合うようにして床に崩れ落ちる。

ドアの向こうから漂っていた異様な雰囲気は影を潜め、何事もなかったかのような静
けさに、僕らはただただ呆然《ぼうぜん》としてしまった。

「行った……のか……？」

誰に問うわけでもなく、裏辺が言った。恐る恐るドアを開き、隙間から廊下を窺《うかが》うが、
そこには無音の暗闇が広がるばかりだった。

「今の、何だったんですか？」

明彦が、上ずった声で訊ねる。

「この『白無館』を根城にする怪異といったところだ。その目的も性質も不確かなこと
ばかりだが、一つ確かなのは、我々を狙って襲ってきたということだな」

「怪異……？　ぼくたちを狙って……？」

余計に混乱したような顔をする明彦をよそに、那々木は腕組みをして思案顔を作る。

「だが、こうも簡単に引き下がるというのは、どうにもひっかかる。あきらめたのか、

あるいは最初から我々をここに足止めするのが目的だったのか……」

「足止めって、どういう意味だよ」

興奮冷めやらぬ裏辺がジーンズの汚れを払いながら立ち上がった。

「気味の悪い怪物どもが、俺たちをここに留《とど》まらせるためだけにこんなパフォーマンスをしたっていうのか？　何を根拠にそんなこと言うんだよ」

馬鹿な。あいつらにそんな知恵があるわけがない。僕は内心でそう呟《つぶや》いた。

那々木は、裏辺の反論をやすやすといなし、自らの考えを述べる。

「根拠はない。あくまで仮説だよ。この地に存在する怪異は定められた流れの変化を好まない性質があるようだからな。障害になりそうなものは早期に取り除くか、それが出来なければ、『流れ』から遠ざけなくてはならない。たった今我々を襲った何者かは、おそらくそういう目的を持って現れたのだろう」

那々木は視線を巡らせ、僕を見据えた。

――定められた流れ……変化を好まない……、
何かを暗示するような那々木の言葉が、頭の中で繰り返されていた。とても重要な事に気がつきそうなのに、あと一歩届かない。そんなもどかしさに襲われ、僕は内心で地団太を踏んでいた。

「とにかく、次に奴らが現れる前に、何か対策を考えた方がいい。どうせ、また俺たちを襲いに来るんだろ？」

裏辺は投げやりな口調で那々木に問いかける。それに対し、那々木はさも当然のような仕草でうなずいていた。

そんな彼らのやり取りを横目に、何気なく腕時計を確認した僕は思わず声を上げた。

「そんな……時間が……」

断片的な言葉を漏らす僕に、室内にいた全員が注目する。

「どうかしたのか？」と裏辺。

「飯塚さんが……」

かろうじて口にできたのは、それだけだった。

3

時計の針はすでに十時半を回っていた。これまでの繰り返しで僕が死体を発見する時間である。

ついさっき、那々木たちがやってくる直前に時刻を確認した時は九時半だった。体感的には五分から十分程度しか経っていないはずなのに、すでに一時間以上が経過している。まるで時間の流れにぽっかりと穴が開き、消し飛ばされてしまったかのようである。ただの気のせいだと言われればそれまでなのかもしれないが、これは今までの繰り返しの中で僕が何度も体験したことでもあった。

たとえば飯塚が殺されるのを防ぐために彼を尾行していても、ちょっと目を離した隙に姿が消え、時間が大幅に経過していたり、部屋から出て来ないように見張っていたはずなのに気づけば姿が消えていて、別の場所で死亡しているといった具合に、殺人を阻止しようとすればするほど何かに妨害されているかのように時間が消し飛ばされ、殺人が実行されてしまう。そんな現象が、たびたび発生していた。

なぜこんな現象が起こるのか、僕にはさっぱりわからないのだが、那々木が言うように、この場所に巣くう『何か』の意志が働いているという、漠然とした感覚だけはあった。

部屋を飛び出した僕の後に、裏辺と那々木が続いた。階段を駆け下り、一階廊下を走り抜けて食堂の扉を開き、目の前に山と積まれたバリケードを潜り抜け、カウンター脇のドアから厨房《ちゅうぼう》へ駆け込んだ瞬間、むせ返るほどの血の臭いが鼻をつく。

「やっぱり、止められなかった……」

判で押したみたいに同じ恰好《かっこう》で横たわる飯塚を見下ろしながら、僕はそう呟いた。何度見ても胸の悪くなるような惨状から目をそらして後ずさり、ドアの所にいた裏辺と那々木を押しのけて食堂へ戻る。

手近にあったテーブルに手をつき、深い溜息《ためいき》を吐きながら項垂《うなだ》れていると、少しずつ気分の悪さが緩和されていった。

「お前の言う通り、本当に足止めだったのか？」

「その可能性は大いにある。我々があの部屋に足止めされている間に殺人が実行された。これは言い換えれば『流れ』の改変を阻止されたということだからな」

二人は飯塚の死体のそばに屈《かが》みこみ、その様子を観察していた。

「それにしてもひでえなぁ。バラバラじゃねえか」

「重たい刃物を勢いよく振り下ろしたみたいに、切断された手足の断面がひしゃげて潰《つぶ》れている。凶器は鉈《なた》か、斧《おの》のようなものが……」

冷静に検証を進めていく二人の会話を聞きながら、僕は込み上げるものを口から吐き出さないようにするので精いっぱいだった。

刑事という職業柄、裏辺が死体に慣れているのは理解できる。だが何故、一介のホラー作家であるはずの那々木までもが冷静に死体を検分できるのだろう。彼も元は刑事だったのか。それとも医師の資格でも持っているのか。

どれだけホラー映画が好きで、スプラッタな表現に免疫がある人間でも、本物の死体を前にしたら、きっと平静ではいられない。視覚だけではなく嗅覚《きゅうかく》までもが強く刺激され、目をそらし鼻をつままずにはいられないはずなのだ。もちろん例外はあるだろうけど、少なくとも僕は何度体験しても、死体から生々しく立ち上る血の臭いには慣れることができなかった。だからこそ余計に、目をそらしたくなるような亡骸《なきがら》を前にして平然としていられる那々木に対し、不審な感情を抱かずにはいられなかった。

しばしの間、やり取りをしていた那々木と裏辺が食堂に戻ってくると、僕たちは揃ってその場を離れ廊下に出た。二人はとにかく冷静で、飯塚の惨《むご》たらしい死体を前にしても動揺するどころか、僕の話が事実であったことに安堵《あんど》すらしている様子だった。

「――天田くん」

突然、名を呼ばれて振り向くと、階段を降りてきた真由子が、小走りにこちらに駆けてくるところだった。

「真由子、どうして……」

声が不自然に震えた。これまでは僕が呼びに行くまでずっと、部屋で大人しくしていたはずの真由子が、どういうわけか部屋を飛び出し、死体発見の場にやってきたのだ。その後ろに続く明彦とオオシマの姿を認め、彼らが真由子を説得し、外に出てきたのだろうかと想像を巡らせる。

「だって天田くん、凄《すご》い勢いで部屋を出ていっちゃうんだもん。何かあったと思うのは当然でしょう?」

そう言って、真由子は食堂の方に視線を向ける。

「何かあったの?」

「実は、運転手の飯塚さんが……」

ここで嘘をついても始まらない。僕は正直に、今見てきたものを三人に説明した。

「嘘でしょ……なんで、そんな……」

驚愕《きょうがく》に目を剝《む》く真由子。明彦もまた同様に驚きを隠せない様子で表情を固めている。

そしてオオシマは、この期に及んでも何も喋《しゃべ》ろうとはせず、親指の爪をがりがりと音を立てて齧《かじ》っていた。視線も焦点が合わず、神経質な眼差《まなざ》しでしきりに周囲を気にしている。

「とにかく、君たちは部屋に戻っていた方がいい。僕たちは光原さんたちを……」

「そんなの嫌だよ。一緒にいた方が安全でしょ？　それに、またさっきみたいなことが起きたらどうするの？」

そう言われると、強く否定することもできなかった。那々木を振り返ると、やむを得ないといった表情でうなずいている。

「それで、次はどこだ？」

裏辺に訊《き》かれ、僕は無言のまま応接室のドアへと視線を向けた。

「光原夫妻は、あそこなんだな？」

確認するように問われ、僕は素直に首を縦に振った。

裏辺を先頭に、六人という大所帯で僕たちは応接室のドアを開く。足を踏み入れた途端、室内に充満していた強烈な血の臭いが溢《あふ》れ出した。

「いやあああああ！」

肩を並べてソファに座る光原夫妻の死体を目にした瞬間、真由子は声を張り上げた。飯塚のものと同様に四肢を切断された哀れな亡骸は、初めて見る者にはあまりにも衝撃が大きい。僕は視界を覆うようにして真由子を抱き寄せた。彼女は僕の胸に取りすがり、声にならない声を上げながら激しい呼吸を繰り返す。

「な、何なんですかこれ……なんでこんな……あぁぁ……」

　明彦もまた激しく取り乱した様子で荒い呼吸を繰り返している。口を押さえて壁際に屈みこみ、見開いた両目に涙を浮かべていた。オオシマはというと、僕たちから離れた位置で何事かぶつぶつ言いながらしゃがみ込んでいる。伸び放題の髪の毛をかきむしる姿を見る限り、この状況を正しく理解しているのかすらも怪しく感じられた。

「さっきと同じ犯行手口だな。どう思う、那々木？」

「それは、これが人間と怪異、どちらの仕業かという質問か？」

　裏辺は無言でうなずいた。那々木は曖昧《あいまい》に肩をすくめると、

「はっきりと断定はできないな。だが、ただの人間がこれをやったとして、何故わざわざ四肢を切断する必要があったのか、それが疑問だ。遺体を運ぶわけでも、都合の悪いことを隠すためでもないのなら、何かしらの儀式的な理由か、あるいは彼らに対し、よほどの憎しみがあったと考えられる」

　僕は無意識のうちに生唾《なまつば》を飲み下していた。正直、そこまで考えたことがなかった。怪物の仕業ならば確かに、深い動機などなくて当然かもしれない。だが、これが人間の仕業で那々木の言う通り、強い憎しみが原因だとしたら、その人間はどこにいるのか。どんな怨《うら》みを抱え、彼らをこんな目に遭わせたというのだろうか。

　答えのない自問を繰り返していた僕はその時、鼻先に漂う甘い匂いに気がついた。

ハッとして呟《つぶや》き、周囲を見回す。風もないのに、がたがたと窓が揺れていた。

「これは……」

「おい、あれ……」

裏辺が、低く押し殺した声でいった。その視線の先、何枚も並んだ窓ガラスの向こう、深淵《しんえん》の闇に支配された暗がりの奥から、何かが僕たちを凝視している。それも一つや二つではない。数えきれないほどの白い目が闇夜に怪しく浮かび上がっていた。

「嘘だろ……」

無意識に呟いた直後、ばん、と大きな音を立て、小さな手が窓ガラスに押し付けられた。

ばん　ばん　ばんばんばんばんばんばんばんばん

立て続けに、数えきれないほどの手が窓ガラスを叩《たた》く。まるで、それ自体を楽器に見立てているかのような大合奏に、室内の空気がびりびりと震えた。

「もしかしてあれが、館《やかた》に入る前に俺たちを襲ったやつらか？」

「そう考えて、差し支えないだろうな」

那々木の返答に、裏辺は引き攣《つ》ったような笑みを浮かべていた。その間にも、窓を叩く手の数は増していく。いつ窓ガラスが破られ、そいつらが部屋になだれ込んでくるかと思うと、居てもたってもいられなかった。僕たちはじりじりと後ずさり、次の瞬間、いっせいに踵《きびす》を返して走り出す。

だが、最初にドアに取りついた明彦がノブを握り、開こうとした時、

「――あけて」

聞き覚えのある声がドアの向こうから響いてきた。

「――ねえ、あけて」

僕は反射的に、ソファで息絶えている光原信代へと視線を向けていた。

――今の声は、彼女の……？

ありえない。死んだはずの信代の声が廊下から聞こえるはずがない。

「開けちゃダメだ！」

僕は咄嗟《とっさ》にそう叫んでいた。ドアノブから手を離し、そろりと振り返った明彦の顔は恐怖に引き攣っている。

「――ねえ、あけて……ねえ……」

再び声がした次の瞬間、がちゃりと音を立ててドアが開き、隙間から伸びてきた何者かの手が明彦の腕を摑《つか》んだ。

「う、うわあああ！」

突然の出来事に取り乱しながら、明彦は身をよじって暴れる。しかし、彼の腕にがっちりと食い込んだ土気色の指は簡単に外れはしなかった。

のだ。

「な、なんだありゃあ！」

裏辺が驚愕に声を上げた。明彦の腕を締め付け、力任せにドアの向こうへと引き込もうとしているのは、地下通路で目にした木像の腕だった。所々に黒い変色が見られる腐った木の腕が自らの意思を持っているかのように動き出し、明彦の腕を締め上げているのだ。

「くそ、この野郎！」

裏辺は気合一発、半開きになっていたドアを勢いよく蹴《け》りつける。ばきん、と硬い音を立てて何かが砕け、ドアは閉まった。

解放された明彦がたたらを踏んで後退し、しりもちをつく。

「大丈夫か、しっかりしろ」

僕は素早く駆け寄って明彦を立ち上がらせようとしたが、応じる余裕がない様子で床に座り込んだまま、彼は自身の腕を呆然《ぼうぜん》として見下ろしている。木像の腕は断面から血のような液体をどろりと滴らせながら、未《いま》だ明彦の腕に強くその指先を食い込ませていた。

「うわあああ！　離せ！　離せえええ！」

明彦が悲痛な声で、涙混じりに叫んだ。僕はどうにかして彼を落ち着かせようとしたけれど、半ばパニックに陥っている明彦はまるで聞く耳を持とうとしない。困り果てた僕を見かねたように、素早く駆け寄った那々木が木像の腕を掴み、指を一つ一つ、慎重な手つきで開いていく。

「落ち着くんだ。慌てる必要はない」

　那々木がこの場に似つかわしくない冷静な声で語り掛ける。だがそのおかげで平静さを取り戻したのか、明彦の荒い呼吸も徐々におさまっていった。

　やがて木像の腕を明彦から剝《は》がし終えた那々木は、懐中電灯の光でそれを照らす。ドアに挟まれ、砕け散った断面からは、依然として赤黒い液体が糸を引いて滴っていた。

「おい那々木、なんなんだよそれは。もしかして血か？」

　顔をしかめ、嫌悪感を丸出しにする裏辺。粘度のある赤い液体の毒々しい輝きをしばし観察した後、那々木はおもむろに腕の断面を鼻先に近づけて匂いを嗅《か》いだ。

「見た目は似ているが血ではないな。これは樹液だ。おそらく地下通路にあったのと同じ木像の腕だろう。ということは、窓の外にいるのも……」

　言いながら那々木は振り返る。窓ガラスには、相変わらず無数の手が張り付いていて、怪しく眼を光らせた地蔵のような像たちがひしめき合っていた。

　あいつらが中に入って何をしようとしているのかは想像したくもない。

「嫌……もういや……こんな所、いられないわ！」

　真由子がこらえきれずに声を上げ、ドアに駆け寄った。

「真由子、待つんだ！」

　僕の制止も聞かず、彼女はドアを開く。そこから明彦の腕を摑んだ木像が飛び出してくるのではないかと肝を冷やしたが、そうはならず、ドアとドア枠の間にこびりついた血のような赤い樹液がねっとりと糸を引いただけだった。同じように、床には大量の樹液だまりが広がっており、濃縮された甘い香りが鼻を突く。

「いやああああ!」

生々しくもおぞましいその光景を前に、真由子は声を張り上げながら廊下に飛び出していった。

4

閑散としたエントランスに真由子、そして僕の足音が響いている。暗闇を行く彼女の背中を追いかけながら、僕はそれこそ、デジャヴとしか言いようのない感覚に囚《とら》われていた。

真由子と共に辻井と美佐の死体を発見する。それはこれまでに何度も体験したことであり、彼女の反応もその後の展開も常に同じようなものだった。今回のように、これまでとは違う出来事が発生していても、結局はやはりこういう流れに回帰してしまうのかという落胆に、僕は半ば打ちのめされてもいた。

この先に何が起きるのか、僕にはわかっている。玄関扉の側で辻井と美佐の死体を見つけ、立ち止まった真由子はその場に崩れ落ち、そして――

「いや、いやあああ！」

ガラスをひっかくような絶叫が屋内に響き渡った。一歩遅れて駆け付けた僕にしがみつき、真由子はひたすら泣きじゃくる。真由子が受けたショックはかなり大きいようで、声が嗄《か》れてしまうのではないかと心配になるほどの金切り声を上げていた。応接室での出来事が、彼女の抱えていた恐怖に拍車をかけたのかもしれない。

真由子を強く抱きしめながら、僕は物言わぬ二人の亡骸《なきがら》を見下ろした。あおむけに倒れた美佐は全身のあちこちに刺し傷があり、大量の血によってはだけたシャツが真っ赤に染まっている。うつぶせに倒れ、背中にナイフを突き立てられた辻井は苦悶《くもん》の表情で虚空を睨《にら》み据えていた。

いい加減、見慣れてしまった二人の死にざまである。

「くそ……」

誰にともなく毒づいて、僕はもどかしさに歯嚙《はが》みした。

やっぱり救えない。何をどうしたって、どこをどう変えようとしたところで、誰も救うことができない。それなのに、どうして繰り返さなくてはならないのか……。

答えのない自問もまた何度目だろう。終わりのない悪夢は、僕を手放す気はないらしい。もはや泣くことも嘆くこともできず、僕は強い脱力感に見舞われていた。

「――遅かったか」

遅れてやってきた那々木が、さほどの感慨もなさそうに呟《つぶや》き、裏辺は「おいなんだよこれ！」と驚きを口にする。

「ん？　これは……」

二人の亡骸を無遠慮に見下ろしていた那々木が何かに気付き、手を伸ばしかけたちょうどその時、がしゃ、と玄関扉が不自然な音を立てた。

扉はいつものように、取っ手の部分が鎖でぐるぐる巻きにされ、南京錠で固められている。今この場にいる誰一人として、扉に手を触れている者はいないというのに、何故そんな音がするのか。

困惑する僕たちをよそに、再びがしゃ、と音がした。固く閉じられた扉を何者かが向こう側から強引に開こうとしているのだ。

「まさか……また……」

さらに遅れて駆け付けた明彦が呻《うめ》くように言った。その少し後ろ、最後にやってきたオオシマは、床に倒れている二人の亡骸を見下ろすや否や、頭を抱え、ぶるぶると小刻みに震え始めた。

「あぁぁ……うぅあぁぁぁ……」

意味不明の言葉を発しながら、オオシマはその目を驚愕《きょうがく》に見開き、血なまぐさい二つの死体を凝視している。何かを訴えようとしているのか、それとも度重なる異様な出来事に精神が限界をきたしているのか。

「なんで……わたし……なん……で……」

意味の分からない言葉を絞り出して、オオシマは床に膝《ひざ》をついた。それから哀れなほどに嗚咽《おえつ》を漏らしてすすり泣く。そんな彼女の姿に僕は言い知れぬ違和感を覚えながらも、前方の扉に再び注意を向けた。

がしゃがしゃと扉が前後に揺すられて、鎖が音を軋《きし》ませる。やがて扉の向こうから、くぐもった調子で響いてくる誰かの声——

「あけ……て……あけて……」

ごく最近、聞いた覚えのある若い女性の声。僕と真由子は反射的に顔を見合わせた。

「これって、美佐さんの声？」

「確かに似てる。でもこんなの……」

そう、あり得ないのだ。何故なら美佐は僕たちの目の前で死んでいる。身体中から血を流し、冷たい床の上に転がって息絶えているのだ。

——それなのに、どうして……？

「あけ……て……あけてえ……」

最初は片言だった声が、やがてはっきりとした言語となって僕たちの耳に届く。しかし、それは本物の彼女の声ではないのだろう。およそ美佐とは思えぬその声の主は、僕たちにこの扉を開けさせて中に入ってこようとしているのだ。

——いったい、何のために？

もうわけがわからない。こんな展開は今まで一度だってなかった。

「おい那々木、これは開けなくていいんだよな……？」

「ふむ、個人的には開けてみたいものだが、やめておいた方がいいだろうな」

二人のやり取りの合間にも、扉を叩《たた》く音は強まり、声がどんどん大きくなっていく。

「あけてええ……あけてえええ……あけてよぉ……あははははははっ！」

か細く懇願していた声が、急に下卑た笑いへと変化した。そして次の瞬間、外からではなくエントランスホール内に同様の笑い声が響き渡る。それも一つではない、数えきれないほどの人が一斉に笑い出したかのようなけたたましい響きだった。

同時に、柱の陰やホールの隅の闇だまりといった場所から、こちらを凝視する複数の視線を感じ、僕は恐怖に震え上がった。

「くそ、またかよ！　どうするんだ那々木！」

「どうもこうもない。怪異の性質を見極める手段がない以上、打つ手などないさ」

さも当然のように、冷めきったような口調で那々木は言った。

「なんだよそれ！　いきなりお手上げかよ！　くそ、やっぱりついてくるんじゃなかったぜ」

裏辺が毒づきたくなる気持ちもわかる。だが那々木の言う通り、ここでどんなにあがいても、僕たちは行きつく場所に行きついてしまうのだろう。どんな方法でどこへ向かおうとも、結局最後にはあの広間に誘導されてしまうのだ。

川面《かわも》を泳ぐ魚が、水の流れを遮ることなどできないように、僕たちもまた流れに逆らうことなどできない。ならばいっそのこと、ここで怪物たちの餌食《えじき》になった方が楽かもしれない。そんな投げやりな気持ちが僕の胸を埋め尽くそうとしていた。

「天田くん……」

不意に向けられた声に、物思いを断ち切って視線を向ける。真由子は涙でぐしゃぐしゃになった顔で僕を見上げ、何事か訴えかけるように唇をかみしめていた。

言葉はなくとも、恐怖に打ち震える彼女の心境が手に取るようにわかる。当然だ。僕と違って、真由子には繰り返しの記憶などない。すべてが初めての出来事で、唯一の現実なのだから。

「私たち、どうしたらいいの？　このまま、ここで……」

その先を口にすることに抵抗を覚えたのか、真由子は押し黙る。額をぐりぐりと僕の腕に押し付け、恐怖に負けまいと懸命に自らを奮い起こしているかのようだった。

この時、僕は唐突に、弱気になっていた自分がどうしようもなく恥ずかしく思えた。真由子はこんなにも必死に強くあろうとしている。泣き喚《わめ》いたり命乞《いのちご》いをしたりするのではなく、最後まで生き抜こうという意志を固めている。彼女のそんな姿を前にして、忘れかけていた記憶が、光景が、僕の脳裏に鮮烈に蘇《よみがえ》ってきた。

――……に……げろ、天田。生きて……。

次の瞬間、僕は深く呼吸をして下唇を噛《か》みしめた。

失いかけていた強い感情が、胸中で脈打っている。

「……死なせたりなんかしないよ。絶対に」

真由子の目を見つめ返し、僕はそう呟く。

諦《あきら》めてたまるか。真由子のためなら何度だって繰り返してやる。そう決めたじゃないか。

「畜生、どうするんだよ。このままお手上げかよ！」

「ふん、さっきから喚いてばかりだな裏辺。お前のネガティブな発言にはいい加減うんざりだ」

「あのなあ、誰のせいでこんなことになってると思ってんだよ。そもそもお前が――」

なおも押し問答を続けている二人を遮って、僕は声をあげた。

「地下の広間、あそこからなら外に出られます。行きましょう」

「地下だって？　なんであんな所に……」

「いや、彼の言う通りにしよう」

躊躇《ちゅうちょ》する裏辺を遮り、那々木は僕の意見に賛同した。

「どのみちここにいたら怪異に囲まれるだけだ。天田くんの言う通り、脱出できる場所に逃げ込むのは正しい判断と言える。それに、あの広間が最後に行きつく場所ならば、そこで全てを明らかにするのもいいだろう」

何やら含みのある物言いをする那々木に対し、納得がいかないような顔をしていた裏辺だったが、笑い声にまじって乾いた足音が響き始めた瞬間、

「わかったよ。ほら、行くぞ。ぐずぐずするなよ！」

明彦とオオシマを急《せ》かしつつ、先陣を切って来た道を引き返していった。

僕は腰が抜けたように座り込んでいる真由子を立ち上がらせて、彼らの後に続こうとしたが、何故か死体のそばから離れようとしない那々木に気づき、二の足を踏んだ。

「那々木さん、どうかしたんですか？」

忘れ物でも探しているかのような恰好《かっこう》でしゃがみ込み、那々木は懐中電灯を美佐の亡《なき》骸《がら》へと向けていた。

「……いや、何でもない」

奥歯にものが挟まったような口調で押し黙り、あおむけに倒れている美佐の左腕のあたりに注目している。犯人と揉《も》み合いでもしたのか、薄手のニットの袖が肘までまくれて、異様に白い肌がむき出しになっていた。そこに何かヒントになるようなものがあるとでもいうのか。

扉がひときわ大きな音を立てて揺れ、暗闇から迫りくる足音が速まった。どこにもそれらしい姿が見えないのに、すぐそばに何かが迫っているのが肌で感じられ、僕は強い焦燥感に駆られる。

「那々木さん！　行きましょう！」

強く急かすと、さすがに身の危険を感じたのか、那々木は軽く舌打ちをしてから立ち上がり、僕と真由子の後に続いて走り出した。

第五章

1

一階廊下を奥へ向かう最中にも、薄気味の悪い笑い声と足音はしつこく追いかけてきた。だが礼拝室へ駆け込み、奇怪な曼荼羅《まんだら》を横目に地下通路へ足を踏み入れた頃には、それらは嘘のようにおさまった。

「何なんだよ。これじゃあまるで誘導されているみたいじゃねえか」

裏辺が忌々《いまいま》しげにこぼす声に応《こた》える者はいなかった。さほどの距離を走ったわけでもないのに、誰もが肩で息をして苦しそうに脇腹を押さえている。特に那々木なんかは、フルマラソンを走りきった後のように疲れ果てていて、青白い顔が余計に強調されていた。作家という職業ゆえ、運動不足がたたっているのかもしれない。

ひんやりとした冷気が漂う地下通路は、呼吸するのもためらわれるような静けさで僕たちを暗黒の淵《ふち》へと誘っていた。途中、壁のくぼみにあの木像の姿を見つけた時、僕を含む全員がはっと息を呑《の》んで身構えたが、木像が動き出すようなことはなかった。

「どうなってるんだ？　こいつらが俺たちを襲ってきたんじゃないのか？」

裏辺の問いかけに、那々木は低く唸《うな》るような声で応じる。

「ここにあるのは正真正銘、ただの木像のようだ。さっきまで我々を追い詰めようとしていたものとは別物なのだろう」

そう言われたところで、はいそうですかと安堵《あんど》することなどできなかった。いかつい顔でこちらを睨《にら》みつける木像から可能な限り距離を取りつつ、今にもそいつらが動き出し、襲い掛かって来るのではないかという恐怖に怯《おび》えながら、僕たちは進み続けた。

「――天田くん」

不意に背後から声をかけられ、僕は危うく飛び上がりそうになった。

「な、何ですか？」

「驚かせてすまない。少々、教えてほしいことがあるんだ」

那々木はそう前置きして、わずかに声を潜めた。

「君たちバスの乗客はどこへ向かっていたのか、どういう経緯で、どのような流れでここへやってきたのかをもう一度説明してほしい。互いの間柄も含め、可能な限り詳しくだ」

突然そんなことを言われ、僕は少なからず戸惑ってしまった。

「どうして今、そんなことを？　僕たちのことなら、もう説明したじゃないですか。それに、みんな殺されてしまいましたし……」

「それはわかっているよ。だが今は、そんなことよりも重要な――」

「そんなことって、どういう意味ですか！」

自分でも思いがけず強い口調になっていた。勢いに任せて、僕は更にまくしたてる。

「那々木さんも裏辺さんも、僕の言う事を信じてくれたんですよね？　だったらどうして皆を助けてくれなかったんですか？　裏辺さんは刑事なんだから、もっと強引なやり方で皆をどこかに閉じ込めでもしてくれれば、死なずに済んだ人だっていたかもしれないのに」

無意識に握りしめた拳《こぶし》が震えている。自分でもどうしようもないことだとわかっているからこそそのもどかしさに、僕は身もだえしていた。那々木に対してこんなことを言うのが、お門違いの八つ当たりだということにも気がついていた。それでも、吐き出さずにはいられなかった。

「――あ……すいません。つい……」

気づけば誰もが足を止め、僕と那々木に注目していた。気恥ずかしさを覚え、僕は慌てて弁解する。それに対し、那々木はゆるゆると首を横に振り、

「いや、君がそう思うのは当然だ。もどかしくもなるだろう。私も裏辺も、そのことについては心苦しさを覚えているよ。だが、彼らの犠牲を嘆くよりも、重要なのはこの先どうするかだ。無事に脱出するためには、君たちについての情報を今一度、きちんと整理する必要がある。だから、どんな情報も漏らさずに教えてくれ」

那々木の言うことは確かに現実的だった。僕を信じてくれていたとはいえ、何もかも

鵜呑《うの》みにしていたわけではないだろうし、何度繰り返しても誰のことも救えていない僕が、そもそも彼らに当たり散らすこと自体が間違っているのだ。そう納得し、僕は感情的になっていた自分を戒めた。それから改めて、僕が見聞きしてきた情報を一から洗いざらい話すことにした。

しかし、そうはいっても、真新しい情報があるわけでもない。僕たちは慰霊祭に向かう途中でバスに乗り合わせただけの間柄であり、同じ事故によって家族や大切な人を失ったという共通点こそあれど、私生活での関わりなどないのだから。もし那々木が、僕たちの中に殺人犯がいると考え、犯行の動機を探ろうとしているというのなら、僕が与える情報だけで何かを判断するのは難しいはずである。

ひとしきり話し終え、那々木の反応を窺《うかが》ってみたが、やはり思った通り、何かに気づいたような素振りは見られなかった。

「――慰霊祭に招かれたのは君たちだけではなかったんだな？」

何気ない口調で確認され、僕はうなずく。

「そうです。もっと多くの人が参加するはずですけど、どうやら手違いがあって駅からの送迎バスが一台しか用意できなかったらしいんです。それで僕たちは、急遽《きゅうきょ》用意された二台目のバスに乗り込むことになって、集合時間も夕方になりました」

「……ふむ、そういうことなら……いや、しかし……」

「何か気づいたことでも？」

そう問いかけても、那々木はぶつぶつと独り言を呟《つぶや》くばかりで返答はなかった。すでに思考の檻《おり》の中に閉じこもってしまったらしく、僕の声も届かないのだろう。虚空を睨み据えるような眼差《まなざ》しには、何か確かなものを捉《とら》えたような光が宿り、口元には不敵な笑みが刻まれていた。こうなってしまっては、まともな会話など不可能だ。仕方なく那々木との会話を打ち切り、真由子の隣に戻るため歩調を速めて歩き出そうとした時、少し先を歩いていた明彦が壁に手をついて立ち止まった。

「ちょっと、大丈夫かい？」

「……うん、大丈夫」

力なく応じる彼の腕を摑《つか》み、ちゃんと歩けるように支えてやる。立て続けに起きた出来事のせいで、彼もまた疲弊しているのだろう。

「ここがどんなにひどいところか、理解できただろ？」

「……そう、だね」

冗談めかして言うと、明彦は苦笑した。しかしすぐに顔を上げ、

「でも後悔はしてないよ。ここに来なきゃ、父さんの身に何があったのか分からないままだったから」

強い意志を宿した瞳《ひとみ》できっぱりと告げた。

思いがけず大人の男の顔を見せた明彦に、僕は素直に感心した。

「強いんだな。こんな状況でも父親のことを考えられるなんて」

「来てよかった、とまでは言えないけどね」

少しだけ思いつめたように言ってから、明彦は苦笑した。無邪気さを残すその笑顔のおかげで、ほんのわずかではあるが心が和んだ。

「ぼくたち、本当に外に出られるのかな……」

明彦が嘆くような声で呟いた。それに対し、僕はあえて明るい口調を意識して、

「もちろん出られるさ。この奥の広間の窓から出れば中庭に通じている。そこから敷地の外に出て山を下りればきっと……」

そこまで言って、思わず口ごもる。

あの怪物たちは、館《やかた》に入る前の那々木と裏辺に襲い掛かろうとしていた。応接室では、窓の外に大量の怪物たちがひしめき合ってもいた。それらはつまり、奴らのテリトリーが建物の中だけではなく、外にも及んでいるということではないか。そう考えてみると、広間の窓から外に出た真由子が毎回、悲鳴をあげていたのにも納得がいく。

外に出ても、僕たちには逃げ場がない。その皮肉ともいえる現実に思い至り、愕然《がくぜん》とする僕に気付いたのだろう。明彦は怪訝《けげん》そうに首をひねった。

「あの、大丈夫？」

「ああ、なんでもないよ。大丈夫」

心配していたはずの明彦に逆に心配されてしまい、僕はひどく情けない気持ちで苦笑した。恥ずかしさを押し殺すように、わざと何でもないような顔をして明彦に笑いかけ

る。

「外に出てからは、きっと那々木さん達がどうにかしてくれるはずだ。だから心配はいらないよ」

「天田さんは一緒に行かないの？」

「僕は……たぶん無理だから」

思わずこぼした一言に反応し、明彦は首をひねった。

「無理って、どうして？」

「それは、その……」

再び口ごもる僕に、明彦が詰め寄った。どうにかして誤魔化そうとしたのだが、それらしい言い訳が浮かばない。

「僕はもうずっと、この夜を繰り返しているんだよ――」

ここまで色々なものを見聞きしている明彦に対し、嘘をつく必要はないのかもしれない。わずかな逡巡《しゅんじゅん》の後で、僕は自分が抱える事情を彼に打ち明けた。

「――嘘でしょ。そんなことが本当に……」

案の定、明彦は驚愕《きょうがく》に目を見開き、言葉を失う。

「信じられないかい？」

「……いや、ここまで来たら何が起きても驚かないよ。天田さんがこんな状況で嘘をつくような人だとも思えないし」

明彦は真剣な顔をして僕を見返した。端整な顔立ちに対し、どこか幼さを感じさせるその眼差しには、疑惑の色は浮かんでいなかった。

「ぼくたちが脱出した後はどうするつもり？　また最初から繰り返すの？」

「それは……」

たぶん、そうなるのだろう。たとえ彼らが無事に外に出られたとしても、僕だけは絶対にこの夜から抜け出せないはずだ。

曖昧《あいまい》に黙り込んだ僕の腕を、明彦が強い力で摑んだ。

「そんなの駄目だよ。どうにかならないの？」

これまでに見せたことのないような悲痛な顔をして明彦は訴える。

「真由子さんには、ちゃんと事情を説明した？」

「もちろん何度もしたよ。けど真由子は信じてくれなかった。当たり前さ。僕だって逆の立場なら信じられないだろうからね。こんな場所、本当は一秒だっていたくないし、僕も真由子と一緒に外に出たい。そう思って、ずっと一人で必死にやってきたけど、結局は何をしても無駄だったんだ」

これまで、幾度となく繰り返してきた悪夢の記憶を掘り返しながら明彦の手を振りほどく。気づけば僕の拳《こぶし》は小刻みに震えていた。

「でも、きっとどうにかする方法があるはずだよ。ぼくにできることがあったら――」

「無理なんだよ。誰が何をしようと、たぶんこの運命は変えられないんだ」

それは半ば、自分に向けた台詞《せりふ》だった。明彦は何かもの言いたげに食い下がろうとしていたが、やがて諦《あきら》めたように視線を逸《そ》らした。

「とにかく君たちは外に出られる。どうか、あいつらに捕まらないように山を下りてくれ。そして二度とこの場所に近づいちゃダメだ」

強く言い聞かせるような口調で告げながら、明彦の横顔へと視線を向ける。彼はしばらくの間、言葉をなくして黙り込んでいたが、不意に立ち止まり、少し先の地面に懐中電灯の光を向けた。

「あの、これ……」

明彦が見ていたのは、木像の腕とその傍らに転がる薄汚れた『鈴』だった。那々木が『金剛鈴』と呼んでいた、木像の腕が所持していた法具である。

明彦はおもむろにそれを拾い上げ、

「何かの役に、立つかな？」

「どうかな、那々木さんは魔よけの効果があるって言ってたけど」

「魔よけ……」

そう独り言ちて、明彦は『金剛鈴』をポケットに押し込んだ。そうすることで少しでも彼の不安が取り除かれるのなら、それもいいだろう。

「さあ急ごう。広間はすぐそこだ」

「……はい」

明彦は僕を一瞥《いちべつ》し、弱々しくうなずいた。

それっきり、会話らしい会話は交わさなかったけれど、何事か言いたそうにしているその横顔が、やたらと印象に残った。


それからしばらく進むと、前方右側の壁に重厚な鉄の扉が現れた。

「あそこです。あの広間から外に――」

出られる、と続けようとした僕の声にまじって、背後から物音がした。

おそるおそる振り返った僕は、同じように後方を振り返った那々木の懐中電灯の光の先に、もはや聞きなれてしまった足音を響かせ、何事かを囁《ささや》く異様な人影を見た。

それは、やや小柄な人間と見まがうフォルムをして、その姿を闇に溶け込ませている。両手両足、胴体、そして頭部。一見すればごく普通の人間だ。だが片方の腕は肘《ひじ》の辺りで途切れ、そこから赤とも黒ともつかぬ粘液を滴らせている。

かつ、かつ、と乾いた足音を響かせ、膝《ひざ》を曲げずに歩くような奇妙な足取りで迫り来るその異形を前に、僕たちは逃げることも忘れて立ち尽くしていた。

「ほう、これはまた面妖《めんよう》な……」

呟《つぶや》いたのは那々木だった。互いの距離が五メートルほどに近づいた時、光の輪の中にそいつの姿がはっきりと浮かび上がる。それは一見すると、壁のくぼみに佇《たたず》んでいた木像と同じ形。しかし何かが違っている。

やたらと白い陶器のような左腕。浅黒く日焼けした逞《たくま》しい左脚。そして何故か頭部からは長い金色の髪を生やしている。そのことを認識すると同時に、僕の脳裏にはこれまでの繰り返しの中で目にしてきた、何人もの闖入者《ちんにゅうしゃ》たちの末路が思い出された。

彼らはこの怪物に惨殺され、大量の血液を残して姿を消した。今、目の前にいるこの木像こそが、彼らが消えた理由を体現しているのではないか。殺された彼らは、引きちぎられた身体の部位をこの木像に接合され、こうして亡者のようにさまよい続けている。死ぬことすらも出来ずに苦しみ続けているのだ。

光の先に目を凝らすと、木像の背後には、一つ二つと別の木像の姿があった。ある者は頭部に顔が三つ接合され、またある者は光背に無数の手足を背負い、木像の身体と生身の人間の部位とが歪《いびつ》に融合した接合体。

それらは自らの意思を持ち、念仏に似た理解不能な言葉を口にしながら、ゆらゆらと頼りない足取りで僕たちに迫ってきているのだった。

「うわあああああ！」

そう思い至った瞬間、僕は絶叫していた。これまでに見えなかったものが鮮明に形を持って現れ、非情な現実を突きつけられる。

現実……そう、現実だ。どれだけ馬鹿馬鹿しくても、ありえないことだとしても、これが僕の現実なのだ。終わりの見えない繰り返しの中で、僕は初めてその正体を目の当たりにした。闖入者たちを葬り、その身に取り込んでしまう醜悪な化け物の姿を。

――冗談じゃない。

内心でそう叫び、僕は真由子の手を握った。

　今までは知らなかった。知らずにいられた。この夜を何度繰り返しても、あの怪物は僕の前に姿を現さなかった。だから僕はまともでいられたのかもしれない。何かがいるとは感じていたが、それが何なのかを確かめずにいたから正気を失わずにいられた。あんなものを目の当たりにしてしまった以上、またこの夜を繰り返すなんてごめんだった。姿を見られた怪物は、この先のループで僕を標的にするかもしれない。捕まってしまったら、僕も木像の一部にされてしまうかもしれない。

そう思うだけで、全身の震えが止まらなかった。

「おいマジかよ。冗談じゃねえぞこれは」

裏辺は素早く踵《きびす》を返し、明彦もそれに倣った。彼らに続き、走り出そうとしたオオシマは足をもつれさせて転倒し、地面にしたたか身体を打ち付けては、痛みに息を詰まらせる。

「オオシマさん、しっかりして」

そばにいた明彦が手を貸そうとした瞬間、オオシマは目の前に差し出された手を払いのけ、金切り声に似た悲鳴をあげてうずくまった。その反応に戸惑う明彦の傍らへと素早く駆け寄った那々木が、地面に突っ伏しているオオシマの左腕を摑《つか》む。彼女が身をよじって抵抗した拍子に、薄汚れたカーディガンの袖《そで》が音をたてて破れた。

「……これは」

思わず、といった調子で那々木が呟く。オオシマはハッと顔を上げ、慌てて立ち上がると、那々木の手を強引に振りほどき、はだけたカーディガンをかき合わせて逃げるように走り出した。

無数の足音と囁き声に追われながら、僕たちはひと塊となって地下通路を駆け抜け、広間へと駆け込んだ。

最後に那々木が飛び込んできたのを確認し、裏辺が扉を閉め閂《かんぬき》をかける。

「やれやれ、なんとか逃げおおせたな」

冗談めかした口調で、裏辺は乾いた笑いを浮かべた。全員が肩で呼吸をしながら、安《あん》堵《ど》の息を漏らす。

広間の中は、やはりこれまでと同様に不気味な静けさに包まれていた。耳鳴りがするほどの静寂に、一同の荒い呼吸が響く。

「早く外に出ないと、さあ――」

安心するのはまだ早い。僕は壁際にある棚を足場にして窓を開け、みんなを促した。吹き込んだ生ぬるい風が頬を撫《な》でる。

「待つんだ。外に出るのは考え直した方がいい」

突然、那々木がそんなことを言い出した。

「な、何言ってるんですか？」

思わず声を荒らげ、僕は足場から降りて那々木に向き直る。摑んでいた手を急に離したせいで棚がぐらつき、中にあった書物類が落下。床に散らばった。

「那々木さんも見たでしょう？　早く逃げないと、あなた方はあいつらに殺されるんですよ。僕と真由子だってこのままじゃ……」

あの怪物たちに真由子が捕まってしまう光景を想像し、僕はぶるぶると頭《かぶり》を振った。

「天田くん、君が焦る気持ちはわかる。こんな状況で落ち着けというのは無理かもしれないが、あえて言おう。少し落ち着くんだ」

悠長に言ってから、那々木は広間をぐるりと見回した。

「この部屋の中に、真相へと至る鍵《かぎ》があるかもしれないんだ。まずはそれを――」

「そんな呑気《のんき》なこと言ってる場合ですか！　このままじゃ本当に危険なんだ！」

こらえきれずに声を荒らげた僕は、怒りに任せて棚を殴りつけた。衝撃で再び書物が落下し、足元を埋め尽くすような勢いで散らばっていく。息を呑《の》む真由子。ひっと声を上げて後ずさるオオシマ。驚いて目を丸くする明彦。それぞれの反応を見て、頭に上った血が急速に下がっていく。

「大きな声を出してしまってすいません……でも本当に……」

改めて抗議しようとした僕の声を、しかし今度は別の人物が遮った。

「あの、これ、何だろう？」

明彦がその身をかがめ、足元に落ちた書物を見下ろしていた。つられて見ると、ぶ厚い辞典のような書物の函《はこ》の中に、古びたノートが数冊しまい込まれている。

「何かのメモかな？」

そのうちの一冊を手にした明彦が、あっと声をあげた。ノートは手書きの文章で埋め尽くされている。明彦の手からそれを受け取り、素早く目を走らせた那々木は、途端に目の色を変えた。

「これは……そうか、こんな場所にあったのか」

那々木は忌々《いまいま》しげに独り言ちて、函を掴み上げる。

彼が最初にここを訪れた時、棚には同じような書物がたくさん並んでいたため、すべてを確認することはしなかった。まさかこんな古典的なやり方で隠されているとは思わなかったのだろう。那々木はまんまとしてやられたとばかりに苦笑してから、ノートの内容を食い入るように読み始めた。

「なぁ、どうしたんだよ那々木。それ、いま読まなきゃならないものなのかよ？」

「これは柴倉泰元が書き残した手記だ。欲しかった情報は、おそらくこの中にある」

きっぱりと言い放つ那々木。これには裏辺も反論しようとせず、ごくりと生唾《なまつば》を飲み下した。

僕との口論をすっかり忘れ、自分たちの置かれた状況すらもそっちのけにして、那々木はノートのページを手繰っていく。

2

一九九八年　六月四日

かねてより勧誘を続けていた仏師、平方白舟氏《ひらかたはくしゅう》をようやくこの白無館に迎えることが出来た。彼にはこの一年ほど『十三封神立像《じゅうさんほうしんりゅうぞう》』の制作を依頼しており、すでに九体が納められている。我々の熱心な説得によって白舟は残りの立像と『器』の制作を白無館で行うことを承諾してくれたのだ。

地下通路の奥の広間を工房として、その卓越した手腕を存分にふるってもらおう。

一九九八年　七月二十六日

やはり白舟氏の腕は錆《さ》びついてなどいなかった。たったこれだけの期間で残り四体となる『十三封神立像』の一つを仕上げてしまった。出来栄えも申し分ない。彼は間違いなく当代一の仏師だ。

彼の作り出す木像は得体の知れぬ光に包まれている。神々しいというのはまさにこの事を言うのだろう。この調子で我らの求める神の姿を具現化してもらおう。

はじめは偶像でいい。やがて願いを聞き入れた神は必ずそこに降りてくださる。神とはそういうものだからだ。

一九九八年　九月十七日
また事故が起きた。山で木材を調達しようとしていた若い信者が、工具の扱いを誤って足を切断してしまったようだ。麓《ふもと》の病院に運び込まれ、すぐに治療が施されたが、傷口が凄まじい速さで腐食を始めていたらしく接合は断念されたという。これまでにも似たような状況で怪我をする信者が多くいた。彼は四人目だった。
かつて、近くの谷にあった集落では、この山は禁足地とされていた。山そのものを神聖視し、神々の棲《す》む地として崇めていたのだ。だが徐々に過疎が進み、人口が減るにつれて彼らの信仰も薄れていった。集落から人が消える頃には、祠《ほこら》は手入れもされず、朽ちるに任せるままだったという。
忘れ去られた山の神が、無断で立ち入った我々に敵意を向けているのだろうか。

一九九八年　十月二十七日
器の制作は順調だが、このところ白舟の疲れが目立つ。我らのシンボルとなり得る神の器と、それを封じる木像との並行制作による疲労が溜《た》まってきているのだろう。
卓越した技術を持ちながら、自分の意に沿わない作品を決して作ろうとしない頑固な職人であった白舟は、長年連れ添った妻を失ったことですっかりふさぎ込んでしまった。仏像づくりにかけては日本一とまで称された白舟はやがてギャンブルに溺《おぼ》れ、職人仲間からも見放され、見る影もないほどに落ちぶれていった。

彼に器を作らせるという意見が幹部らから出た時、私は乗り気ではなかった。酒浸りで借金まみれの職人崩れに、我らの神像づくりを任せられるわけがない。そう思っていた。だが結果的に、私の考えが間違っていたことが証明された。一度は見捨てた子供たちを取り戻すために、白舟はわれら教団の神像づくりに協力することを承諾した。そうして作り出された彼の作品は、私を大いに満足させてくれた。

彼の働きによって『十三封神立像』は残り三体となっていた。我ら人宝教の神を守護し、この地に封じる役目を持つそれらの像は、ひと目見ただけで魂が吸い込まれそうな力を感じさせる。その禍々《まがまが》しくも蠱惑《こわく》的な姿に私は一瞬で心を奪われた。これならきっと、我々が求める力を発揮してくれることだろう。来るべき神の降臨において、これらは決して欠かせないものなのだから。

一九九八年　十二月十九日

器の制作が佳境に入った。完成はまもなくだ。それに合わせて、かつて谷の集落が信奉していた神を祀《まつ》る祠を探し出すことにした。詳しい位置はわからないが、集落跡地からそう遠くはないはずだ。若い信者たちの中から体力のある者を選抜し、捜索に向かわせることにしよう。

一九九九年　一月三十日

なんということだ。祠は無事に発見できたが、目的のものを持ち帰ることはできなかった。それればかりか、捜索に出かけた者達は猛吹雪に見舞われて遭難し、二日後に戻ってきたのはたったの二名だった。帰還した彼らは強いショック状態に陥っており、正気を保てていない様子で、支離滅裂な発言を繰り返すばかりだった。

一夜明け、ようやく我に返った彼らはしかし、今度は何かに怯《おび》え、会話もままならなかった。仕方なく『御籠《おこも》りの間』に彼らを収容し、『なえびと』の候補にすることとした。

捜索隊の身に何が起きたのかは依然として知れない。それこそ神隠しのように、彼らは姿を消してしまったのだった。やはり我々は、禁足地に住まう土地神の怒りを買ってしまったらしい。だが、そのこと自体を恐れることはない。かつて神として崇められたものが確かに存在する。そのことを確認できたのは、大きな収穫だった。

神は絶対に必要だ。

遠い昔、異国の地で、飢えと渇きに苛《さいな》まれ、悪夢と恐怖が混在する終末のような空間に身を置きながら、やがて訪れる死を目の当たりにした私はその時、確かに神を感じた。限りなく死に近い生の彼岸にて、天にも昇るような安らぎと地獄の底を覗《のぞ》き見たような恐怖が混在する不思議な感覚を得たのだ。それは恍惚《こうこつ》的でも快楽的でもない。むしろ恐怖を起源とする畏怖《いふ》すべき感覚でもあった。人という小さな存在が天上の神々を前にした時に感じる圧倒的な無力感とでもいうのだろうか。

私はもう一度、あの感覚に触れたい。恐怖と悦《よろこ》びを取り戻したい。

そのためならば、何を犠牲にすることもいとわないのだ。

一九九九年　二月十五日
器の完成は間近だった。二日前に祠へと出向いた私は、目的のものを手に入れて帰還した。朽ち果てた祠へと、それこそ命すらも差しだす覚悟で飛び込んだのだが、驚くほどあっけない顚末《てんまつ》に拍子抜けすらしてしまった。

当然かもしれないが、土地の神は私の前に姿を現さなかった。だが、その存在は感じられたように思う。もしかすると、信仰を失い神性を欠いたこの神は、我らと共に来ることで失った神性を回復させられると気づいているのかもしれない。

何もかも良い方向に進んでいる。それもこれも、大いなる神の御導きだ。

我ら人宝教が衆生を救済する日も近い。

一九九九年　三月八日
白舟が逃亡を図った。すでに九割がた完成している器を放り出し、体調が悪いと嘘をついて別館の医務室を訪れ、窓の格子を外して脱走しようとした。幸い、建物から出てすぐに巡回中の信者に見つかって連れ戻されたが、もし逃げられていたらと思うと肝の縮む思いがした。

私は医学知識を持つ信者に命じて白舟の片足を切断させた。適切な処置を施し、抗生物質と痛み止めを与えたので命に別状はない。高熱にうなされ、うわ言のように「助けてくれ……殺さないでくれ……」と命乞《いのちご》いを繰り返していたようだが、数日もすれば作業に戻れるだろう。

これでもう、逃げ出そうなどとは思わないはずだ。それにしても、彼は何故『殺される』などと考えるのだろうか。ここまで我々に協力してくれた事について、私は大いに感謝している。彼がいなければ、神の器の完成も夢のまた夢だったことだろう。

そこで私は、器を作り終えた彼を『なえびと』として最初に入定させることに決めた。きっと、他の『なえびと』たちの士気を高めることにもなるだろう。

彼の作品をもう見られないと思うと残念ではあるが、仕方がない。

一九九九年　四月二十日
ついに器が完成した。あとは中身を満たすだけだ。しかし油断は禁物である。チャンスは一度きりだし、万が一失敗しようものなら何が起こるかわからない。教団の信者だけでなく、衆生すべてを救済するためにも、絶対に失敗するわけにはいかなかった。
私はかつて、道東のとある村で『神がかりの奇跡』なるものを目撃したことがある。あの世とこの世とを結ぶ神社の一族が行っていた儀式で、近頃はこのことをよく思い出す。

　あらゆる伝手《つて》を使い、その神がかりの一族とコンタクトをとった私は、彼らが儀式に使用していた御神体を見せてもらえることになった。天師と名乗る神社の当主に連れられ、本殿の奥に存在する儀式の間を目にしたとき、私は我が目を疑った。血と苦痛、そして濃密な呪詛《じゅそ》の念が混在するその場所に安置されていた御神体。

　それは一見すると誰が何の目的で作ったものかと首をひねりたくなる悪趣味な石像だったが、何故か眼が逸《そ》らせなかった。異形のモチーフは神か、それとも邪悪な悪の化身だったのか。玉座のような土台に鎮座し、禍々しい輝きを放つその姿はまるで、見る者の魂を吸いつくさんと触手を広げているかのようであった。

　天師は自分たちのことを、石像の魔力によってこの世とあの世とをつなぐ役割を担う一族だと説明した。私は彼らの信仰を理解したふりをしながら、心の中で彼らを嘲《あざけ》っていた。

　何故なら彼らがやっていたのは、神の力の一端を借り受け、人々にかりそめの救済を施す背徳的行為に違いなかったからだ。そんなことをしても、本当の意味で誰かを救うことなどできない。

　私ならあの石像をもっとうまく使える。真に人々を救済し、輝ける未来への懸け橋を築ける。そう思ったが、しかしすぐに考えを改めた。あの石像がどんなに強大な力を持っているとしても、結局は人が造り出した神のまがい物である。誰が何の目的で作り出したかわからない偶像を崇《あが》めるなど、私にはできない。それよりも、自分の手で我らが教団の神を一から造り出せばいい。

そうして今日に至るまで、私は研究に研究を重ねてきた。あの神社の儀式と教義は、研究に大いに役立った。彼らのおかげで、我々は新たなステージに立てるのだ。

我らの願いを叶える、我らの神を造り出す。

その目標は、まもなく達成される。

一九九九年　五月二日
この世は破滅へと向かっている。終末はもうすぐそこまで迫っている。

近頃、この国はそういった予言で溢《あふ》れていた。だが断言しよう。終末などやってこない。たとえこの世が破滅したとしても、人は必ず生き延びる。そして、いつの世にも求められるのは絶対的な神だ。生きる希望を持つための信仰対象が必要なのだ。

そして今、私たちの──いや、私の神が完成する。

私は器と対峙《たいじ》し、時が来るのを待ち構えていた。すでに幹部連中には『アムリタ』を入れたお茶を飲ませてあった。不死の霊薬の名を持つこの薬は、スパイの疑いがある者や、脱走を企てている者に使用するため特別に調合させたものだ。これを服用させ、普段とは比べ物にならないほど念入りに暗示をかけた彼らには、取るべき行動を取らせてある。本館の方から響いてくる悲鳴が、そのことを証明していた。多くの信者たちが、館《やかた》の外へ逃げることもかなわず、恐怖に震え、そして死んでいく。

信者たちの命と共に、この白無館に充満する大量の穢《けが》れが、器へと注がれるのだ。白舟をはじめとする多くの『なえびと』たちは、すでに器と一体になり、最後のひとかけらである私を待っている。祠《ほこら》から持ち出した古き神が、彼らの意思を汲《く》み取り、新たな神の一部として受け入れてくれるだろう。

神は我らのあらゆる願いを受け入れ、苦痛を取り払ってくださる。悲しみを拭《ぬぐ》い、現世における一切のしがらみから解放された人々は、真の幸福を得る。

真の幸福とはすなわち『望みが叶う』という希望なのだ。

富も名声も、愛ですらも、望みがあるからこそ求める。叶うと信じているからこそ欲する。そして、それらが得られない時に人は苦しみ絶望する。奪われた時に嘆き悲しむ。そういうものだ。

その願いを捨てることこそが悟りだと、あらゆる宗教は語るだろう。だが私はそうは思わない。願いを捨て、神の隷属になり下がるのは人間らしさとはいわない。人の願いを受け入れ、幸福をもたらす者こそが神なのだ。そして、その幸福に制限などあってはならない。

神に不可能はない。たとえ死者を蘇《よみがえ》らせることですらもやってのける万能の神。それが我らの求める真の神なのだから。

さあ、一つになろう。そして、我らの神を迎えよう――

月　日

ちがう。

こんなのは私の求めた神ではない。

こんなはずじゃなかった。

これは……神なんかじゃ……。


ああ……やめて……。

やめてくれ……。

3

那々木は手記の内容から、特に重要と思われる箇所を抜粋して僕たちに読み聞かせた。冊数から見て、もっと遡《さかのぼ》った内容もあるようだが、現時点で必要な情報は記されていなかったのだという。

「何なんだよ、これ。あの事件は教祖がイカレて信者を殺したんじゃなかったのか？」

話を聞き終えるや、裏辺は呆気《あっけ》にとられたような声で言った。

「正気を失うどころか、この上ないほど冷静だな。我々の認識は間違っていたらしい」

那々木は手記を閉じ、重々しい溜息《ためいき》をついた。

「虐殺は幹部連中によって行われた。教祖はその間、この場所で『神を造る』行為にいそしんでいたというわけさ。だが結果的に、思いがけぬ出来事に見舞われたようだ」

「み、見せてください！」

明彦がぶつかるようにして那々木から手記を奪い取ったり、食い入るようにして文章を追っていく。だが、そこに彼が求める父親の情報は載っていないだろう。明彦の顔に落胆の色が浮かぶのを見たくなくて、僕は視線を逸らし那々木に向き直った。

「教祖の遺体が見つかってないのも、神と同化したからなのか？」と裏辺。

「そう考えて間違いないだろうな。本来、自殺を良しとしない仏教において『土中入定』という自殺に等しい修行法が行われたのも、人々を救うためという前提があったからだ。柴倉泰元はその人々を救うという大義名分の下で神を造ろうとしていた。目的のためには多少の犠牲や荒っぽい手段はもちろん、自身の命を差し出すことすらも辞さないという考えだったのだろう」

「六十四人もの信者を殺すことが、『多少の犠牲』だってのかよ……」

その顔に嫌悪感をむき出しにして、裏辺は吐き捨てた。

「仏師の白舟という人も殺されたんでしょうか？」

僕の問いに、那々木は視線でうなずいた。

「泰元は手記の中で『なえびと』というワードを使用しているが、要するにこれは『生贄《いけにえ》』を表す単語だったのだろう」

ということはつまり、祠から戻ってきて正気を失っていた信者二人も、同じように生贄にされたということか。彼らだけではなく、もっと大勢が『なえびと』にされた可能性だってある。そのことに思い当たり、僕は改めて戦慄《せんりつ》を覚えた。

「そういえば、平方白舟で思い出したよ。そういう名前の仏師が人宝教にしつこく付きまとわれた挙句失踪《しっそう》したって事件があった。当時の担当者は白舟が借金トラブルに疲れ果てて逃げ出したと見て、それほど真剣に捜査しなかったみたいだな。実際、大量死事件の時に、この施設から白舟の遺体なんかも発見されなかった」

早口にまくしたてる裏辺に対し、那々木は合点《がてん》がいったとばかりに人差し指を立てる。

「だから無関係だと結論付けられたんだな。だが、この日記は動かぬ証拠になる。神の器を制作した白舟は、身の危険を感じて逃げ出そうとしたが、それがかなわぬばかりか、哀れにも生贄にされてしまった。その亡骸《なきがら》が、まだここに残っているというわけだ」

那々木の淡々とした口調の中に、これまでとは違う熱量が感じられた。真相へと肉迫しているという確信が、那々木の胸の内に熱い火を灯《とも》しているのだろうか。

「気になることはまだあるぜ。この奇跡を起こす神社ってのは、もしかしてあの……」

裏辺はやや声を潜め、怪訝《けげん》そうに眉《まゆ》を寄せた。

「ああ、おそらくは三門《みかど》神社のことだろう。まさか、こんなところであの一族と人宝教とのつながりが見つかるとは思わなかったな」

「知っているんですか？　その神社のこと」

我慢できずに割って入ると、那々木は意気揚々と説明してくれた。

「三門神社というのは、生者と死者との間を取り持つ『神がかりの奇跡』を行う一族でね。何を隠そう、私はその神社がある村に立ち寄ったことがあるんだ。三門神社自体はすでに火事で焼け落ち、村は近くの市に統合されてしまって名前すらも残っていないが」

「その村で、怪異譚《たん》が？」

「そうだ。村内に多くの犠牲者を出し、生き残った者の中にも、家族や友人を失って未《いま》だ苦しんでいる者が大勢いる。なんとも奇怪でおぞましい事件だった」

「まったくだぜ。今思い返しただけでも、気分が悪くなるよ」

那々木の意見に同意を示した裏辺は眉間《みけん》に皺《しわ》を寄せ、胸の辺りを撫《な》でまわす。

「人宝教には、あの三門神社と共通する要素がいくつもあった。神の器を制作したことや、生贄を捧《ささ》げていたことなどがそうだ。多くの宗教の気に入った部分だけをつぎはぎしたような教義や修行方法もそうだ。もっとも新興宗教というものは、少なからず既存の宗教を土台にしているものだから、似通ってしまうのも珍しくはないがね。それにハルマゲドンだの終末思想だのを軽々しく持ち出す点も『この年代』の新興宗教にはありがちだ。まあ本人たちは必死にオリジナリティを主張していたつもりなのだろうが、その他多くの如何《いかが》わしい宗教となんら変わりはない。唯一違うのは、正常な人間ならば実践しないような冒瀆《ぼうとく》的行為に手を染めたという点だな」

嫌悪感を隠そうともせずに吐き捨て、那々木は鼻を鳴らす。

「これで私の仮説の穴は埋まった。やはり人宝教は独自の神を製造していた。概念としてだけではなく実体を持つものとしてね。ここに記されているのはその過程だよ」

那々木は祭壇の向こうにある巨大な像を鋭く見据えた。

「柴倉泰元はあの神像を神の器として儀式を進めていた。密教の即身仏――あるいは中国仏教における肉身仏信仰の要素を取り入れ、器の中へ生きたままの生贄を何人も埋め込んだ。そして、この土地に眠る土着の神を器に降ろすことで、新たな神へと造り替えようとしたんだ。だが神の性質を捻《ね》じ曲げ、自らが求める形に修正するのは生半可なものではない。そのためにはかなりの『穢《けが》れ』が必要だった。何も知らない信者たちを大量に殺害した理由は、まさしくそこにあったんだ」

神の製造。生贄。大量殺人。生贄たちを詰め込んだ巨大な神像が犠牲者たちの血で赤く染まるのを、恍惚《こうこつ》と眺める教祖の姿を幻視して、僕は強烈な怖気《おぞけ》に見舞われた。

「そう考えれば、地下通路の異形の木像――手記の中では『十三封神立像』と記されていたものが、なぜあんな姿をしているのかも説明がつく。独自の造形で造り出されながらも、天部との類似が見られた木像には『力で相手を威圧する』役目があった。すなわち、『十三封神立像』は、ここで造られた異形の神を封じ、この場に留め置く役割を負っているんだ。苦労して造り出した神がどこへも行ってしまわないようにね」

那々木はそう結び、ただの薄気味悪い像だとばかり思われていた木像たちに、呪術的《じゅじゅつ》な目的を見出《みいだ》した。突飛な思い付きではなく、強い説得力を有するその仮説は、なるほど怪異譚蒐集家《しゅうしゅうか》の本領発揮といったところか。

「だが結果的に、この目論見《もくろみ》は完全なる成功とは言えなかった。それは最後の記述を見れば明白だ。何かに怯《おび》え、助けを求める柴倉泰元は、求めていた神とは違う、悪しきものに取り込まれてしまった。そして今も、その場所から逃れられずにいるんだ」

腕組みをし、那々木は改めて鋭い視線を神像へと向けた。視線の先、巨大な神像は穏やかな表情の陰に粘りつくような悪意を滲ませながら僕たちを見下ろしている。

「あの、那々木さん、人宝教についての話が重要なのはわかりました。でも本当に、もう時間がないんです。話はここを出てからにしませんか」

話が一段落したところで僕はそう提案した。時計の針はまもなく十二時を回ろうとしている。

「ここを出る、ね。確かにそうだ。そうしなくてはならない。出なければ、我々は生きて帰れないからね。ああ、わかっているとも」

しつこく確認するかのような、わざとらしい口調で那々木は嘯《うそぶ》いた。

「だがそのためには、まず君の勘違いを解消しておかなくてはならない」

「勘違い？　僕の？」

怪訝に感じ問い返すと、那々木は微《かす》かに口の端を持ち上げた。

「君が囚《とら》われているこの世界についての誤解。そして君と遭遇した時から、我々がずっと抱えていた違和感。その正体を、今こそ君に理解してもらいたいんだよ」

「誤解……って、僕が何を誤解しているっていうんですか？」

那々木の言葉の意味がわからなかった。彼はいったい、どんな違和感を抱えているのだろう。この期に及んで僕がループに陥っていることを疑ってでもいるというのか……。

——冗談じゃない。

抗議しようと口を開きかけた僕をさっと掲げた手で制し、那々木は言った。

「おっと、勘違いはしないでほしい。何度も言うが、君を疑っているわけじゃあない。むしろ逆だよ。私は君の発言こそが正しい真相を語っていると信じている。だからこそ、その流れを断ち切るべきだと言っているんだ」

この場にいる全員を置いてけぼりにして、那々木は言った。だが、そんな謎かけめいたややこしい話はもう、うんざりだった。

「那々木さん、本当にもう時間が……」

「ふむ、今何時だい？」

食い下がる僕を再び制し、那々木は問いかけてきた。

「十一時五十九分です」

「そうか。ちょうどいい頃合だな」

「ちょうどいいって……いったいどういう……」

僕が言い終えるのを待たず、異変は訪れた。口論する僕たちの視界の端で、祭壇の蠟《ろう》燭《そく》がふっと掻《か》き消える。

ぎい、ずずず……。

やがて響いてきた鈍い物音が耳朶《じだ》を打ち、僕は絶望感に打ちひしがれた。

真由子を振り返り、内心で「ごめん」と何度も謝罪する。やりきれない思いに歯噛《はが》みしながら那々木、裏辺、オオシマ、そして最後に明彦へと視線をやった。彼らの命もまた、ここで奪われてしまうのだろう。今までの闖入者《ちんにゅうしゃ》たちがそうであったように。

僕は力なく項垂《うなだ》れた。怪訝そうにしている明彦の目を、直視することが出来なかった。

ぎい、ずずず……。

低く、地の底から響くようなその音を聞きながら、僕は周囲を覆う深い闇がもたらす原因不明の眩暈《めまい》に警戒した。やがて訪れる激しい痛みに身構えた。だが、これまで幾度となく味わったそれらの感覚は、いつまで経ってもやってこなかった。

「――あれ？」

思わず声が出た。自分の身体を見下ろし、異常がないことを確かめる。

――おかしい。時間が戻らない。胸の痛みもない。

「どうして……」

自らの胸に手を当てて呟《つぶや》いた僕を見て、那々木が微《かす》かな笑みを浮かべた。

それと同時に、裏辺がはっと息を吞《の》む。

「な、なんだよありゃあ！」

彼の視線の先、朽ちた祭壇の向こうで何かが動いている。

ぎい、ずずず……。

「像の腕が……動いて……」

明彦が、途切れ途切れに呻《うめ》いた。鈍い音と共に、全長三メートルの神像の腕が、ゆっくりと動き出していた。古い木を軋《きし》ませ、こすり合わせるような音をたてながら、左右それぞれ四本ずつある神像の腕のうち一本が、手のひらを大きく開いていく。

ぎぎい……ずずず……。

二本、三本と続けざまに動き出した腕が、それぞれ別の生き物のように蠢《うごめ》いている。

およそ現実とは思えぬ異様な光景を前に、誰もが言葉を失っていた。

「あの像が、僕を？」

呻くように吐き出した声を聞きつけ、那々木は僕を一瞥《いちべつ》した。

「ようやく本性を現した——いや、そもそも元凶である『神』は、ずっとこの場所に鎮座し、我々を見下ろしていたのだから、本性も何もあったものではないな」

軽く苦笑しながら、那々木は改めて僕に向き直る。

「ところで天田くん、なぜ繰り返しが起きないのか知りたいかい？」

すぐに答えられないでいる僕から目を離し、那々木は裏辺や明彦、そしてオオシマを順繰りに見据えた。

「簡単なことだよ。ここにいる我々の存在そのものが、神が力を行使するうえでの抑止力になっているからさ。端的に言うなら、君の繰り返しを邪魔しているんだ。君が陥った『繰り返す世界』において、我々はイレギュラーな存在だ。君はこれまでの間に、そういった者たちを多く目にしてきた。そして、その連中は毎回、怪異に襲われて姿を消している。そうだろう？」

「ええ、そうです」

「しかし、怪異が君や恋人、そのほかの乗客たちを襲うことはなかった。それは何故か？　答えは簡単だ。本来の流れに背くからだよ」

「本来の、流れ？」

うなじの辺りに寒けを覚え、僕は生唾《なまつば》を飲み下した。

「君たちの運命、とでもいうべきかな。この建物へやってきて殺人事件が発生し、逃げ惑った挙句、この広間へ辿り着く。恋人を窓から逃がし、君は怪異と対峙《たいじ》する。その一連の流れが、『繰り返す世界』の中でも必ず再現される。つまり怪異はこの流れに変更が生じるのを良しとしない。だから余計な闖入者を早々に排除しようとするんだ」

那々木の話を聞きながら、僕はこれまでに現れた多くの闖入者たちが、あの不気味な木像たちに襲われる光景を思い返していた。たしかに、いつも怪物に襲われるのは彼らだけで、バスの乗客たちは常に同じ死に方をしていた。那々木が言うように、闖入者たちがこの広間までやってくることなど一度もなかった。言い換えれば、そうならないように、怪異は率先して闖入者たちを排除していたのだ。

「柴倉泰元が造り上げたこの神像が君を『繰り返しの世界』に陥れたのは間違いない。どんな形であれ、君が死を迎えるタイミングで繰り返しは発生する。だが、もしその時に、輪廻《りんね》の鎖に囚われない無関係な人間が介在していたとしたら、事情は変わってくる。そう、我々のようなイレギュラーがね」

那々木は胸の辺りに手をやり、自らを指し示す。それから何がおかしいのか、ふっと噴き出すように笑みをこぼした。

「神とはいえど、力の行使にはある程度の制約があるということだよ。ごく限られた状況、条件がそろって初めてその力を発揮する。この建物――いや、この山一帯に限り有効なのかもしれないな。ゆえに、何も知らぬよそ者が安易に立ち入れば痛い目を見る。いわば禁足地としての性質を引き継いでいるんだ」

満足げに語りながら、那々木はにぃっと口元を歪《ゆが》めた。

怪異の性質を理解できていることが、楽しくてたまらないとでも言いたげに。

「いずれにせよ、我々がここにいる事実そのものが怪異の力を封じている。本来ならばここで君の時間が巻き戻るはずなのにそれが起こらないのは、そういう理由なのさ。だからこそ、ここへ来るまでの間、怪異は必死に我々を排除しようとした。死者の声真似をしたり、物理的手段に訴えかけたりしてね。すべては君を再び『繰り返させる』という目的のためだ」

那々木は前方の神像に注意を向けたまま、ちら、と横目に僕を見た。強い確信に満ちた眼差《まなざ》しを前に、彼の発言が重要な真実を言い当てているのが理解できる。

しかし、それでもなお僕は納得がいかなかった。

「那々木さんの言うことはわかります。でも、どうして僕なんですか？　あの怪異は、何故僕を繰り返させるんです？　僕が何をしたっていうんですか？」

神像を指差し、強く問いかけた後で、僕は傍らの真由子に視線を向ける。

――なぜ彼女や他の乗客たちは何も覚えていない？　なぜ僕だけが……なぜ……。

答えに辿《たど》り着けないもどかしさに打ち震える僕を見てか、那々木は言葉を忘れてしまったみたいに黙り込んだ。

その時、ぽつりと言ったのは裏辺だった。

「やっぱり、最初にお前が睨《にら》んだ通りだったのか、那々木？」

彼もまた、那々木と同様にすべてを理解したような顔をして、複雑そうに眉根《まゆね》を寄せていた。二人の、どこか憐《あわ》れむような眼差しを一身に受けながら、僕は更なる混乱に見舞われ、ふつふつとした苛《いら》立《だ》ちが湧き上がってくる。

「睨んだ通りって、どういう意味ですか？　何か知ってるならちゃんと――」

強く抗議した僕の声に呼応するかのように、突如として広間の鉄扉が激しい音を立てた。何か硬いものを力任せに叩《たた》きつけたような衝撃が二度、三度と繰り返され、頑丈な鉄扉が軋みを上げている。

「さっきの連中、俺たちを排除するまで諦《あきら》めるつもりはないらしいな」

裏辺が忌々《いまいま》しげに扉を見据える。明彦はわずかに後ずさり、オオシマは頭を抱え、ぶるぶると震えながら壁際にしゃがみ込んだ。

無意識に握りしめた真由子のか細い指先が、小刻みに震えている。

「ふむ、のんびり話をしている暇もなさそうだ。さっさと本題に入れということか」

那々木はぼやくように言いながら、神像へと視線を戻した。

コマ送りにしたフィルムのような動きで八本の腕を蠢かせているこの像が、どんな形で僕たちに害を為《な》そうとしているのかはわからない。だが那々木の話が事実ならば、僕に繰り返しをさせるために障害となる存在を排除しようとするはずだ。後方に木像たちが迫り、広間から出られない以上、もし今、あの神像が動き出して僕たちに襲い掛かってきたら、それこそ袋の鼠である。

更に僕は、恐ろしい可能性に気がついた。

那々木たちが一緒にいる限り、僕の時間は戻らない。それはつまり、僕自身も命の危険にさらされているということではないか。これまでは何度死に直面しても、繰り返すことが分かっていたため、本格的な死の恐怖というものは幾ばくか薄らいでいた。しかし、その状況が今は違っている。

そのことに思い至り、僕は全身の血を失ってしまったみたいに寒々とした心地に陥った。こんな皮肉があっていいのかと、叫び出したくすらなった。

『『タイムループ』と、最初に会った時、君はそう言ったな」

　こんな状況下でありながらも、依然として冷静極まる那々木の声。僕はただただ首を縦に振ってうなずいた。

「そう思うのも無理はないだろう。実際、君の立場ならそう考えるのが当然だ。だが厳密にいえば、君はタイムループに陥っていたわけじゃあない」

　ぴしゃりと告げられた一言に、僕は表情を固めた。

「なん……だって……？」

「もう一度言おう。君は『タイムループ』に陥ってはいない。年に一度、同じ日に同じ出来事を繰り返していただけなんだ。つまり今夜の出来事は、かつて君が体験した出来事を忠実に再現した、全く別の出来事なのさ」

　那々木の言っていることが、さっぱり理解できない。いや、理解しようとするのを、僕自身が拒否しているかのような、奇妙な感覚だった。

「裏辺、今何時だ？」

　不意に問われ、腕時計を確認した裏辺は「零時四分だ」と返す。

「そうか、日付が変わったな」

　那々木はどこか満足そうに呟《つぶや》くと、またしても口元に不敵な笑みを刻んだ。

「――ちょうど、十八年だ」

「……え？」

自分でもおかしくなるくらい、間の抜けた声が出た。

「今日で、君が死んでからちょうど十八年になる。その間、この白無館で失踪者《しっそうしゃ》が出ていたのは、君が囚《とら》われているこの『繰り返す世界』に迷い込んだ人々が、抜け出せぬまま命を落としてしまったからなんだ。今夜の我々がそうであるようにね」

「十八……年……？」

かろうじて口にしたその言葉に、那々木はそっとうなずいた。

「君や他の乗客たちは、今夜ではなく、十八年前にこの場所を訪れた。その中で生き残ったのはただ一人。君の恋人である皆瀬真由子だけなんだよ」

鋭く耳朶《じだ》を打った那々木の声が、脳内に反響する。

一言一句を頭で繰り返しながら、僕は眩暈《めまい》にも似た感覚にとらわれていた。

第六章

1

「那々木さん、何を言ってるんですか。そんな冗談、笑えないですよ」

自分でも驚くほど気の抜けた声を発し、助けを求めるような気持ちで那々木と裏辺を交互に見やる。

「二人とも、僕が『繰り返している』ことを信じてくれてなかったってことですか？　最初から僕を頭のおかしい奴だと？」

「違う違う、俺たちはちゃんと君の言うことを信じていたさ」と裏辺。

「だったら、どうして今になってそんなことを言い出すんですか？」

「いや、それはその……」

裏切られたような気持ちでまくしたてると、裏辺は更にばつの悪い顔をする。

「夢でも幻でもない。僕は本当に、どうあがいても抜け出せない『繰り返す世界』にいるんです。何度繰り返しても結末が変わらない。永遠に続く嵐の夜を――」

「――本当に、嵐が来ているのか？」

不意に投げかけられた那々木の声が僕の言葉を遮った。

「……何、言ってるんですか？」

「今、我々がいるこの場所は、本当に嵐に見舞われているのかと訊《き》いているんだよ」

「当たり前じゃないですか。ほら、窓の外を見てくださいよ。今も雨が――」

窓を指差し、視線を転じた瞬間、言葉を失ったのは僕の方だった。

広間の上部に設置された窓。そのいずれにも、雨粒は打ち付けられていなかった。耳を澄ましても、降りしきる雨音などまるで聞き取れない。代わりにあるのは、広間を朧《おぼろ》に照らす月明かりだけだった。

「そんな……なんで……？」

僕たちは嵐のせいでバスの事故に遭って、その嵐をしのぐためにここにやってきた。真由子を窓から逃がした時だって、絶えず雨が降り続けていたはずなのに……。

事態を正しく把握できずにいる僕へと、那々木は極めて冷静に、淡々と語りかけてくる。

「『この現象』は、年に一度、決まった日に発生する。そうとは知らずここに迷い込んだ人間は行方不明者となり、死体すらも発見されない。つまりはそれこそが、君が今まで見てきた『闖入者《ちんにゅうしゃ》』であるわけだが、彼らは君の言う『時間のループ』に迷い込んだわけではない。君をこの現象に陥れた怪異の作り出す『虚像の世界』に迷い込んだのさ」

時間のループ……闖入者……虚像の世界……。

ダメだ。さっぱりわからない。何を説明されても情報を正しく理解できない。僕の動揺は強まる一方だった。

「そもそもの始まりは、君たちがこの建物を訪れ、そこで発生した殺人事件にある。今夜、我々が共に追体験したあの殺人劇こそが、この地に眠る怪異の目を覚まさせ、君の願いを叶《かな》える結果へと繋《つな》がったんだ」

「僕の、願い？」

「そう、願いだ。君のその願いが受け入れられた結果、怪異はこの『繰り返す世界』を形成した。そして君は意図せずその中に囚われてしまったのさ」

「僕がいるこの世界は、その怪物が作り出した幻だとでも？」

「幻、の一言ですべてを説明するのは難しい。なにしろ、ここは幻と現実が同等のものとして混在している、虚実の入り混じった非常に曖昧《あいまい》な世界なのだからね」

僕の理解を促すように間をおいてから、那々木は先を続けた。

「君が何度も繰り返したこの世界は、怪異が作り出したいわばコピーのようなものであり、当然ながら君の恋人や他の乗客たちも虚像に過ぎない。この夜の出来事はたとえるなら記憶媒体に留《とど》められた『過去の光景』なのさ。その中を自由に動き回れる君は、どうにかしてその『起きてしまった現実』を変えようと奔走していた。だが『過去の光景』をいくらいじくりまわしたところで結末は変えられない。わかるかい？　すべて虚構で彩られたこの世界で、魂だけの存在である君が何をしても、現実に影響はないということだよ」

「魂……だけ……？」

呆然《ぼうぜん》と繰り返す僕をじっと見据え、那々木は強い口調で言い放つ。

「さっきも言ったように、君は十八年前にこの場所で消息を絶ち、命を落としたんだ」

「待ってください。そんなのおかしいですよ。僕が死んでいるのなら、ここにいる僕は何者なんですか？　まさか、幽霊だとでも言うつもりですか？」

僕が笑い飛ばそうとしたその言葉を、しかし那々木は否定しなかった。

「幽霊、霊魂、浮かばれぬ魂。呼び名はいくらでもあるが、そういう類《たぐい》で間違いないと思っている」

「馬鹿な。話にならない。だって僕は……」

頭ごなしに否定しながらも、僕は原因不明の動悸《どうき》に襲われ、息苦しさに顔をしかめた。

「信じられないのも無理はない。だが私の言うことは事実だよ。何なら、自分の目で確かめてみるといい」

そう言って、那々木は僕を指差した。いや、正確には僕のズボンのポケットに押し込められたサイン入りの文庫本をだ。

「通常、書籍の最後には奥付という、発行年月日が記載されたページがある」

そこを見ろ、ということか。取り出した文庫本をぱらぱらとめくり、那々木の言う奥付ページを確認する。そこに記されている初版発行の年月日を見て、僕は絶句した。

那々木の言う通り、そこには僕の認識している『現在』から見て、十八年後の西暦が記載されていた。

「あ……う……あ……」

心臓の鼓動が驚くほど速かった。意味を成さない声を漏らしながら顔を上げると、那々木と裏辺が不自然なほどに落ち着いた表情をして僕を見つめている。

「……まさか、あなたたちは……知ってたんですか？　最初から、僕が幽霊……だと……？」

「――ああ、その通りだよ」

那々木は素直にそう認めた。全身から力が抜けるような感覚を覚え、僕はよろよろと後ずさる。傍らの真由子が不安そうに僕を見上げていた。

「我々は全部知っていたんだ。十八年前、この建物へ避難した君たちが失踪してしまったことも、その事件を発端として、ここへやって来た者が行方不明になる怪現象が発生したことも、全て事前に知り得ていた情報だった。だからこそ君を初めて見た時、私も裏辺も驚きを隠せなかった。天田耕平と名乗る霊が我々の前に現れ、そればかりか自分が死んだことに気付かず『タイムループ』に陥ったなどと言い出したのだからね」

那々木は自分の発言に酔いしれるかのように含み笑いを浮かべた。

怪異に遭遇することを至上の喜びと感じる彼のことだ。僕を目にしたことにより、この場所に怪異が存在する確証を得たのだろう。

「でも、だったらどうして、僕の話を信じたふりなんかしてたんですか？　話を合わせて僕をからかっていたとでも？」

強い口調で問い質《ただ》すと、那々木は心外だとばかりに肩をすくめた。

「馬鹿を言わないでくれ。そんなことをするほど私は暇じゃあないんだ。ふりなどではなく、実際に信じていたさ。君が『繰り返しの世界』にいることも、それをタイムループと思い込み、他の乗客を救おうと奔走していたことも全てね。私と裏辺が君と行動を共にし、あれこれと質問していたのも、君自身が自ら置かれた状況をどの程度理解しているのかを正確に把握するためだった。そういう意味では、我々は君よりも君の置かれた状況を詳しく理解していたことになるがね」

「……そこまでして、あなた方の目的は何なんですか？」

率直な疑問をぶつけると、那々木はわずかに苦笑し、

「私の目的はすでに話した通り、怪異譚《たん》の蒐集《しゅうしゅう》だよ。そっちの裏辺は、あわよくば行方不明事件を解決し手柄を上げて、警察のお偉いさんに取り入りたいと思っているがね」

「おい、人聞きの悪いこと言うなよ」

異を唱える裏辺を見向きもせず、那々木は鼻を鳴らす。

「下心があるのは事実だろう。いい人間ぶって恰好《かっこう》をつけるのはやめろ」

「お前こそ、珍しくファンレターなんかもらって浮かれてたんだろ。調査しようと思ったのだって、ファンの前でいい恰好したかったからだろうが」

裏辺の反撃に、那々木はうぐ、と図星を指されたような顔をして視線を泳がせた。

「そのファンレターっていうのは、真由子が？」

えっと声を上げる真由子をよそに、僕は身を乗り出して問いかけた。それに対し、那々木は軽く手を掲げ、落ち着けのジェスチャーを返してくる。

「その通りだ。皆瀬真由子――ああ、失礼。君から見て『十八年後の皆瀬真由子』は、私の本の愛読者らしくてね。ファンレターの形で自らが体験した凄絶《せいぜつ》な過去についてしたためてくれたんだ」

愛読者、ファンレター、のところで、やたらと声を張る那々木。だが今はその点にこだわっている場合ではない。余計な考えを頭から追い払い、僕は那々木の言葉に意識を集中させた。

「十八年前に皆瀬真由子はこの場所で惨劇を体験し、ただ一人の生還者として山を下りた。彼女の通報により警察がこの建物に踏み込んだが、死体はどこにも見当たらない。事故を起こしたバスはそのまま残されていたし、乗客たちの荷物も二階の部屋にあった。そのうえ、おびただしい量の血痕《けっこん》まで残されていたが、死体だけはどれだけ探そうが出て来なかった。結局、彼女の証言は受け入れられることなく、乗客たちは今も行方不明のままだという」

那々木はそこで、依然として状況を呑《の》みこめずにいる真由子を一瞥《いちべつ》した。

「手紙を読んですぐに、私は彼女に連絡を取った。電話で詳しい話を聞いた後、失踪者《しっそうしゃ》についての情報と人宝教について調べを進めた。教祖の亡骸が発見されていないことも、その過程で明らかになった。やがて私は確信を抱いたよ。かつて人宝教が神として崇《あが》めた存在が、何かしらの理由によって活動を始め、今も奇怪な現象を引き起こしているであろうことにね」

その時の興奮を思い返してか、那々木はくくく、と不気味な笑みをこぼす。

僕は真由子に向き直り、おもむろに彼女の肩を摑《つか》んだ。

「本当なのか真由子。君は本当にここから生きて出られたのか？」

「私……その……」

真由子は狐につままれたような顔をして目を白黒させ、困惑するばかりだった。

「無駄だよ。さっきも言った通り、ここでは君以外の乗客は全てまやかし――つまりは虚像なんだ。君の恋人も、現実に存在する皆瀬真由子ではない」

「でも真由子じゃないですか。ちゃんとここに……触れた感触だって……」

むきになって反論する僕を否定せず、那々木はすべて了解済みとばかりにうなずいた。

「もちろんさ。喋《しゃべ》ることだってできるし、声だって彼女そのものだ。当然だろう。そうなるように複製された虚像なのだから」

食い下がろうとした僕は、那々木のその言葉に原因不明の圧のようなものを感じ、思わずたじろいだ。

まやかし……複製……虚像……。この真由子は偽物……？

そんなはずはない。そう自らに言い聞かせるようにして僕は真由子を凝視した。柔らかな黒髪。白く透き通るような肌に切れ長の目。笑うと少しだけ覗《のぞ》く八重歯。華奢《きゃしゃ》な肩の感触——。

偽物だなんて嘘だ。そう叫び出したくなる一方で、僕は知らぬ間にその事実を受け入れている自分にも気がついていた。どこから見ても真由子にしか思えない彼女が、すでにこの世に存在しない過去の虚像であることを、僕はどこかで受け入れている。理屈ではなく本能がそう告げているのだった。

「皆瀬真由子は私にこう言った。もし君の——天田耕平の霊がこの地を彷徨《さまよ》っているのだとしたら、どうか伝えてほしい。私は元気だと。そして二人の間にできた子供も元気に育ってくれたと」

「僕たちの、子供？」

かろうじて問いかけながら真由子を見る。彼女は軽く視線を泳がせ、それから、やや不安そうに自身の下腹のあたりに両手を添えると、ぎこちなくうなずいた。それら一つ一つの仕草が、那々木の発言が嘘ではないことを明白に物語っていた。

「——どうして黙ってたんだよ」

「ずっと、言い出せなくて……」

そう前置きしてから、真由子はつらそうに視線を伏せた。

「私たち、この一年間ずっとすれ違ってたでしょ。だから、この子のことを知った天田くんがどんな顔するのか、ずっと不安だった」

苦しそうに、一言一言を確かめるように吐き出す真由子を見ていると、それがまやかしだなんて到底思えなかった。いや、実際の所、ここにいる彼女が虚像だとしても、十八年前にここを訪れた時の彼女を『複製して』いるのだとしたら、その口から吐き出される言葉はつまり、当時の彼女のものに違いはないはずだ。そうでなければ、十八回にも及ぶ繰り返しの中で、彼女の正体に僕が気づかないはずはないのだから。

「私たちがすれ違っている原因はわかってる。若狭くんと絵里子のことだよね。あの時、天田くんが選んだ決断を私は間違ってるなんて思わない。でも、ずっと苦しくて自分を責め続けてきた。この子を授かったって知った時も、自分たちだけが幸せになっていいのか本気で悩んだよ。けど、そんなの間違ってるって気づいた。私たちがいつまでも苦しみ続けることを二人は望んだりしない。そうでしょ？」

言葉が出て来ない。何か言ってやりたいのに、かける言葉が見当たらない。

「だから慰霊祭で悩みを断ち切りたかった。つらい記憶と決別すれば、すれ違い続けていた私たちもきっと前に進める。この子を二人で育てていく決心がつく。そう思ったの」

一滴の涙が、真由子の頰を伝った。僕は無言でうなずき彼女を抱きしめる。

ずっと感じていた、彼女との間に漂う気まずい雰囲気の正体が、ようやく理解できた。真由子はずっと不安だった。ひとりで苦しんでいた。あの火災事故以来、僕は自分を責めることに忙しくて、彼女を気遣う余裕がなかった。それればかりか、なぜあの時、非情な選択をする僕を止めてくれなかったのかと真由子を責めてすらいた。

「真由子が謝る必要なんかない。僕は……僕が……悪かったんだ……」

強く抱きしめた彼女の腕が、同じくらいの強さで僕の背中を締め付ける。幻などという言葉では説明がつかないような彼女のぬくもりを、僕は全身で確かめていた。

「——水を差すつもりはないが、彼のこともきちんと伝えておくべきだろうな」

そう告げた那々木の視線は、真っすぐに明彦へと注がれている。明彦はというと、動揺を滲《にじ》ませた表情を強張《こわば》らせ、戸惑いをあらわにしていた。

「君たちの子供は今年で十七歳。ちょうどそこにいる明彦くんくらいの年齢だな。そういえば明彦くん、君はここに何をしに来たのだったかな？」

「ぼくは……父親を捜しに……」

歯切れの悪い、もごもごとした口調で明彦が答えた。

「ふむ、ならばその目的は果たせたということだね？」

続けて問われ、明彦はうなずく。

「おい那々木、まさかそれって、この子がこの二人の……？」

思わず割って入ってきた裏辺を一瞥し、那々木はそっと首を縦に振った。

「そういうことだ。もう隠しておく必要もないだろうし、伝えたいことがあるなら、今のうちに伝えておくことを勧めるよ」

「ぼくは……その……」

明彦は、何かに怯《おび》えるような顔をして、上目遣いに僕を窺っていた。

「君が、僕たちの？」

僕の問いかけに、明彦は困り果てたように視線を泳がせたが、やがて観念するかのように項垂《うなだ》れ、そっと首を縦に振った。

「そうか。そう、だったんだな」

驚きはしたものの、思いのほか素直に僕はその事実を受け入れられた。

たぶん、二階の部屋で真由子と明彦が父親についての話をしていた時、二人の間に流れた不思議な空気を――細かい言葉などなくても、互いを理解し合っているかのような姿を目にしたからだろう。

僕は明彦に近づき、肩にそっと手を置いた。

「――こんなに大きく……」

それ以上は言葉にならなかった。明彦は一度、驚いたような顔をして、それからぼろぼろと大粒の涙を流した。

どうして気づかなかったのだろう。明彦の顔に、どことなく真由子の面影があることに。いや、気づけという方が無茶な話である。それでも僕は何かを彼に感じていた。それが顔も見たことのない息子に対するシンパシーだというのなら、そうなんだろう。理屈ではなく心が彼を我が子であると感じた。そういうことなんだ。

ひとしきり涙を流す明彦の肩を強く抱き寄せ、僕は那々木を振り返る。

「どうして、すぐに教えてくれなかったんですか？」

「すぐに言ったとしても、君は信じなかっただろう？　君自身、これまでの闖入者《ちんにゅうしゃ》に真実を話しても受け入れてもらえず、一人で苦しみ続けた。そのせいもあって自分以外の者を信じられなくなっていたはずだ。だからこそ機を窺《うかが》う必要があった。それに、そうした方が怪異と相まみえる可能性が高くなると思ったのでね。印象の悪い言い方をするなら、君をダシに使ったということさ。これについては、私を恨んでくれてもいい」

那々木は苦笑し、鼻の頭をかいた。

「そんな、恨むだなんて――」

言いかけた矢先、僕はふとした疑問を抱く。

「待ってください。窓から外に出た真由子は、いつもそこで悲鳴を上げるんです。僕はてっきり、彼女が襲われてしまったのかと……」

そのことに対しても、那々木は答えを用意しているようだった。

「それについては、私よりも彼女の方がよくわかっているんじゃあないかな？」

そう言って、今度は壁際にしゃがみ込んでいるオオシマへと視線をやった。皆の注目を受けた彼女はハッとしたように肩を震わせ、わずかに腰を浮かせた。

「この人が、何か知ってるんですか？」

那々木は答えない。一方のオオシマは小刻みに首を振りながら、不安そうに両手を胸の前で握りしめるばかりだった。

しばしの沈黙の後、那々木は焦《じ》らすような口ぶりで、そっと告げる。

「それについて語るためには、まず君たちを襲った殺人犯が米山美佐であるという事実を告げておかなくてはならないな」

思いがけず放たれた一言に、僕と真由子は同時に息を吞《の》んだ。

「待ってください。それはおかしい。だって彼女は辻井さんと一緒にエントランスで亡くなっていたんですよ。那々木さんだって死体を見たでしょう？」

「確かに見たが、それが死体だったかどうかについては首を捻《ひね》らざるを得ないな」

「彼女は死んでなかったと、そう言いたいんですか？」

那々木は腕組みをして、さも当然のようにうなずいた。

「そういうことさ。瀕死《ひんし》の重傷を負い、傍《はた》から見れば事切れているようでいて、それでも米山美佐は生きていた。仮死状態から蘇生《そせい》した彼女は我々とは違うルートで表に出たんだ。おそらくは別館への扉のそばにある、物置からだろう。あそこの窓に格子はついていないからね」

明彦とオオシマがいたあの物置である。確かにそれなら一応の道理は通る。けど、それならどうして生還者が真由子だけだと報じられたのだろう。那々木の話では、米山美佐は失踪《しっそう》扱いになっているはずだ。

「君が毎回耳にしていたという皆瀬真由子の悲鳴は、おそらくこの点に因果関係がある。窓から外に出た皆瀬真由子は全身血まみれの米山美佐と鉢合わせしたんだろう。そこでどういう会話がなされたのかは私も聞いてはいないが、美佐はおそらく、君の恋人に念を押したんだよ。『決して自分が生き残ったことを口外しないでほしい』とね。そして皆瀬真由子はその通りにした」

当の真由子は、話が呑み込めないとでも言いたげに首をひねっている。当然だ。那々木の語る真由子とは、今ここにいる真由子とは別の存在なのだから。

「しかし、どうして真由子は黙っていたんです？　そんな必要はないはずなのに」

「それが生かしておく条件だと言われれば、そうするしかないんじゃあないか？」

その一言に、僕は遅まきながらハッとする。

「米山美佐の姿を見てしまった君の恋人は、彼女が殺人犯であることに気付いたはずだ。もし口外すれば今度は自分が狙われるかもしれない。ともすれば子供を危険にさらしてしまう可能性だってある。この先の人生を逃亡した殺人犯につけ狙われて過ごすのはごめんだと、そう思って口を閉ざしたのだろう」

「そのことに関しては、真由子からは何も？」

那々木は首を横に振る。この件については事前に情報を仕入れていたわけではないらしい。それはつまり、彼が自らこの結論に辿《たど》り着いたことを証明してもいた。その事実に気付いた時、僕は改めて那々木の鋭い洞察力に舌を巻いた。

「なぜわかったんですか？　米山さんが生きているか確かめる時間なんてなかったはずですよね」

「時間はなかったよ。それに我々が目にした彼らは怪異が作り出した虚像なのだから、脈をとって調べてみたところで、おかしな点が見つかったとも限らない」

「だったら何故米山さんが犯人だと言い切れるんですか？　辻井さんが犯人だという可能性だってあったはずなのに」

そう問いかけると、那々木は自身の左腕、手首から十五センチほどの部分を示し、

「火傷《やけど》の痕さ。エントランスで倒れていた米山さんの左腕には引きつれたような火傷の痕があった。普段は長袖《ながそで》で隠していたようだが、何かの拍子にまくれてしまったのだろう」

「その火傷の痕が、どうかしたんですか？」

那々木は僕から視線を外し、すっかり取り乱した様子のオオシマを見やる。

「同じ火傷の痕が、彼女の腕にもあったんだ。さっき地下通路で転倒した彼女を助けた時に気がついてね。それでぴんときた。彼女がこの建物に来てからずっと、必要以上に怯え続けている理由も理解できたというわけさ」

那々木は感慨深そうに言い放ち、オオシマの顔を覗《のぞ》き込むようにして問いかける。

「怖かったのだろう？　なにせ自分が殺した連中が十八年前と同じ姿で建物内をうろついているのだから。そのうえ自分が行った殺人が同じように繰り返されている。君はすぐに気づいたはずだ。自分が迷い込んだのは、かつての夜を克明に再現した世界なのだと」

オオシマは頭を抱え、ぶるぶると震え始めた。しきりに何か呟《つぶや》いているが、それは意味を成さない単語の羅列でしかなかった。

「それじゃあ、彼女が十八年後の米山美佐なんですね？」

あえて問いかけた僕の声に、那々木は力強くうなずいた。

「私……私は……わたし……ごめ……」

オオシマ――いや米山美佐はその場にがっくりと膝《ひざ》をつき、大半が白く染まった髪をかきむしるようにして床に突っ伏した。

「ごめ……さい……ごめん……な……い……」

那々木の発言に異を唱えることもなく、しきりに謝罪を繰り返すその姿は、自身が乗客たちを殺害した犯人であるという事実を認めている証明でもあった。

「どうしてみんなを――」

言いかけた時、ずずずず、と床が激しく揺れる感覚があった。誰もが押し黙り、水を打ったような静寂のなかで、背筋にぞわぞわとした寒気が這《は》いまわる。息を殺し、祭壇の向こうに視線を巡らせると、八本ある腕を奇怪に蠢《うごめ》かせていた神像が、今度は全身を小刻みに震わせていた。

「残念だが、これ以上、呑気《のんき》に話をしている場合ではなさそうだな」

これまで何があっても平静さを失わなかった那々木の声に、わずかながら緊張の色が混じっている。反面、その横顔に浮かんでいるのは、歪《いびつ》なまでに不敵な笑みだった。

「よく見るといい。あれが、柴倉泰元が大勢の命と引き換えに造り出し、そして自らも取り込まれた異形の神の姿だ」

那々木の声がひときわ弾む。それに呼応するような形で、神像は蓮《はす》の花を象《かたど》った台座と同化している足を力任せに引きちぎり、一歩前へと踏み出した。ずずずず、と乾いた音を響かせながら、同じように台座から引きちぎった逆の足を更に前へ。

穏やかだったはずの表情は一変し、赤く血走った巨大な眼が、まっすぐに僕たちを見据えている。

「おい、嘘だろ。あれ動くのか？　動くのかよ那々木！」

裏辺が声を荒らげ、真由子が悲鳴をあげた。パニックに陥り、ばたばたと床を掻《か》いた美佐が一目散に走り出し、鉄扉に駆け寄る。そして手を伸ばそうとしたまさにその瞬間、鉄扉がけたたましい音を立てて開かれた。

「いやあああああ！」

破られた鉄扉から、ぬっと顔をのぞかせた木像が、美佐の悲鳴に呼び寄せられるようにして広間に侵入してきた。どす黒く変色した木の足が歪な動きで床をならし、土気色をした人間の腕を伸ばす。木像が侵入してくるのと同時に、広間にはあの甘ったるい、吐き気を催すような臭気が充満し、囁《ささや》きとも呻《うめ》きともとれぬ念仏のような声が響き始める。

「やだ、やだ……どうしよう……！」

「真由子、落ち着くんだ。大丈夫だから」

取り乱す真由子を落ち着かせるため、僕は意識して口調を強めた。

握りしめた彼女の手は冷たく、哀れなほどに震えている。

「そこの窓から外に出るんだ。明彦くんも一緒に、さあ！」

「でも、天田くんは……」

何か言おうとする真由子を遮って背中を押し、有無を言わさず棚の上に立たせると、そのまま窓の外に押しやった。

「那々木さんの言う通りなら、君はちゃんと助かる。だから振り返らずにここから離れるんだ。山を下りて助けを求めてくれ」

「天田くん、待って……一緒に……」

「駄目だよ。僕は行けない。きっと、もうここから出ることはできないんだ」

那々木を振り返ると、彼は眉《まゆ》を寄せ、ぎこちない仕草で視線を伏せた。

「そんな……」

消え入りそうな真由子の声が、涙に震えている。

「さあ、早く行ってくれ」

「待って、やだ、天田く――」

「――早く行ってくれ！」

窓枠にしがみつく真由子を強引に外へ押しやりながら叫んだ。きゃっと声を上げて中庭に転がり出た真由子は何度も僕の名前を呼んでいたが、応じるわけにはいかなかった。

——君は生きてここを後にする。そして僕は……。

十八回繰り返した真由子との別れを再び体験し、そのたびに感じていた身を切るような苦しみが僕を襲う。だが今回に限っては、これまでの虚《うつ》ろな別れとは違うのだと自分に言い聞かせることができた。那々木の言葉が本当なら、彼女はこれで救われる。無事に生き延びて、明彦を産み、育ててくれる。そう思うだけで不思議と力が湧いてきた。

「さあ、次は君だ。早く外へ」

「……父さん」

明彦が何か言いたげに僕の腕を摑《つか》む。それと同時に、熱い感情が僕の胸にあふれてきた。それは真由子に対するものとは少し違い、ぼく自身にも強い未練があることがはっきりと理解できた。話したいことがたくさんある。でも、そうしていては彼に危険が及ぶ。だから感情に流されてはいけない。そう自分に言い聞かせながら、名残惜しそうにしている明彦の頭をもう一度くしゃくしゃと撫《な》でまわし、僕は言った。

「別れはもう済んだ。そうだろ？　お母さんのこと、頼んだよ」

「……うん、父さん」

明彦は声を震わせ、しかし強い口調で応じてくれた。涙の筋に月明かりが反射し、きらりと光る。その背中を窓の外へと押し出そうとした時、明彦は何か思い出したような顔で振り返った。

「待って、これ……」

明彦がポケットから取り出したのは、地下通路で発見した薄汚れた金剛鈴だった。

「これは……」

「きっと、必要になるから」

やけに確信めいた口調で言うと、明彦はふっと笑みをこぼす。「ぼくを信じて」とでも言いたげなその表情に後押しされ、素直に受け取った。

「さよなら、父さん」

そう言い残し、明彦は窓枠を乗り越えて中庭へ這い出した。真由子と明彦が揃って駆け出すのを確認した直後、耳をつんざくような悲鳴が広間に響き、僕はバランスを崩して棚から落下した。

「いやあああ！　やめて、いやあああ！」

目を凝らすと、美佐が数体の木像によって床に組み伏せられ、腕や足、身体を押さえつけられていた。美佐の傍らに立つ木像が、手にした剣を高く掲げている。

「やめて……助け……いあああああ！」

腐りかけて皮膚の一部が剝《は》がれ落ちた肉の腕が、容赦なく剣を振り下ろす。だん、と鈍い音がして、美佐の右腕が切り落とされた。

更なる絶叫が広間に響き、血しぶきが彼女の周りに群がる木像どもを赤く染める。

「うぐぅ……ひぃ……ぐぐぅ……」

痛みと出血でショック状態に陥っているらしい。美佐は虚ろな声で呻きながらも、その目には生に対する強い執着を浮かべていた。だが木像たちは懇願する彼女の声など聞こえていないかのように、淡々と作業をこなしていく。

続けざまに剣を振るった木像が彼女の右脚と左脚を順に切り落とす。両ひざから下を失い、大量の血液をまき散らした美佐の口から慟哭《どうこく》めいた叫び声が轟《とどろ》き、立ち尽くす僕を震え上がらせた。

「くそ、いい加減にしろよこのっ！」

怒りに任せて声を張り上げながら、裏辺が飛び出した。素早い動きでベルトから引き抜いた特殊警棒を振って伸ばし、手近にいた木像の頭部へと振り下ろす。乾いた音が響き、木像の頭部が呆気《あっけ》なく粉砕された。

「おい、なんだよこの感触。すかすかじゃねえか」

裏辺は怪訝《けげん》そうに呟《つぶや》きながら、警棒と砕けた木像の頭を見比べた。頭部を失った木像は緩慢な動作で立ち上がると、血濡《ぬ》れた木の腕と土気色をした肉の腕で裏辺を強引に摑み上げ、力任せに投げつけた。

「うおぉ！」

うめき声と共に、裏辺は数メートル先の柱へと叩《たた》きつけられ、床に落下する。

「いってぇ……くそ……なんて力だよこいつ……！」

苦し紛れに毒づき、裏辺は激しく咳《せ》き込みながら床に突っ伏した。そうしている間にも、再び剣が振り下ろされ、美佐は残る左腕を切り落とされてしまった。

その頃になると、彼女は悲鳴をあげることすらできなくなっていた。木像は切り落としたその腕を、赤子を扱うような手つきで拾い上げる。ぼたぼたと滴る大量の血液が、木像の顔や身体、足元などをみるみる赤く染めていった。

「たす……け……えぇぁあああ……」

それでもなお、美佐は生きていた。死ねなかったというべきか。半開きになった口からは、助けて、死にたくない、などの言葉が呪詛《じゅそ》のように繰り返され、木像たちが発する囁きと混ざり合っては、不気味に響いている。

目を疑うような光景はなおも終わる気配がなかった。美佐の腕を掲げた木像は何を思ったのか、背中から生えている自身の腕を掴み、そのまま引きちぎってしまった。砕けた破片が散乱し、床に投げ出された木の腕はカラカラと音を立てて転がった。

そうして千切れた腕の断面に、切り取られた美佐の腕をあてがい、ぐりぐりと力任せに押し付ける。皮膚や肉が押しつぶされ、ぶしゅ、と音を立ててさらに血が飛び散った。骨と木がぶつかるゴリゴリという音を耳にした瞬間、僕は耐えきれなくなって目を逸《そ》らした。

「なんて……惨《むご》い……」

それしか言葉にならなかった。吐き気を催し、慌てて口元を手で覆う。那々木が僕の隣でどんな顔をしているのか、この時ばかりは知りたいとも思わなかった。

他の三体の木像たちも残りの腕や脚を拾い上げ、腕が欠けているものは腕に、脚が生身のものではないものはわざわざそれを引きちぎり、白く細い脚を『移植』し始める。

筆舌に尽くしがたいその光景を前に、僕はすっかり萎縮《いしゅく》し、凍り付いたようにその場から動けなくなっていた。

「――なあ、那々木よぉ。一応訊《き》いておくけど、俺たちは逃げなくていいのか？」

床に手をつき、立ち上がろうとした裏辺だったが、受けたダメージが思いのほか大きいらしく膝《ひざ》に力が入っていない。中途半端な体勢で木像たちを睨《にら》みつけながら、気丈に振る舞うその横顔には明らかな焦りの色が浮かんでいた。

「逃げるだって？」

那々木は心外そうに小首を傾げた。

「何を言っているんだ裏辺。ようやく怪異と対面できたんだぞ。しかも、相手は人工的に造られたとはいえ『神』なんだ。ここで逃げ出すことなどできないな」

「へっ、そう言うと思ったよ」

裏辺は額に浮かんだ汗を拭《ぬぐ》い、苦し紛れの笑みを浮かべた。一方の那々木は木像たちから視線を外し、後方から迫り来る神像を見据えていた。

「それに、だ。忘れているようだから言うが、この怪異のテリトリーは白無館に限定されているわけじゃあない。建物の周辺か、あるいはこの山一帯から離れでもしない限り、我々に逃げ場などないのだよ」

あくまで感情の起伏を感じさせぬ口調の那々木。しかしその横顔には、これまで一度として見せたことのない焦りの色が、確かに浮かんでいた。

2

「──那々木さん、どうすればいいんですか。このまま何もせずにいたら……」

「間違いなく我々はあの怪異の餌食《えじき》になる。かつて神と崇《あが》められたとはいっても、慈悲の心は残っていないようだからね」

逃げ道は塞《ふさ》がれ、僕たちはすっかり取り囲まれていた。凄惨《せいさん》な最期を遂げた美佐の亡骸《なきがら》が嫌でも視界に入る。強引に目を背け、僕は再び那々木に詰め寄った。

「僕はもう死んでる。でも那々木さんと裏辺さんは生きているんでしょう？　だったら早くどうにかしないと」

「ふむ、どうにかしたいのはやまやまだが、我々にはその手段がないんだよ。まともな論理が通用する相手でもないだろうし、説得に応じてくれるような良識を持ち合わせているようにも見えないからね」

数体の木像たちを顎《あご》で指し、他人事《ひとごと》のように言ってのける那々木に対し、もどかしさがますます募る。僕は苛立《いらだ》ちを隠そうともせずに語気を強めた。

「それじゃあ、このまま殺されるのを待つしかないんですか？　何か、こいつらを退ける方法とか——」

「——そんなもの、どこにあるっていうんだ」

食い下がろうとする僕を、那々木はぴしゃりと遮った。

猛禽類《もうきんるい》を彷彿《ほうふつ》とさせる鋭い眼光が僕を射貫《いぬ》く。

「何度も言うようだが、我々が対峙《たいじ》しているのはまがりなりにも神だ。そこらの幽霊や妖怪《ようかい》などとは一線を画した存在なんだよ。そんなもの相手に、ひ弱で脆弱《ぜいじゃく》な人間が太刀打ちできるわけがないだろう。どれだけ知恵を絞ろうが、か弱き力を集めようが、そんなものは何の役にも立たない。我々にできることはただ一つ。許しを請い、祈りを捧《ささ》げ、震えながら神の怒りが静まるのを待つことだけだ」

声高にまくしたてる那々木の姿に、僕はあんぐりと口を開いたまま、固まってしまった。

木像たちが美佐を血祭りにあげる光景を前にしても、鈍重な足取りで迫り来る神像の圧倒的な威圧感を前にしても、那々木が決して取り乱したりしないのは、彼があれらの怪物を鎮める方法を知っているからだとばかり思っていた。だが違うのだ。根本的に僕は間違っていた。那々木は最初から、怪異を退治することを目的としていない。彼はあくまで怪異の存在を確認し、その性質や起源を知ることを目的としていた。こうして怪異を目の当たりにした時点でその目的は達成されている。その後のこと——ここから生きて帰ること——など、彼にとっては取るに足らぬ些末《さまつ》なことに過ぎない。

那々木悠志郎という男は、きっとそういう人間なのだ。怪異を求めて各地を転々とし、その存在を肌で感じ理解する。だが、それが単なる作品作りのためだとは、僕には思えなかった。彼が自らの死をもいとわず、一心に求め続けているもの。

それは、ひょっとすると彼自身の――

「――おいおい、面倒な御託はその辺にしといてくれよ。那々木」

唐突に響いた声によって、僕の思考は中断された。広間入口の方向に注意を向け、木像たちを警戒していた裏辺が辺りをはばからずに声を上げる。

「念願の怪異とご対面できたんだ。満足だろ？　だったら次は、ここから生きて帰ることを目標にしようぜ。次の小説じゃあ、俺のカッコいい活躍ぶりをめいっぱい書いてもらわなきゃならないからよぉ」

裏辺は冗談めかした口調で言い放ち、警棒を振りかぶって間近に迫った木像を力任せに殴りつけた。側頭部を殴られた仏像は頸部《けいぶ》をくにゃりと折り曲げて後退したが、ぎこちない足取りで踏みとどまり、すぐに体勢を立て直す。

絶えず念仏めいた囁《ささや》きを口にしながら、歪《いびつ》な動きで近づいてくる木像たちを前に、裏辺は苦々しい表情で舌打ちをした。

「なあ、あるんだろ？　この状況を切り抜ける方法が。お前はいつも最後の最後まで出し惜しみするが、結局は何かしらの解決策を用意してるじゃないか」

「ほう、裏辺にしては察しがいいな」

意外そうに呟いて、那々木はわずかに苦笑した。その反応を見て、僕は反射的に那々木へと詰め寄る。

「本当ですか？　何か方法があるんですか？」

「おっと、勘違いはやめてくれよ。私は嘘などついていない。我々にあの怪異を鎮めるのは不可能だ。だが君は、この『繰り返す世界』を終わらせることができる。さっき私が言ったことを覚えているだろう？」

——この世界は怪異が作り出した虚像。ここで起きることは全て定められており、起きてしまった現実を変えることはできない。

つい先刻、那々木が口にした言葉が脳裏をよぎる。

「鍵《かぎ》は最初から君が持っていたんだよ。そうでなくては、君一人が出口のない夜を延々と繰り返す理由がわからない。この世界の中で、君は唯一無二の特別な存在だった。だがそれは天が選んだのでも、偶然の一致で選ばれたのでもない。今まさに我々をも毒牙《どくが》にかけようとしているあの怪異が君を選んだからに他ならないんだよ」

そこで言葉を切り、那々木は自らの発言を訂正する。

「——いや、選んだという表現は違うな。何故なら怪異は自ら進んで何かをしたわけじゃあない。君が怪異に対して願いを捧げたんだ」

「僕が？　そんな、僕は何もしてませんよ」

すぐさま否定した僕の耳に、ぎい、ずずず、と神像が足を引きずる音が響く。一歩踏み出すたびに表面の木材がぽろぽろと剝《は》がれ落ち、その下にある土気色の肉がむき出しになった。ぐずぐずに腐り果てたその身体からは、耐えがたいほどの異臭が漂ってくる。

こんなおぞましいものに、誰が願いなどかけたりするものか。

「ふむ、つまりはそこなんだよ。君にその意志がなくても、無意識の中でそれを行ってしまった。言い方を変えれば、あの夜はそのお膳立《ぜんだ》てが出来上がっていたということさ」

那々木が何を言おうとしているのか、すぐにはわからなかった。だがこれまでの繰り返しの中でたった一度だけ、心当たりのある出来事がある。

「……最初の夜……あの時……」

小さく呟《つぶや》いた声に、那々木はそっとうなずいた。

「覚えがあるようだね。君たちが初めてこの建物で惨劇に直面した夜、その窓から逃がした恋人の悲鳴を聞いて彼女が殺されたと思い込んだ君は、『もう一度やり直したい』という旨の願いを抱いたはずだ。この怪異は、その願いを受け入れた」

「この怪物が、僕の願いを？」

戸惑う僕をよそに、那々木は話を先へ進めていく。

「君たちがここを訪れた時、この神像は地下通路の木像たちによって封じられていたはずだ。信者の大量殺人事件の後から君たちがやって来るまで、この山で失踪《しっそう》事件など起きてはいなかったからね。では何故その怪異が目覚めたのか。そこに大いに関係しているのが、君たち乗客を襲った殺人事件なのさ」

「あれも、その怪物たちが？」

背後の木像たちを指差して問いかけるも、那々木は首を横に振って否定する。

「よく思い出してみるといい。あの怪物たちが現れるようになったのは、君がこの夜を繰り返し始めてからだったはずだ。つまり最初の殺人に怪異は一切関わっていない。唯一、この広間で君の命を奪ったのだけがあの神像の仕業だった。それ以外の被害者たちはみな、米山美佐の手によって神の復活に捧げられた生贄《いけにえ》だったんだよ。彼女はそうすることで、自らの願いを叶《かな》えようとしたんだろうな」

那々木は物言わぬ骸《むくろ》と化した美佐へと視線をやった。

「彼女がどんな理由でこの建物に眠る怪異を目覚めさせ、願いをかけようとしたのかはもはや確かめようがない。せいぜい死んでしまった母親に会いたいとか、そういう類《たぐい》の願いだろうがね。しかし、これはただの怪物ではないし、正しく神として祀《まつ》られている存在でもない。人宝教が無垢《むく》なる信仰のままに強く執着し、そして柴倉泰元がねじ曲がった思想を実現するために造り出した異形の神。いうなれば邪神なんだよ。そんなものが願いを願いとして正確に受け入れてくれるはずがない。その証拠に、天田くんの願いを聞き入れた怪異は、君が何度もこの夜を繰り返すという輪廻《りんね》の迷宮を作り出した。ご丁寧に他の乗客たちを複製したり、我々のような招かれざる客を排除する木像などという『まやかし』まで生み出してね」

周囲の木像たちを忌々《いまいま》しげに見回しながら言い放った後、那々木は思い出したように

「あるいは」と前置きして、

「君という触媒を得た怪異は、この繰り返す世界を餌にして、新たに迷い込んでくる人間を取り込もうとしていたのかもしれないな。そうやって更に多くの死——つまり穢《けが》れを取り込むことで、かつての神性を取り戻そうとした。この建物で命を落とした者の死体が発見されないのは、おそらくそういう理由だ。怪異が死者たちを捕まえて離そうとしないのさ」

鋭い眼差《まなざ》しと確信に満ちた声で、那々木は強く言い切った。

「話は戻るが、このおぞましき存在に対して我々ができることは何もない。私と裏辺、そして君の息子が生きてこの山から脱する可能性はゼロに等しいだろう。屋敷から脱出したからといって、安全とは言えないからな。だが君は別だ。君は怪異の呪縛《じゅばく》を逃れ、この繰り返す世界を消滅させることが出来るまさに特異点。何故ならこの世界は君が望んだものだからね」

「……僕が望むのをやめれば、この世界も無くなると？」

「その通り。なぜならば神は、人が認識してこそ神でいられる。求められてこそ神なんだ。誰も信仰を捧《ささ》げなくなれば、神性が失われるのは道理だよ。だからこそ怪異はそうさせないためにこの夜を何度も繰り返し、君との直接的な接触を避けてきた。だがこうして対峙《たいじ》した以上、選択肢は二つ。一つは、これまで通り怪異が作り出すこの世界の住人として、この夜を繰り返す。その場合、君の魂は一年後まで眠りにつく。そしてまた目覚めた時、同じ出来事を繰り返すんだ。哀れにもこの場所を訪れた闖入者《ちんにゅうしゃ》たちを犠牲にしながらね」

生唾《なまつば》を飲み下し、僕は視線で先を促す。

「もう一つは、すべてを終わりにすること。そうすれば君はこの繰り返しから解放される」

「でも僕は十八年前に死んでる。そうですよね？」

那々木は無言でうなずいた。解放された後に僕の魂がどうなるのかは、わざわざ訊《き》かなくても分かりきっている。

僕は死ぬ。正真正銘、今度こそ本当の意味でこの世界から消えてしまう。そう思うと途端に怖くなってきた。身体が震え、じっとしていられない。胸の鼓動は速まる一方で、歯の根がかみ合わなかった。

「……一つ、訊いてもいいですか？」

「なにかな？」

「僕がこれまでしてきたことって、いったい何だったんですか？」

那々木はただ無言で眉根《まゆね》を寄せた。答えに窮する彼に向けて、僕は誰にも言えなかった胸の内をぽつりぽつりと口にする。

「烏砂温泉街の火災事故で、僕は親友を見捨てて火事の現場から逃げたんです。そのせいでずっと苦しかった。もうあの時と同じ思いはしたくない。だから真由子を助けようと必死に繰り返し続けました。もちろん、他の人たちだって死なせたくなかった。僕が諦《あきら》めさえしなければ、いつかきっと皆で無事にこの建物から出られる。皆が生きて帰れるんだって、そう思っていたのに……」

言葉に詰まり、僕は唇を噛《か》みしめた。悔しさから涙が溢《あふ》れて止まらない。泣いている場合じゃないことくらいわかっているのに、どうしても歯止めが利かなかった。

「――無駄なんかじゃあないさ」

ふわりと頬を撫《な》でるそよ風のような口調で那々木は言った。思わず見上げると、彼はこれまで一度として見せなかった、穏やかな微笑をその顔に浮かべていた。

「ただ、救われるべき対象が他の者ではなく君だったというだけのことさ。君は精いっぱいやった。どんなに恐ろしい局面にぶつかろうとも、逃げ場のない世界の中で必死にもがき続けた。孤独と絶望に苛《さいな》まれながらも、我々を救おうとしてくれたじゃあないか。息子であるあの青年に会えたことにだって、きっと意味がある」

強い口調で言い切って、那々木は僕の肩に手を置いた。その手に込められた強い力が、僕と彼との間に存在する隔たりを打ち砕いてくれるかのようだった。

「我々は君に救われた。だから私にできることは、君をこの世界から解放すること。永遠に続く輪廻の檻《おり》から脱出する手助けをすることだ。もう一度言うが、救われるべきは他の誰でもなく君なんだ。後はそれを受け入れられるかどうかだよ」

――受け入れられるか、どうか……。

内心で繰り返しながら、僕は思案した。このままループを繰り返すという道を選べば、もう一度真由子と会える。真実から目を背け、この夜を繰り返し続ければ、たとえかりそめの世界だとしても彼女のそばにいられる。けれどその選択は那々木や裏辺、そして明彦をも犠牲にしかねない危険なものでもある。それなら、道は一つしかない。

「那々木さん、僕は――」

――この繰り返しを、終わらせる。

そう告げようとした僕の目の前で、突然那々木がうめき声を上げ、大きく目を見開いた。

「那々木！」

裏辺の声が響く。次の瞬間、生温かいものが僕の顔にかかった。視界が赤く染まり、向かい合っていた那々木がゆっくりと床に倒れ込んでいく。彼のすぐ背後で四本ある腕のうち三本が生身の腕をした木像が、怒りに満ちた表情を露《あら》わにしていた。ついさっき、美佐から切り取り接合した腕が振るった短剣によって那々木の首筋は切り裂かれ、ぱっくりと開いた傷口からおびただしい量の鮮血が噴き出している。

「やめろ！　てめえら、ふざけるんじゃねえ！　おい、那々木ぃ！」

倒れ込んだ那々木へと木像たちがいっせいに群がり、腕や足を力任せに引きちぎろうとするのを、裏辺が必死に止めに入る。彼の振るう警棒に打たれようとも、思い切り蹴《け》りつけられようとも、木像は組み敷いた那々木から頑として手を離そうとしなかった。

声を荒らげ、無我夢中で那々木を救おうとする裏辺の背後に、新たな木像が迫る。

「裏辺さん！　後ろ——」

咄嗟《とっさ》に叫んだもののすでに遅く、裏辺は背後から圧《お》し掛かってきた般若《はんにゃ》のような顔をした木像によって床に押し倒された。離せ、と喚《わめ》く裏辺を無機質な眼差しで見下ろしながら、木像は二本の木の腕で自らの顔を左右から挟み、そのまま ぐしゃりと潰《つぶ》す。崩れた顔の下から、臼歯《きゅうし》をむき出しにした巨大な口が現れた。

「ぐぅあああ！　やめろぉ！　やめ……あああ……」

その口が裏辺の首筋にかぶりつき、奇怪に蠢《うごめ》いた。ぶちぶちと生々しい音を立てて喰《く》い破られた裏辺の頸部《けいぶ》からは凄《すさ》まじい量の鮮血が迸《ほとばし》る。

「ああ……そんな……」

呆然と立ち尽くし、嘆くことしかできない僕の目の前で、那々木は四肢を引き裂かれ、裏辺は肉と内臓を喰らいつくされていく。絶望に打ちひしがれる僕の背後で、あの巨大な神像が不気味に嗤っていた。

神像から剝《は》がれ落ちる木片が僕の頭に降り注ぐ。顔の半分以上が剝がれ落ち、より一層、腐肉が露わになったその姿はもはや神像とは言えぬ、穢れた死の塊だった。

「あ……あああ……」

再び、呆《ほう》けたような声が僕の口から零《こぼ》れ落ちていく。那々木を屠《ほふ》り、裏辺に喰らいつく木像たちの念仏めいた囁《ささや》き声がボリュームを増し、広間に反響した。年老いた男の声、若い女の声、まだ幼い子どもの声。それらが虚《うつ》ろに重なり合い、おぞましい調べとなって僕たちを呑《の》みこもうとしていた。

「――天田……くん……」

眼を逸《そ》らすことも、声を上げることすらも出来ずに目の前の怪物を見上げていた僕の耳に、突如として那々木の声が届いた。怪訝《けげん》に思いながらも視線をやると、床に投げ出され、手足を千切り取られた那々木が先程と変わらぬ鋭い眼差しを僕に向けている。

「那々木、さん？」

止血もせず、命を落としてもおかしくない量の血を失っているはずの那々木は、しかしどういう仕組みなのか、冷静な表情を崩すことなく口を開閉させ、僕に語り掛けてきていた。理解不能な状況に慄《おのの》きながらも、僕は那々木の声に耳を傾ける。

「動じる必要はない。この世界が怪異の作り出した虚構ならば、この木像たちもまた虚像なんだよ。その虚像が生きた人間に対し、このような行為を行うことはできない。まやかしによって死を認識させ、思い込ませることで、肉体から意識を遊離させるのが狙いなのさ。本当の私たちは傷一つ負ってはいないはずだ」

四肢を失い、血まみれの状態でそんなことを言われても説得力を感じられないが、那々木の言葉ならば、あり得ない話ではないと思った。同時に僕は思い出す。

三度目の繰り返しの時、肝試しに来ていた三人は集会室の床や一階廊下におびただしい量の血だまりを残して連れ去られた。だが、その後の繰り返しにおいて彼らの血痕《けっこん》はどこにも残されていなかった。この夜が年に一度繰り返されてきたというのなら、誰かが拭き取りでもしない限り血痕は残っているはずなのだ。だがそうはならなかった。それはつまり、あの血痕も『怪異が作り出した幻』だったから。

　つまりはそういうことなのだ……。

「――やめろ……もうやめろ！」

　そのことに思い至った瞬間、僕はそう叫んでいた。恐怖心は嘘のようにかき消え、この胸に熱くたぎるのは、強い怒りの感情だった。

「聞いてるのか！　こっちだ！」

　再び叫んだものの、僕の声は木像たちの奇怪な念仏によって容易《たやす》くかき消され、見向きもされなかった。

　――生きている人間じゃないから、相手にもしないってことか。

　内心で舌打ちをした僕は、そこではたと思い立った。明彦から手渡された金剛鈴をポケットから取り出し、前方に掲げる。そして自らの意志に誘われるようにして強く鳴らした。

　ちりぃん、と、場違いなほど澄み切った音色が広間に響く。次の瞬間、神像は血走った赤い眼球をぐるりと動かして僕を見据えた。

　思った通りの反応だった。『金剛鈴』は仏の注意を喚起させるためのものだという那々木の説明通り、像たちの注意を引きつけられた。

「嬉《うれ》しいよ。やっと僕に注目してくれて」

強がった言葉は、無様なほどに震えていた。この怪物に抵抗することはつまり『繰り返し』の終わりを意味している。もう二度と僕が目を覚ますことはないし、真由子の顔を見ることもできない。それでも僕は満ち足りていた。真由子の無事を知ることができて、成長した息子とも会えたのだから。

親友を見殺しにして逃げてしまった苦しみから、ようやく解放される。そう思った瞬間、僕の脳裏に、あの時の光景が鮮明に蘇《よみがえ》ってきた。

崩れた天井で塞《ふさ》がれた部屋のドア。助けを求める若狭と絵里子の声。

僕と真由子は必死に瓦礫《がれき》を取り除こうとしたけれど、火の回りが早すぎて、とても間に合いそうになかった。

「――もういいよ、耕平」

若狭のくぐもった声がして、僕ははっと顔を上げた。

「逃げてくれ。お前たちまで死んじゃダメだ」

その頃には、さっきまで悲痛に泣き叫んでいた絵里子の声は聞こえなくなっていた。どんどん火の手が広がって、熱気と煙は激しくなるばかり。やがて真由子が激しく咳《せ》き込みだし、ぐったりとして動けなくなってしまった。

逃げなければ、僕と真由子もここで死ぬ。そう思うと恐怖が一気にこみ上げてきた。

「逃げてくれ耕平。真由子ちゃんを守ってやれ」

もう一度、若狭はそう言った。

一刻の猶予もなかった。僕は瓦礫に伸ばしかけていた手で真由子を抱き起こす。

「ごめん……若狭……」

立ち上がり、躊躇《ためら》いがちに足を踏み出す。ドアの前から離れるのに思いのほか手間取りながら、真由子を連れて非常口へと向かいかけた時——

「いやだあ！　死にたくない！　死にたくない！　たすけてくれぇ！」

若狭の声だった。気丈に振る舞い、抑え込んでいた感情を全てぶちまけたような、耳を塞ぎたくなるほどの悲痛な叫びだった。それほどの恐怖を抱きながらも、彼は僕に逃げろと言ってくれた。真由子を守れと言ってくれた。そのことに感謝する一方で、同じくらい僕は恐ろしかった。死に直面し、あらゆる理性を失って生に執着しようとする若狭の断末魔の叫び声が、今も耳に張り付いて離れない。

僕は真由子を抱きかかえ、一心不乱に駆け出した。助けを求める若狭を恐れ、逃げ出したんだ。結局、若狭と絵里子は救出されることなく、焼け跡から焼死体で発見された。目を覚ました真由子に事情を説明すると、彼女は何も言わず声を押し殺して泣き崩れた。

あの時、僕と真由子の中で何かが壊れ、同時に恐ろしい何かが芽生えた。それ以来僕は、他者を犠牲にしてまで生き残った自分に対する強い嫌悪感だった。それはきっと、耐えがたい罪悪感に苛《さいな》まれ、事故のことを片時も忘れることが出来なくなった。

もう一生、自分はこの感情から逃げられない。死ぬまで若狭の慟哭《どうこく》に苦しみながら生きていくのだと強く思った。

そんな時、この繰り返しの世界に囚《とら》われた。

今にして思えば、これは天罰だったのかもしれない。彼らを見捨てた僕には、この仕打ちがふさわしいと神様に言われているとすら思った。だから僕は、心のどこかでこの仕打ちを受け入れていた。同じ夜を繰り返すことで、自分を罰している気になっていた。けれど、そうじゃなかった。この繰り返しは、決して罰なんかじゃなかった。ましてや、真由子の信頼を取り戻すための試練なんかでもない。

これは希望だったんだ。

僕たちとは全く関係のない場所で、邪教の教祖が引き起こしたおぞましい行為。それによって造られた怪異により囚われた多くの犠牲者。そして今、まさにその犠牲者に名を連ねようとしている那々木と裏辺、そして明彦。

彼らを救うために僕はここにいる。あの時、若狭に救われた命を別の誰かのために使う。そのために僕は醜態をさらしながらも、果てのない繰り返しの世界に身を投じていたんだ。

「――もう終わりにしよう」

僕がそう告げると同時に、神像の眼球がぷつりと裂けて血の涙が流れた。びきびきと音を立て大量の木片をまき散らしながら大きく開いたその口で、この世のものとは思えぬような叫び声を発しながら、神像は僕に向かって手を伸ばす。

「僕はお前に願ったりなんかしない。『繰り返し』はもう、たくさんだ」

再度、金剛鈴を強く鳴らした。長く尾を引く音色が鳴り響いた瞬間、ぼっと音を立てて那々木と裏辺に群がっていた木像が炎に包まれ、次の瞬間に消失した。

それを皮切りに、ぼっ、ぼっ、と蠟燭《ろうそく》の火を吹き消すみたいにして、木像は立て続けに消失していく。そこにあったはずの那々木の身体や引きちぎられた手足も、食い散らかされて肉片と化していた裏辺の身体も、大量にまき散らされた血液さえも消えていた。

そうして最後に残されたのは、僕と対峙《たいじ》する神像だけだった。像はしきりにうめき声をあげ、八本ある腕をデタラメに振り回す。それらが壁や天井にぶつかるたび、像の手足はぼろぼろと呆気《あっけ》なく砕け、床に落下していく。苦し紛れに放たれた神像の悲痛な叫び声が、周囲の空気を強く震わせた。

――神は、人が認識してこそ神でいられる。求められてこそ神なんだ。

那々木の言葉が脳裏をよぎる。

目の前の醜悪な存在をまっすぐに見据え、僕は思わず笑みをこぼした。

「もう誰も、お前を求めたりしない。神様ごっこは終わりだ」

神像の全身がこれまで以上の速度で崩れ落ち、むせ返るほどの腐臭が溢《あふ》れ出してくる。

あらわになったのは、ぬらぬらとおぞましい光を放つ肉の塊。そこから、さらに何かが這《は》い出そうとしていた。引き裂かれた肉の亀裂からコールタールのようなどす黒い液体が溢れ出し、床に広がっていく。ひとしきり液体を吐き出した亀裂から這い出してきたのは、数えきれないほど密集した人骨の群れだった。赤黒い血を滴らせ、あちこちに肉片をこびりつかせた大量の骸骨《がいこつ》たちが、互いにもつれ合いながら蠢《うごめ》いている。

そして、肉塊の中心部、骸骨たちの群れの真っただ中にそれはいた。瞑想《めいそう》中の僧侶《そうりょ》のように結跏趺坐《けっかふざ》で両手を膝《ひざ》の上に乗せた赫い骸《むくろ》が、洞穴のような眼窩《がんか》の奥にある血走った眼で僕を凝視していた。

——柴倉……泰元……。

その骸骨がかつての人宝教の教祖であることに、僕はおのずと気がついた。醜く腐り果て、神像の中に囚われ続けていた骸骨たちの呪詛《じゅそ》の叫びが広間にこだまする。さっきまでの念仏じみた囁《ささや》き声とは比べ物にならないほどのおぞましさに、金剛鈴を持つ手が馬鹿みたいに震えていた。

自ら造り出した怪異に囚われ、自身もその一部となり果てた教祖の骨が周囲の骸骨たちを押しのけ、僕に摑《つか》みかかろうと肉のない手を伸ばす。思わず叫び出したくなるほどの、聞くに堪えないしわがれた絶叫と共に。

この世のものとは思えぬ穢《けが》れた叫びを真正面から浴びせられ、僕はかろうじて正気を保っている状態だった。少しでも油断すれば奴らに取り込まれてしまう。そんな危うさを強く感じながら深く息を吸い込み、持てる限りの勇気を奮い起こす。そして、手にした金剛鈴を最後にもう一度鳴らした。響き渡る鈴の音と柴倉泰元の断末魔が重なり合い、その場の空気を激しく震わせる。

赫い骸の指先が僕を捕らえるかに思われた次の瞬間、どこからともなく差し込んだ眩《まばゆ》い光が、その異形ごと僕を包んで――

3

「――ねえ、天田くん」

優しく語り掛ける声に誘われて目を開けた。

「……真由子？」

シートにもたれて居眠りをしていた僕を覗《のぞ》き込むようにして、真由子が心配そうに眉《まゆ》を寄せている。

「だいぶうなされてたみたいだけど、大丈夫？」

嫌な夢でも見たのと続けて、真由子はふっと笑みをこぼす。

「夢……？」

腰を浮かせて周囲を見回す。見慣れたバスの車内。乗客たち。それらを確認してから、僕は真由子に視線を戻した。

嫌というほど繰り返したこの夜を、僕はもう一度繰り返すというのか……。

胸の内が泥水で満たされていくような重苦しい感覚を覚えながら腰を下ろし、深く息をついた。その流れで窓の外を見た時、僕は思わず息を呑《の》む。

どこまでも抜けるような群青色の空が、僕の視界に広がっている。バスは山道を走っているけれど、木々は嵐に見舞われることなく、青々とした葉を目一杯広げていた。

「なんで……どうなって……」

通路を挟んで反対側の窓を見ると、橋の欄干越しに見えるのは切り立った崖《がけ》と広々とした海原。そして、水平線の向こうからは朝日が昇ろうとしていた。

——何がどうなって……僕は一体……。

自問しながら、これまでのことを脳内に思い描く。あの広間で那々木や裏辺と共に怪異を目の当たりにして、それから……それから……？

「——大丈夫。もう、終わったんだよ」

ふと、そんな言葉を投げかけられ、僕は固まったままの顔を真由子に向けた。

「大変だったね。天田くん」

優しく労《いた》わるような口調で、どこか遠慮がちに真由子は言った。

そのつぶらな瞳《ひとみ》には涙が滲《にじ》み、彼女は耐えきれなくなったみたいにそっと俯《うつむ》く。

「ずっと助けようとしてくれたんだね。私のことも、この子のことも」

白く透き通るような手で自身のお腹の辺りをそっと撫《な》で、真由子は言った。涙に濡《ぬ》れた瞳が真っすぐに僕を見つめている。

「すごく嬉《うれ》しかったよ。あなたが守ってくれたおかげで、私とこの子は生き延びられた。この子も立派に成長してくれた」

言葉が出て来なかった。僕は何度もうなずき、感極まって真由子を強く抱きしめた。

「ごめん……一緒にいられなくて。一人でつらい思いをさせて……僕は……僕は……」

「謝らないで。私の方こそ、あなたが苦しんでいる時に、ちゃんと寄り添ってあげられなかった。若狭くんと絵里子のことは、あなたのせいじゃなかったのに、責めるような態度をとってしまって」

僕はぶるぶると頭《かぶり》を振った。違う。そうじゃない。苦しんだのは僕だけじゃない。そう言いたいのに言葉が出て来ない。

ちゃんと寄り添ってあげられなかったのは、僕の方だったのに。

「真由子……真由子……」

ただただ彼女の名前を呼ぶばかりで、ろくに話も出来ずにいる僕を、真由子はただ優しく抱きしめてくれた。彼女のぬくもりに包まれながら、僕はようやく長い旅の終わりに辿《たど》り着いたことを自覚していた。

海原の向こうから顔をのぞかせた太陽が、まばゆい光で僕たちを照らす。

「ねえ、この子の名前、何にしようか？」

真由子は僕の手を取り、自身のお腹にそっとあてがった。花の咲くようなその微笑みによって僕の心は満たされていく。

そこでようやく思い出した。僕が、神様に何を願ったのか。

そうだ。僕は繰り返しなんか願っていなかった。

『もう一度、真由子の笑顔が見たい』

それが僕の願いだった。取るに足らぬささやかな願い。でも僕は、彼女がもう一度、心から笑った顔を見せてくれるまで死にたくはなかった。その未練を断ち切れなかった。

改めて、頬をほんのり赤くして笑う真由子を見つめる。

──ひどい夜だった。でも、この終わり方なら悪くない。

「そうだな。名前は──」

真由子のお腹に手を当て、そのぬくもりを確かめながら互いに笑いあう僕たちを、柔らかな陽光が包み込んでいった──

4

「──うわあああぁぁぁ！」

けたたましく悲鳴を上げ、裏辺は跳ね起きた。

「……あ、あれ？」

硬い床の上で身を起こし、周囲を見回すと、忌々《いまいま》しい木像どもの姿が無くなっている。

首筋に手をやり、それから全身を確認するが、どこにも異常はない。擦り傷の一つもついていなかった。広間の入口も壊されてはいなかったし、床には血の一滴すらも落ちていない。朽ちかけた祭壇の向こうでは、あの巨大な神像が以前と変わらぬ姿で佇《たたず》むばかりだった。

初めて訪れた時と同様、広間はただただ無為な静寂に包まれている。

「どうなってんだ……？」

薄汚れた床の上をのたうち回ったおかげで、全身が埃塗《ほこりまみ》れだった。それを手で払いながら立ち上がったところで背後から声がする。

「気がついたか。もう少し、お前の無様な取り乱しようを見ていたかったんだがな」

「那々木！　お前、大丈夫なのか？」

壁際にもたれて煙草をふかし、薄ら笑いを浮かべていた那々木が、とぼけた調子で首をひねった。

「ふむ、何の話だ？」

「何の話ってお前……さっき……あいつらに……」

裏辺はおぼつかない足取りで那々木に近づいていく。つい先程、この男が無残にも怪物に引き裂かれる姿を、裏辺は確かに目にしたはずだった。だが、こうして向かい合っている那々木には自分同様、擦り傷一つついてはいない。何事もなかったかのように紫煙を吐くその姿を前に、裏辺は狐につままれたような気分であった。

「ほんとに大丈夫なのかよ？　なあ、なんともないのか？」

「おい、やめろ。馴《な》れ馴れしく触るな」

おずおずと伸ばした裏辺の手を迷惑そうに払いのけ、那々木は煙草を携帯灰皿に押し付ける。

「いつまでも寝ぼけてないで目を覚ませ。そして刑事らしく現場検証でもしたらどうだ？」

「あ……えぇ？」

突き放すような口ぶりで、那々木は米山美佐の亡骸《なきがら》を視線で示した。

言われるがままに懐中電灯の光を美佐に向けた瞬間、裏辺は間の抜けた声を漏らす。自分たちの目の前で、醜悪な木像どもに八つ裂きにされたはずの米山美佐の遺体は、どういうわけか外傷ひとつない状態で横たわり、眠るように目を閉じていた。

「なあ那々木、教えてくれよ。俺たち夢でも見てたのか？」

「ふん、夢なわけがあるか。我々が今夜、見聞きしたものはすべて現実だ」

那々木は重々しい口調で説明を始めた。

「終わりのない輪廻《りんね》の円環に囚《とら》われた天田耕平と、彼の記憶を元に作り出された乗客たち、そして我々を排除しようとした動く木像は、繰り返す世界においてのみ存在する虚像だった。虚像であるがゆえ、我々のような生きた人間に直接危害を加えることはできなかったということさ」

「だったら、なぜ彼女は目を覚まさないんだよ？」

そう返しはしたものの、那々木の発言を否定するつもりは裏辺にはなかった。首筋を喰《く》い破られた自分や、両手足を引きちぎられたはずの那々木がこうしてピンピンしているのだから、それが正しい解釈なのだろうとも思う。だが、目を覆いたくなるようなあの光景が全部まぼろしだったなどと言われても、簡単に受け入れられそうになかった。

「確かに彼女は我々の目の前で凄惨《せいさん》な死を遂げたが、あの時点で現実世界の彼女はまだ生きていた。少なくとも肉体にダメージはなかったはずなんだ。本当に彼女の命を奪ったのは虚像によってもたらされた行為を現実のものであると認識した彼女自身の意識だよ。それこそ夢を現実と思い込み、自分が殺されたという強力な暗示によって彼女の精神――あるいは魂が死を受け入れてしまった。これまで、ここを訪れた多くの闖入者《ちんにゅうしゃ》達がそうであったようにな」

物言わぬ屍《しかばね》と化した美佐から視線を外し、那々木は祭壇の向こうにそびえる異形の神像へと歩を進めていく。

「そういった方法で、より多くの穢《けが》れを必要とした怪異――いや、かつての神は、天田耕平が願いを取り下げたことによりその役目を終えた。谷の集落に住まう者たちから集めていた信仰を失い、柴倉泰元によって邪悪な存在へと造り替えられた後、この地に封じられていた異形の神は、米山美佐が殺人という穢れを捧げたことにより目を覚ました。そして、天田耕平の願いを聞き入れることでその神性を取り戻したんだ」

「繰り返す世界に天田を囚えていたのも、自分が神でい続けるためだったたってことか？」

裏辺の問いかけに、那々木は曖昧《あいまい》に肩をすくめた。

「そういう解釈もあるということだ。神が何を考え、どう行動するかなど、人間である私には正しく想像することなど不可能だからな。しかし案外、神というのは単純でいい加減なのかもしれない。自分の存在意義を保つために誰かの願いを叶《かな》え続けるなど、ある意味では人間よりもずっと人間らしいと思わないか？」

「そうまでして存在していたかったってことかよ。それにしてもこいつ、いったい何なんだ？　本当にこんなもんが神様だったのかよ？」

肩を並べ、どこか複雑な気持ちで『かつての神』を見上げた裏辺は、湧き上がる嫌悪感に顔をしかめた。

「いくら神様だとしても、人の命を軽々しく扱うような奴に手を合わせるなんておかしいぜ。神様仏様っていやあ、もっとこう慈しみ深いっていうか、そういうありがたい存在なはずだろ」

「そうとは言い切れないぞ。古来、神と名のつく存在は必ずしも人を護《まも》り、導いてくれるものではなかった。むしろその逆なんだ。神を恐れるがゆえに、正しく祀《まつ》らなければならない。祟《たた》り神を祀ることで災いを鎮める。すなわち人は恐怖心の裏返しで神を崇《あが》め、奉ってきたともいえる。だが時代の流れによって人々の関心が薄れ、神はいつしか忘れ去られてしまう。人が神を認識しない以上、神は神ではいられない。神性を失うというのはそういうことだ」

一つ呼吸を挟み、那々木は神像へとその手を伸ばす。

「誰しも、自分の存在を忘れられるのは恐ろしいことだ。それは生者も死者も変わらない。そしてきっと神でさえも、同じなのかもしれないな」

独り言のように呟《つぶや》いた那々木の手が神像の一部に触れた瞬間、ばらばらと音を立て、神像の顔や身体から大量の木片が剝《は》がれ落ちていく。それによって徐々に神像の内部が露《あら》わになっていき、脇腹の辺りから人のものらしき白骨が転がり落ちてきた。それも一つや二つではない。大量の人骨である。

「おいおい、まさかこれって生贄《いけにえ》にされた人間の骨か？」

土埃《つちぼこり》を上げながらなだれ落ちてきた骨を見下ろし、裏辺は呻《うめ》くように言った。

「『なえびと』にされた平方白舟や、柴倉泰元のものもあるだろうな。それに――」

那々木が山と積まれた骨の傍らに屈《かが》みこむ。その視線の先には、衣服を身に着けたままの、比較的新しい白骨も見受けられた。教祖の手記にあったように、像の内部に押し込められていたにしては、それらは少々違和感がある。

「この十八年の間に失踪《しっそう》した人々の骨だろうな。どういう仕組みかなど考えたくもないが、この神像は彼らの死体を取り込むことで穢れを蓄積させていたんだ。失踪者の死体が見つからなかったのも、これが原因だろう」

「天田耕平の骨もこの中に？」

「ああ、おそらくはな」

どことなく沈んだ声で応じてから、那々木はふと思い立ったように手を伸ばし、うずたかく積み上げられた骨の中から何かの破片のようなものを摑《つか》み出した。

「それは？」

「神の材料……いや、かつては神そのものとされた、この土地の人々が崇めていた本尊の破片だ。元は銅鏡の類《たぐい》だったんだろうな」

那々木は手にしたその破片をこちらに掲げて見せる。元は円形だったらしい破片は、分割されたピザのような形状をしていた。鏡背と呼ばれる裏面には複雑な文様が刻まれ、月明かりを受けた鏡面は見ているだけで吸い込まれそうな、不思議な輝きを放っている。

「これはあくまで私の想像でしかないが、かつて谷の集落が存在していた頃、彼らが崇めていた神というのは、来訪神の類だったのかもしれないな」

「来訪神？」

「東北地方では主になまはげやスネカ、水かぶり。沖縄ではパーントゥ、またニライ・カナイという、神でもあり海の向こうの異世界を表す名称もある。それらは年に一度、決まった時期に人の世を訪れる神とされている。人々はその神に無病息災、五穀豊穣《ごこくほうじょう》を祈願し、独自の祝祭で迎え、もてなした」

――年に一度、決まった時期に……。

そのフレーズが、妙に裏辺の頭に残った。

「柴倉泰元によって異形の神とされてしまった今となっては正しい姿は計り知れないが、

天田耕平が年に一度、決まった日に同じ夜を繰り返していたという部分に鑑《かんが》みると、その性質はよく似ている。彼が繰り返す世界に囚われたことにも、一応の説明がつく気がするんだ」

那々木の話を聞きながら、山のように積み上がった大量の白骨を前にして、裏辺はこの時、気味の悪さよりも物悲しさが勝っていた。ほんの一晩、行動を共にしただけの天田耕平のことが妙に懐かしく、儚《はかな》く感じると共に、苦しみ続けた彼がようやく解放されたのだという安堵《あんど》をも感じていた。もう二度と、彼は血塗られた夜を繰り返さない。今頃はきっと、恋人や息子と共に笑いあう夢の世界にでもいるのだろう。

そんな想像をして裏辺は微笑した。

「それにしても、柴倉泰元はどえらい神様を造り出したもんだな。しかも、その神様に自分が囚われちまったんだから、自業自得もいいところだぜ」

「同感だな。もっとも、神と呼ぶにはいささか醜悪に過ぎるが」

肩をすくめ、那々木は苦笑する。

「いずれにせよ苦労した甲斐《かい》はあった。おかげで確信を得られたよ」

「確信？　何のだよ？」

「柴倉泰元は、多くの罪なき人々を利用し人工的な怪異を生み出した危険な男だった。彼がもたらした邪悪な教義や思想が今も受け継がれている可能性は大いにある。これが、私が人宝教を危険視する最大の理由さ。ボランティアだのなんだのとのたまうのも、そういった本性を隠すためのカモフラージュに過ぎない」

　裏辺はふと、那々木がかつて人宝教の支部において遭遇した事件のことを思い返した。話で聞いただけで詳細は不明だが、かなりの犠牲者を出した凄惨な事件だったという。その根本たる原因がもしも人宝教が自ら造り出した『人工的な怪異』だとするなら、確かに奴らは危険だ。今回の事件を経験し、那々木はその『もしも』が現実であることに強い確信を抱いたのかもしれない。

「超自然的な起源のもとに発生するのではなく、何らかの悪意をもって怪異を生み出す奴らは、まさしく人の皮を被《かぶ》った悪魔だ。傲慢《ごうまん》極まりないその行為を、私は心の底から軽蔑《けいべつ》する。非力で愚かな人間が私利私欲のために怪異を造り出すなど、言語道断だ」

　強く言葉を結んだ那々木は、腕組みをして押し黙った。虚空を睨《にら》み据えるその眼差《まなざ》しは、今にも獲物を仕留めようとする猛禽類《もうきんるい》そのものである。常人には考えられぬほど怪異に執着し、追い求める那々木だからこそ、そこに無関係な人間の悪意が入り込むことが許せないのかもしれない。

　鋭い視線を虚空へと向け、きつく口元を結んだ那々木の横顔を見ながら、裏辺はそんなことを思った。

「――さてと、ぼーっとしてもいられねえな。一度山を下りて麓《ふもと》の警察に応援を頼むか。この白骨の鑑定も急がせないとな」

「いや、ちょっと待て」

那々木は唐突にそう言って、神像の脇腹から溢《あふ》れ出した白骨をかき分け始めた。

「おい、何やってんだよ。勝手にいじると罰が当たるぞ」

呼びかける裏辺の言葉に耳を貸さず、しばらくの間骨をかき分けていた那々木は、やがてハッとその顔を強張《こわば》らせ、手を止めた。

「見つけたぞ」

「見つけたって、いったい何をだよ？」

問いかける声に応じようとせず、那々木は数歩後ろに下がってから軽く顎《あご》をしゃくって見せる。覗《のぞ》いてみろ、のジェスチャーだった。

促されるまま、裏辺は身をかがめて神像の脇腹から内部を覗き込んだ。

「――おい、マジかよ……こんな……」

それ以上、まともな言葉は出てこなかった。

神像の内側、背中の部分にもたれるようにして座り込む一体の亡骸《なきがら》。それは他のもののように白骨化してはいなかった。いわゆるミイラのような状態で乾ききった皮膚が骨に張り付いてはいるが、かろうじて人相が確認できる。

「おいおいおい、冗談だよな。これってまさか……」

答えを求めるように黙りこくった裏辺を一瞥《いちべつ》し、那々木はそのミイラをじっと見据え、ぽつりと呟いた。

「――天田耕平の亡骸だ」

5

白無館の外に出ると、すでに空は白々と明るくなり、遠くの稜線《りょうせん》から朝日が顔をのぞかせていた。何度試してもつながらなかった携帯の電波はあっさりとつながり、裏辺は難なく応援を呼ぶことが出来た。

それから一時間ほど経った頃には麓の町の警察署員たちが大挙して押し寄せ、現場検証が開始された。裏辺と那々木は関係者として長い事情聴取を受けることになった。警察関係者とはいえ、状況が状況なだけに仕方のない事である。

監察医の調べにより、米山美佐の死因は心不全——つまり原因不明ということであった。また持ち物の中に身分証の類は存在せず、携帯もない。家族や親類への連絡先も分からずじまいだったが、その代わりに衣服の中から一通の封書が発見された。そこには彼女によってしたためられたであろう遺書ともとれる内容の記述があった。

十九年前、烏砂町という温泉街で発生した火災事故において母親を亡くしたことから、米山美佐の苦悩は始まった。物心ついた頃から母子《おやこ》二人で生きていた彼女にとって母親を失ったことは大変なショックだった。当時二十二歳だった彼女は、若くして天涯孤独の身となる。

母親は生前、キリスト教系の宗教に傾倒していて、幼い彼女を連れては布教活動に精を出していた。生活は質素で友人を作る暇も与えられず、美佐は幼少期から多くのことを我慢して育った。母親を失ったことは悲劇だったが、彼女はそのことによってこの宗教と縁を切ることができた。布教活動に人生を捧《ささ》げる必要はなくなったが、代わりに生きていくうえでの指標を失った。その後の一年は、一人で生きていくことの苦しさを味わい続ける日々だった。中学卒業後、定職にも就かず布教活動を続けていたせいで、友人の一人もいない。頼りにできる親戚《しんせき》もいない。世間知らずの彼女が就ける仕事など何もなかった。

事件から一年後に慰霊祭の案内を受け、導かれるようにこの地へやってきた彼女は、他の乗客たちが事故を乗り越え、のうのうと暮らしている現状を知って大きなショックを受けた。母を失って苦しんでいる自分とはまるで違う、たった一年で家族や大切な人の死を簡単に乗り越えた他の乗客たちに対し、ある種の理不尽さを感じたのだろう。この部分を記している文字が特に乱れ、筆圧も強かった。美佐の心の苦悩をそのまま表しているかのようである。

そういった感情の下地に加え、あの夜、乗客たちに隠れて酒を飲んでいた運転手の飯塚が、たまたま食堂の前を通りかかった美佐を中へ連れ込み、強引に身体の関係を迫ったことで、彼女の怒りは爆発してしまった。張り詰めていた糸が切れ、強い衝動に駆られた彼女は飯塚を皮切りに、乗客たちを次々に惨殺していった。遺体を損壊した事については、直前に辻井から聞いた人宝教の大量死事件を参考にしたという。それと同時に乗客たちを生贄《いけにえ》にすれば、人宝教が祀《まつ》っていた神様を呼び出すことが出来るかもしれない、その神は母親を生き返らせてくれるかもしれない、そんな妄想に囚《とら》われた美佐は、物置で発見した鎖と南京錠で入口の扉を施錠。そして辻井を手にかけようとしたところでナイフを奪われ、思わぬ反撃に遭ってしまったのだという。

辻井に刺された箇所は奇跡的に急所を外れ、昏倒《こんとう》から目覚めた美佐は外に脱出した。そのまま建物に沿って中庭を歩いていた時、広間の窓から出てきた真由子と遭遇したのだった。血まみれの美佐を見て動揺する真由子を最初は手にかけようとしたが、もしも抵抗されたら凶器を所持しておらず負傷している自分は不利だと考え、口封じを約束させて真由子を解放した。その後、真由子とは違うルートで山を下り、小さな診療所を訪ねて傷を治療した。そこは高齢の医師が一人で営んでおり、仕事を手伝う代わりに警察への通報はしないでほしいと頼み込んだ。幸い、殺人のことは報道されず何故か行方不明事件として、自分の名前も報道されていた。

傷が癒《い》えると、美佐は各地を転々として過ごした。二度の結婚を経験したが、うまくはいかなかった。二度目の夫のＤＶに耐え兼ねて家を飛び出してからは、どこにも行き場所がなく、頼れる人も、守らねばならない相手もいなかった。一人でひっそりと死のうと思った時、彼女はこの山の噂を耳にしたのである。

白無館が好事家たちの間では有名な心霊スポットで、年に一度、神隠しが起きるという噂があると知った時、美佐はそれが眉唾《まゆつば》ではないと確信した。

あの夜、自分が殺した人々が今も安らぎを得られないままあの建物に囚われている。そう思うと居てもたってもいられなかった。十八年間、心のどこかで抱え続けてきた罪悪感を晴らしてから死にたい。

たとえそれが、どんなに恐ろしい死に方になったとしても——

手紙はそこで終わっていた。

今更驚きはしないが、ほとんどが那々木が推測した通りの内容だった。那々木は何も言わなかったが、だからと言って得意になっている様子でもなかった。ただただ複雑そうに視線を伏せ、深く溜息をついただけだった。

その後、裏辺は地元警察に、一足先に建物から脱出した明彦のことを訊ねてみたが、誰も姿を見ていないとの回答だった。うまく山を下り、無事に家路についたのだろうか。追いかけて無事を確認するべきかとも思ったのだが、事後処理に追われてそれどころではなかった。

那々木はここでも冷静に、遺体が発見されないということは無事でいるに違いないと主張した。

たしかにその通りである。それに、そう遠くないうちに彼とはまた会うことになるはずだ。互いの生還を喜び合うのは、その時でいいだろう。

こうして十八年にわたる連続失踪《しっそう》事件に一つの区切りがつき、人宝教のおぞましい業がこびりついたこの白無館に、真の意味で夜明けが訪れたのであった。

エピローグ

事件から数週間後、裏辺は那々木と共に旭川市の郊外にある葬儀会場を訪れた。

入口横に設置されたパネルには、『故天田耕平儀葬儀会場』と記されている。小規模な施設のため一度に葬儀を行えるのは一件のみらしく、自分たちの他に弔問客の姿はほぼない。

珍しく喪服に袖《そで》を通した裏辺は、慣れないネクタイに四苦八苦しながら、やや先を行く那々木を小走りで追いかけた。

「おおい那々木。これどうやって結ぶんだ？　お前ネクタイ得意だろ。教えてくれよ」

立ち止まり、振り返った那々木は勘弁してくれとでも言いたげに顔をしかめた。

「ネクタイに得意も不得意もあるか。新卒の坊やじゃあないんだ。普通に結べばいいだろう」

「それが出来ないから頼んでるんだろ。俺はノーネクタイ派なんだよ」

そう返した途端、那々木の鋭い眼差《まなざ》しが異様な光を帯びる。

「ふん、ノーネクタイね。私がこの世で最も軽蔑《けいべつ》する言葉だ。そもそもスーツというものはネクタイを締めてこそ隙のない完璧《かんぺき》な形になるものなんだ。クールビズだのなんだのと、ただ首元を涼しくしたいがために取り払ってしまう風潮はとても許容できないな。ノーネクタイを前提とした着こなしをするというのならまだしも、普段着ているスーツから単にネクタイを取り払っただけというのは、私に言わせれば怠惰に過ぎない。『無駄を省く』『効率良く』『コスパ優先』などとのたまいながらも、ただ単に面倒くさがっているだけなのさ。わかるか裏辺？　つまるところノーネクタイとはスーツへの侮辱。許されざる冒瀆《ぼうとく》的行為なんだ。私はそんなもの絶対に認めないぞ」

珍しく感情をむき出しにして、那々木は断言した。ネクタイを締めないことがまるで親の仇《かたき》であるかのような物言いに、裏辺はただただ圧倒されてしまう。

「わ、わかったから少し落ち着けよ。ネクタイのことでそんなに怒るか普通？　それによぉ、お前こそ葬式に来たってのに、喪服じゃなくていつものスーツじゃないか」

そう突っ込むと、那々木はややばつが悪そうに視線を逸《そ》らし、

「ちょっとした事件に巻き込まれたせいで、用意する時間がなかったんだ」

相変わらず、怪異譚《たん》蒐集《しゅうしゅう》に忙しいらしい。それでも黒のネクタイだけは用意してきたようで、葬儀会場にいても違和感のない出《い》で立ちにはなっていた。

ロビーで受付をしている係員と香典のやり取りをしてから廊下を進み、突き当りの会場へ向かう。僧侶《そうりょ》の読経《どきょう》が響く、さほど広くはない会場の正面奥には祭壇が設置され、

やや手前に大人一人がやすやすと入れるサイズの棺桶《かんおけ》があった。無数の生花に囲まれて笑顔を浮かべている遺影は、古ぼけた写真を引き伸ばしたもののようである。

天田耕平。見覚えのあるその顔を前に、裏辺は胸の内をぐりぐりとかき回されるような息苦しさを覚えて溜息をついた。脳裏に浮かぶのは、おぞましい怪異が支配する白無館を舞台とした悪夢の記憶。

彼がいなければ、自分も那々木もあそこで命を落としていた。そのことを思い返すたび、裏辺は頭のてっぺんからつま先まで、まんべんなく冷たい恐怖に包まれる。

「なにをぼーっとしてる。行くぞ」

那々木に促されて我に返る。すたすたと歩いていく那々木に続いて、裏辺は会場に足を踏み入れた。共に高身長の男二人が並んで会場に現れたためか、あるいは見知らぬ相手がやってきたことに驚いているのか、遺族席に座る着物姿の女性は戸惑いがちに頭を下げた。

焼香を終え、二十席ほどしか用意されていないパイプ椅子に腰を下ろす。一定のリズムで繰り返される読経を聞くともなしに聞きながら、裏辺は改めて遺影を見やる。そして、終わりのない輪廻《りんね》の闇に囚《とら》われ、それでも希望を失わず、自らの背負った運命を受け入れることで裏辺や那々木を救ってくれた男にしばしの間、思いを馳《は》せた。

告別式が終わり、出棺の段取りが進められると、会場を後にした那々木と裏辺を一人の女性が追いかけてきた。

「あの、那々木先生ですよね？」

呼びかけられた那々木が立ち止まり振り返ると、着物姿の女性は改めて那々木の顔を見上げ、それから深く頭《こうべ》を垂れた。

「あなたが皆瀬真由子さんですか？」

「はい、こうしてお目にかかるのは初めてですね」

那々木の問いかけに真由子は強くうなずいた。裏辺は思わず口を半開きにさせたまま、失礼なくらいにまじまじと女性の顔を覗《のぞ》き見る。目尻《めじり》の辺りに疲れが滲《にじ》んでいる気がするが、肌艶《はだつや》も良く四十代半ばという実年齢よりも若く見えた。朗らかに笑うその顔には、若かりし頃の面影がしっかりと残されている。

「那々木先生のおかげで、十八年ぶりにあの人に会うことができました。なんとお礼を言ったらいいか……」

「私はただ、あなたから頂いた情報を元に怪異譚の真偽を確かめただけです」

那々木は素っ気なく言い放ちながらも、どこか得意げに鼻を鳴らした。

「――あの人はずっと、あの場所で彷徨《さまよ》い続けていたのですね」

真由子の声に、やりきれないと言わんばかりの哀愁が漂う。那々木は一つうなずき、

「天田氏は、自分が死んだことにも気付かず、十八年前の惨劇の夜を繰り返し続けていた。たった一つ、あなたを守りたいという気持ちを支えにしてね」

「そう、ですか……」

真由子がそっと目を伏せ、目尻に浮いた涙を拭《ぬぐ》う。

天田耕平と同様に、彼女もまた別の形で白無館に囚われたまま、この十八年間を生きてきたのだろう。それはたぶん、生き残った者だけが味わう罪悪感。耕平が火災事故において親友カップルを助けられなかったことに対する苦悩を引きずり続けていたように、恋人を置いて逃げてしまったという十字架を、彼女もまた背負い続けてきたのだ。

「ずっと気がかりだったんです。山を下りてから警察に頼み込んで何度も捜索してもらったのに、あの人は見つからなかった。殺されたはずの人たちの死体も見つからないなんて絶対におかしいはずなのに、警察は私の話を信じてくれませんでした」

無念そうに、真由子は表情を歪《ゆが》める。

「私は嘘なんかついてない。あの人はきっと、まだあそこにいる。だから助けに行きたいと何度も思いました。でも怖くてできなかった。息子を一人にしてしまうかもしれないと思うと尚更《なおさら》……」

ひどい女ですよね、と自嘲《じちょう》する真由子に、しかし那々木は頭を振った。

「仕方のないことだったと思います。警察に本当のことを話してしまったら、米山美佐に報復されるかもしれない。我が子を守るためにも、それは避けなくてはなりませんからね。それに、あなたがあの場所へ赴いたとしても、彼はきっと救われなかったはずだ。怪異に囚われている以上、根本を絶つ以外に解決方法はなかった。根本というのはもちろん、彼が心の奥底に抱え込んでいた『願い』のことです」

「願い、ですか？」

那々木は一つ肯く。

「その願いが何なのかは、今となっては確かめようがないが、きっと他の誰でもない、あなたに関することだと私は思う。あなたを救いたい、あるいは守りたいという一途な想いが、彼をあの場所に留《とど》めていたんだ」

真由子は一瞬、息を吞《の》むような仕草を見せたが、すぐに困ったような顔で微笑した。

「そういう人なんです。口下手で、肝心なことは何も言わないくせに、いざとなると自分を犠牲にしてまで誰かを助けようとする。火事の時もそうでした。若狭さんという親友を失ったあの時から、彼はずっと自分を責めていました。私は彼が間違ったことをしたなんて思っていなかった。けれど彼は私が彼を軽蔑していると思い込んでいた。関係がぎくしゃくしてしまったのも、お互いに言葉足らずだったからなんです。妊娠していたことだって、結局は言えず仕舞いでした」

再び視線を伏せ、涙を拭う真由子。肩を上下させ、深い呼吸を繰り返す姿は、昂《たかぶ》った感情を必死に抑え込んでいるように見えた。そうやってひとしきり涙を流した後、顔を上げた彼女は、そよ風のように爽《さわ》やかな笑みを浮かべていた。

「でも、そういうのも全部、今日で吹っ切れました。あの人が帰ってきてくれた。それだけで私は満足ですから」

強い女性だと思った。そう言えるほどに、この十八年間は彼女にとってもつらく苦しい日々だったのかもしれない。天田耕平を失い、一人で子を産み育ててきた彼女には、悲しみに明け暮れている暇などなかったのだろう。息子のために強くならなければならない。その一心で生き抜いてきたはずだ。天田耕平が守りたいと思ったのは、今この瞬間に彼女が浮かべている、この笑顔だったのかもしれないと裏辺は思った。

「先生にご相談して、本当によかったです」

真由子の潤んだ瞳《ひとみ》が、まっすぐに那々木を見据えている。

それに対し、気恥ずかしそうに目をそらした那々木は咳払《せきばら》いを一つ。

「ふん、何度も言うが、私はただ、怪異譚を蒐集しにいっただけで、あなたや天田氏を助けるのが目的だったわけじゃあない。今回はたまたま、結果的にそうなったというだけのことで……」

「おい、もごもごしちまってどうしたんだよ那々木。お前まさか照れてんのか？」

横から茶々を入れると、那々木は凄《すさ》まじい目つきで裏辺を睨《にら》みつけ、むっつりと黙り込んだ。思った通りの反応に、裏辺はしたり顔をつくる。

二人のやり取りを傍観していた真由子はそこで首を傾げて「こちらの方は……？」と問いかけてきた。

「失礼、いるのを忘れていました。彼はこう見えて道警の刑事でしてね。今回、私と一緒にあの建物の調査を行ったのです。とはいっても、あまり役には立ちませんでしたが」

「おい、一言も二言も余計だぞ」

肘《ひじ》で脇腹をつつくも那々木は微動だにせず、素知らぬふりを貫いている。

「そうでしたか。刑事さんもご一緒でしたら、先生も安心ですね。なんだか、お二人はとても息の合うコンビという感じがします」

「何をバカな！　私とこの男はコンビでも何でもありませんよ。時々、必要な情報を聞き出すのに都合がいいので利用しているだけです」

「おい、人を情報のATMみたいに言うなよ。俺だって、お前みたいな奴とコンビだなんて願い下げだ。命がいくらあっても足りやしないぜ」

「ふふふ、お二人とも、本当に仲良しなんですね」

馬鹿な、あり得ん、とそっぽを向いた那々木に、裏辺が盛大に舌打ちをした時、会場の扉が開かれ、棺桶が運び出されてきた。葬儀社の社員が四人がかりで棺《ひつぎ》を持ち、表に停められた霊柩車《れいきゅうしゃ》へと運んでいく様子を遠巻きに見つめながら、真由子はふと、思い出したように声を上げた。

「先生の御本、本当にあの人の棺桶の中に入れておいてよろしいんですか？」

「もちろん。あれは彼にあげたものですからね」

迷いのない口調で、那々木はうなずいた。

鑑識が神像の内部から天田耕平のミイラ化した遺体を運び出した際、衣服の中から那々木の小説が発見された。発売前の新刊を、なぜ十八年前の遺体が所持していたのか。その謎は天田耕平の遺体だけがミイラ化していた事実と共に、鑑識課員を大いに悩ませた。

　このことを那々木に問い質《ただ》してみても「そういう事もあるんだろう」と曖昧《あいまい》な答えしか得られなかった。なんともすっきりしない終わり方ではあるが、こういった現象にいちいち正確な解答を求めるのは、それこそナンセンスなのかもしれない。

「あの人は本なんて読まない人だったけど、先生がそう言ってくださるなら、きっと喜ぶと思います」

　そう結んで、真由子はやんわりと笑った。

　米山美佐の遺書が見つかったことにより、警察は十八年前にあの場所で殺人事件が起きたことを認めざるをえなくなった。美佐の死は自殺あるいは事故の両面で捜査が進められたが、結局どちらと判断することもできず、うやむやなままに捜査は終了。事故に遭ったバスの乗客たちを次々に殺害していった彼女の犯行は、すでに十八年という歳月が過ぎ、犯人が死亡しているにもかかわらず、メディアに大々的に取り上げられた。

　真由子のもとにも取材の電話が何度か来たらしいが、すべて断ったのだという。また、米山美佐の犯行を人宝教の大量死事件と関連付け、柴倉泰元の呪いだの、殺された信者たちの怨念《おんねん》だのという話題がネット上で騒がれたが、真偽のほどは誰にもわからないだろう。

　あの場に居合わせた、那々木や裏辺を除いては。

　発見された複数の亡骸《なきがら》のうち、判別可能なものはそれぞれの遺族のもとへ届けられ、それ以外は無縁仏として葬られた。

天田耕平は十八年前の時点ですでに両親や祖父母を失っており、天涯孤独の身であった。通常であれば彼の遺体も無縁仏になるはずだったのだが、真由子が遺体を引き取り、葬儀を行うことを希望した。籍こそ入れることはできなかったが、家族として葬ってあげたいという真由子の要望を聞いた時、裏辺は心から安堵《あんど》した。

「それにしてもよぉ、最後に息子に会えて、本当に良かったよなぁ。ほんの少しの時間だったけど、親子が互いにわかり合えたって感じがしたもんな。うぅ……」

思い出すとつい、目頭が熱くなった。

「おい裏辺、なぜおまえが泣くんだ？」

「べ、別にいいだろ。お前みたいに薄情な男と違って、俺は人情深くて涙もろいんだよ」

乱暴に言い放ち、苦し紛れにそっぽを向いた裏辺はその時、真由子の顔に不穏な陰が差していることに気がついた。

「あの……親子というのは……？」

怪訝そうな口ぶりで、真由子が問いかけてくる。

「そりゃあ決まっているでしょう、あなたの息子さんと天田氏のことですよ」

「息子……ですか？」

裏辺の返答を受け、真由子の表情には更なる険が混じる。

那々木は探るような声で彼女に問いかけた。

「息子さんから何も聞いていないのですか?」

「ちょ、ちょっと待ってください。息子があそこに行ったというんですか?」

真由子はこちらがたじろいでしまうほど素っ頓狂《とんきょう》な声を上げた。不信感を剝《む》き出しにしたその様子に、裏辺は胸の内が波打つような感覚を覚えた。

「息子さんは、あなたが結婚する前に父親の亡骸を見つけたくて白無館を訪れた。そして天田氏の魂と向き合い、束の間ながら心を通わせたのです。我々の見ている前でね」

「私の、結婚……?」

那々木の説明を受けてもなお、真由子は怪訝そうに呟《つぶや》きながら形の良い眉《まゆ》を寄せている。

おかしい。何かがかみ合っていない。

そう、決定的に……。

「ごめんなさい、さっきから何のことをおっしゃっているのかわからなくて。そもそも私、結婚する予定なんてないんです」

「結婚しない? しかし明彦くんは確かにあなたが結婚すると言っていた。新しい父親ができる前に自分の父親を見つけたい、きちんと気持ちの整理をつけたいと」

真由子は那々木の言葉を遮るようにぶるぶると首を横に振った。

「ですから、そんな予定はないんです。明彦だって天田くん——自分の父親について訊いてきたことなんてありませんし……」

え、と今度はこちらが素っ頓狂な声を上げる番だった。

「どう、なってんだよ」

やはり何かがおかしい。何の前触れもなく、突如として浮上した違和感は、裏辺の心中で更に大きく膨れ上がっていった。腕組みをして顎《あご》に手を当てた那々木は何事か考え込むように押し黙っている。

重苦しい沈黙が束の間、三人の間を支配していた。

「――母さん、こんなところにいたの」

その時、不意に声がした。真由子のもとへ駆け寄ってきたのは、学生服姿で数珠を携えた一人の青年だった。短く整えられた頭髪と太い眉、気弱そうな目元とは対照的に意志の強そうな口元には、なんとなく見覚えがある気がした。

「何やってるんだよ。もうバス出ちゃうよ」

「ごめんね明彦。もうそんな時間なのね」

「あ、明彦？　彼が？」

思わず声を上げ、裏辺は仰《の》け反った。那々木と顔を見合わせ、それから改めて明彦と呼ばれた青年をまじまじと、それこそ穴が開きそうなほどに見つめる。

身長、体格、顔つきに至るまで、どこをどう取ってもこの青年は裏辺の知っている『明彦』ではなかった。

「母さん、この人たち誰？　知り合い？」

二人の見知らぬ男に食い入るように見つめられ、明彦であるらしい青年は戸惑いがちに眉根を寄せた。

「あの、うちの子がどうかしたのですか？」

「いえ、その……」

咄嗟《とっさ》に言葉が出ず、当惑する裏辺の横で、那々木が不意に鋭い眼差《まなざ》しを光らせた。

「皆瀬さん、最後に一つ確認させてください」

「はい、何でしょう？」

「十八年前、あなた方が参加するはずだった慰霊祭は予定通り行われたのですか？」

しばしの間、目を丸くしていた真由子は、那々木の質問をゆっくりとかみ砕くように視線を斜め上へと向けてから、おもむろに頭を振った。

「それが不思議なんですけど、慰霊祭なんてなかったんです。確かに案内を受け取ってバスにも乗りました。あんなことがあって参加できなかったことがどうしても心残りだったので、しばらくしてから案内状にある電話番号に問い合わせてみたんです。けれど使われていない番号で……」

それ以上、確かめようがなかったのだという。おかしいとは思ったけれど、その後の生活に追われるうち、有耶無耶《うやむや》になってしまったと真由子は語った。

「……そう、でしたか」

やはり、という言葉を言外に滲《にじ》ませながら、那々木はうなずいた。

「あの、そのことが何か？」

「いえ、何でもありません。息子さんの件はこちらの勘違いだったようですね。お騒がせして申し訳ない」

我々はこれで、と一方的に話を切り上げ、那々木は踵《きびす》を返した。

「はい。ありがとう、ございます……」

真由子は狐につままれたような顔をして、どこか名残惜しそうに那々木を、そして裏辺を見送る。その隣で、訳が分からないと言いたげに首をひねっている皆瀬明彦を最後にもう一度まじまじと見つめてから、裏辺もまた踵を返した。

小走りに那々木を追いかけ、ロビーを後にする。

「おい那々木、慰霊祭がどうしたんだよ。何がどうなってんだ？」

皆瀬明彦は、我々の知る『明彦』ではなかった。となると、白無館に現れた方の青年は何者だったのか。どんな理由で、何を目的として皆瀬明彦を騙《かた》っていたのか……。

わからないことが多すぎる。急な混乱に見舞われ、裏辺はがりがりと頭をかきまわした。

「何だか知らねえが、もの凄《すご》く嫌な感じがするぞ。これってまさか――」

裏辺の言葉を遮る形で那々木のスマホが鳴動した。

「まったく、嫌味なほどに絶妙なタイミングだな」

吐き捨てるように言って、那々木は画面をタップした。かかってきたのはテレビ電話だったらしく、画面にはこちらを覗《のぞ》き込む青年の姿が映し出される。

『——どうも那々木先生。父さんの葬儀は無事終わった？』

それは紛れもなく裏辺と那々木が『明彦』と認識していた人物だった。眼鏡をかけておらず、髪型や服装も違っているが、人懐っこい笑顔は変わらない。

「悪ふざけは大概にしてくれ。いつまでも君の猿芝居に付き合うつもりはないよ」

那々木が明らかに敵意を込めた声で応じた。

『あれ、いやだなぁ。どうしてそんな怖い顔しているんです？』

「おい、誰なんだお前は？」

こらえきれずに割り込むと、青年は「お」と弾んだ声を漏らした。

『裏辺刑事。どうも、お久しぶりです。こないだは挨拶《あいさつ》もせずに帰っちゃってごめんなさい』

「誰だって訊いてるんだよ！」

辺りをはばかることなく、裏辺はスマホの画面に向かって怒号を叩《たた》きつける。

「さっさと答えろ。皆瀬明彦だなんていう嘘は聞きたくねえぞ」

『あはは。やっとぼくが偽物だって気づいてくれたんだね。それじゃあ改めて——』

画面の向こうで、かつて明彦と名乗った青年が軽く咳払《せきばら》いをした。

『ぼくは神波圭伍《こうなみけいご》。あ、この神波っていうのは母親の旧姓なんだけどね。死んだ父親の姓は辻井です』

「辻井、だと？」

おうむがえしにした裏辺の横で、那々木は「なるほどな」と合点《がてん》がいった様子。

「すべて君が仕組んでいたというわけか。皆瀬明彦を名乗り、父親を捜しに来たなどと嘘をついて我々の目を欺くことで、自分があの場にいることに正当性を示したんだな」

『その通りです。そうでもしなきゃ、那々木先生も裏辺刑事も、ぼくが何者かって怪しむでしょ？　それじゃあ都合悪かったんで、つい嘘をついちゃいました』

すいませーん、と軽い調子で謝罪を口にするも、まるで悪びれる様子はない。

「なんでそんなことすんだよ？　こいつ、俺たちを騙《だま》して何がしたかったんだ？」

ははは、と笑うばかりで答えようとしない圭伍の代わりに、那々木がその問いに応じた。

「十八年前の殺人事件の罪を米山美佐に着せること、だろう？」

『――ははは、ご名答。さすがは那々木先生だ』

心にもないおべっかに対し、那々木は不機嫌そうな舌打ちを返す。

「はぁ？　なんだよそれ。だって、彼女は殺人事件の犯人――」

そこで言葉を切り、たっぷり数秒間、沈黙した裏辺は、硬く冷たいものが胃の中からせり上がってくるような不快感に襲われた。

「――違うのか？　彼女は、犯人じゃなかったのか？」

那々木は無念そうに両目を伏せて、そっとうなずく。

『そう、犯人はぼくの父親、辻井拓馬《たくま》だったんだよ。察しの良い那々木先生と違って、裏辺刑事は頭が混乱しているだろうから、少し長くなるけど説明してあげる』

頼みもしないのに、圭伍は声を弾ませて喋《しゃべ》り始めた。

『そもそもの始まりは、十九年前の烏砂温泉火災事故だった。当時、辻井拓馬は妻と娘と共に件《くだん》のホテルに滞在していた。火事が起きた時、崩れ落ちた天井に娘が押しつぶされちゃってね。周りに助けを求めたんだけど、誰も助けてくれなかった。けどまあそれも仕方ないことだよね。みんな自分が生き残るため避難するのに必死なんだから、他人を助けている場合じゃないし、避難に夢中で声が届かなかったって可能性もある』

ふふん、と皮肉げな笑い声が、スピーカーから漏れてくる。

『結局、駆け付けた救急隊によって娘は救出され、一命をとりとめたけど、その時の怪我が原因で彼女は脊髄《せきずい》を損傷しちゃってね。一生歩けない身体になってしまったのさ。それでも命があるだけめっけもんだろ？　けれど辻井はそうは思わなかった。あんなに助けを求めたのに誰も手を貸してくれなかった。そのせいで娘はこんな大怪我を負ってしまったと思い込んだんだよ。歩けなくなった娘の顔や身体にはひどい火傷《やけど》の痕《あと》が残り、そのことを思い悩んだ妻は徐々に精神を病んでいった。もともと心根の弱いひとだったから、娘の変わり果てた姿に絶望しちゃったんだろうね。それでも、どうにか家族で助け合って生きていたんだ。幸い、辻井はちょっとした会社を経営していたから金はあった。でも娘の医療費や介護費、更に妻の精神的なケアにと奔走するうち、仕事もどんどん手につかなくなっていってね。徐々に経営が傾いてしまう。そんな中、妻はとある宗教にのめり込んでいく』

「――人宝教だな」

　那々木の小さな呟《つぶや》きに対し、『正解っ！』と場違いなほど明るい声が返ってくる。

『妻は強く祈れば娘の身体が元に戻ると信じていた。辻井は目を覚ますよう説得したけれど、否定すればするほど妻の精神状態は崩れていく。やがて妻だけではなく、娘も教団の甘言を信じるようになっていった。あっという間に家庭は崩壊していき、辻井は後がないほど追い詰められてしまう。そんな中、妻は第二子を妊娠したけれど、家族がこんな状態では生まれてくる子が不幸になると思い悩んだんだろうねえ。いつしか、彼自身も人宝教の教えに心を惹《ひ》かれていったのさ。世間体を気にする男だったらしいから、周囲にそのことは隠していたようだけどね。でも教団のことを知れば知るほど、彼は心酔していった。妻の言うことは本当かもしれない。娘を元に戻すことが出来るかもしれない。そんな気持ちがみるみる膨らんでいった。そして辻井は柴倉泰元が造り出し、今は白無館に封じられているという、どんな願いも受け入れてくれる神様を目覚めさせようとしたんだ』

　何かに取り憑《つ》かれたような口調で、圭伍はまくしたてる。

『そのためにはまず生贄《いけにえ》が必要だ。柴倉泰元がしたように、あの建物で生贄を捧《ささ》げ、穢《けが》れによって神を呼び覚まし祈りを捧げる。そうすれば娘は元に戻るはずだと信じて、辻井はまず最初に生贄の選定を行った。白羽の矢が立ったのは自分たちをこんな目に遭わせた薄情な連中。そう、あの事故の際に自分たちを見捨てた宿泊客たちさ。金の力にものを言わせて素性を調べ上げ、ありもしない慰霊祭についての案内を送り、火災事故当時、ツアーバスの運転手としてあのホテルに宿泊していた飯塚を買収した。飯塚はギャンブル癖のせいで多額の借金があってね。辻井が金をちらつかせると犬のように尻尾《しっぽ》を振って要求に応じた。飯塚にわざとバス事故を起こさせ、白無館へ避難したあと、辻井は一晩かけて乗客たちを皆殺しにするつもりだった。でも――』

「米山美佐の反撃によって辻井は死亡し、計画は頓挫《とんざ》した」

圭伍の言葉を引き継ぐようにして、今度は那々木が説明する。

「辻井が願いをかけるはずだった神は天田耕平の願いを聞き届け、そしてあの場所は、年に一度『繰り返す世界』が形成されることになった」

『――そういうこと。これ以上ないほど皮肉な話だよね。辻井って男はさ、傲慢《ごうまん》で自分勝手で、目的のために平気で他人を殺すような奴だった。もしかすると神様は、そんな奴の願いを聞き入れたくなくて、天罰を下したのかもしれないね』

「でもよぉ、辻井はお前の父親なんだろ?」

裏辺が口を挟むと、圭伍は斜め上に視線をやりながら『まあねえ』と曖昧《あいまい》に応じる。

『先に言っておくけど、ぼくは別に父親である辻井の名誉を守るために、米山美佐に罪を擦《なす》り付けたわけじゃないいんだよ。生まれた時から父親はいなかったけど、別に寂しくなんてなかったし、父親よりもずっと頼もしい人たちにぼくは守られていたからね。この辺は、皆瀬明彦と似た境遇だと言える。それでも悲しいかな、辻井が父親なのは事実なんだ。生物学上も戸籍上もね。そのあいつが殺人犯だったなんて報道されちゃうのは、やっぱり都合が悪いんだよねぇ』

「つまり、加害者家族になりたくなかったお前は、偽の殺人犯をでっち上げるために、こんな手の込んだことをしたってのか？」

裏辺が先回りして問いかけると、圭伍は突然、大声で笑い出した。

「な、何がおかしい！」

『あはは、ごめんごめん。裏辺刑事のあまりにも短絡的な思考回路がおかしくてさ』

「なんだとぉ？」

ぎり、と歯を鳴らし気色ばむ裏辺をやすやすといなして、圭伍はせせら笑う。

『那々木先生はもうわかってるよね？　答え合わせも兼ねて説明してあげたら？』

指図されたことが癪《しゃく》に障るのだろう。那々木は小さく息をつくと、渋々といった調子で口を開いた。

「加害者家族になりたくない。大枠で言えば、それも間違いではないだろう。だが、この男が気にしたのはもっと規模の大きい問題だ」

「規模の大きい問題？」と裏辺。

「個人の問題ではなく、教団全体の問題だということさ。この男は若くしてすでに人宝教内で重要な立ち位置を担っている。おそらくは信者たちのシンボルか、広告塔といったところだろう。若く、潑溂《はつらつ》とした幹部信者は、時に教祖以上のカリスマ性を発揮するからな。だが、そんな重要人物の父親が殺人犯だなどと知れれば、教団のイメージ悪化は免れない。また長い時間をかけて教団の清浄化をアピールしなくてはならなくなるだろう」

そこでわずかに間を置き、那々木は一つ、疑問を投げかけた。

「これは私の邪推だが、米山美佐もまた、君たちの教団の一員だったのではないか？」

『うん、その通りだよ。あの女は二度目の結婚相手によるDVで殺されかけて、逆に相手を刺してしまったんだ。幸い軽症で済んだから警察沙汰《ざた》にはならなかったけど、報復を恐れた彼女は逃げ場を探してた。だから僕が声をかけて教団に連れてきたのさ』

すごいでしょ、とでも言いたげに、圭伍は胸を突き出した。

「ずいぶんと殊勝なこと言ってるけどよぉ、要は最初から利用するつもりだったんだろ？」

『もちろん。そのために教団はずっと彼女をマークしてた。ここぞというときに利用できる駒としてね。実際のところ、彼女は思った以上に役立ってくれた。あの遺書だって、偽装なんかじゃなく本人が書いてくれたお陰で怪しまれずに済んだしね』

思い返してみればおかしかった。美佐はずっと、ろくに口もきけないような状態で何かに怯《おび》え続けていた。てっきり過去の悪夢がそうさせていたのだと思い込んでいたが、それだけではなかったのだ。

地下通路で木像たちに追われた時、転倒した美佐に手を貸そうとした圭伍を、彼女は大げさなほどに拒絶し、頭を抱えて地面にうずくまった。今にも怪物に襲われそうな状況にもかかわらずだ。あの時は気にも留めなかったが、その反応こそが二人の関係性を如実に物語っていたのだ。

この男が彼女を無理やりあの場所に連れて行った。逃げ出そうものなら、もっと怖い目に遭わされる。そう思ったからこそ、彼女はあんなに怯えながらも最後まで留《とど》まったのだ。マインドコントロールだとか、そんな生ぬるいものじゃない。教団によって真の恐怖を植え付けられ、この年端も行かない小僧に絶対服従を誓わされた美佐は、那々木の推理によって殺人犯に仕立て上げられ、挙句の果てに怪異の犠牲者となった。それもこれも、すべては圭伍のシナリオ通りだったのだ。

「──お前、それでも人間かよ」

無意識に握りしめたこぶしが、自分の意思ではどうにもならないくらい震えている。

『あはは、そう睨まないでよ。一緒にあの悪夢を乗り越えた仲なんだからさ。それに僕は、あなた方にとても感謝しているんだ』

「感謝だと？」

怒りをあらわにして裏辺は問い返した。白々しい物言いに神経が逆なでされ、まぶたが小刻みに痙攣《けいれん》する。

『そうさ。あなた方のおかげで、欲しかったものを安全に手に入れられたんだからね』

「――あの銅鏡か」

ぽつりと言った那々木が、どこか無念そうに眉根《まゆね》を寄せた。圭伍は「あはは」と笑うばかりで何も言わなかったが、肯定の意を示しているのは明白だった。

「銅鏡？　あれはもう使い物にならないはずだろ。それに警察が証拠品として……」

裏辺はハッとして言葉を呑《の》みこんだ。画面の向こうで、圭伍が皮肉げな笑みを更に深める。

『人宝教の在家信者には公人も多いんだ。適当な理由をつけて田舎警察の証拠品保管庫からあれをくすねるくらい、わけないってことだよ』

馬鹿な。そんなことあるわけがない。そう思いながらも、完全には否定しきれなかった。そう思わせるほどに圭伍の発言には迷いがなく、嘘をついているとは思えなかった。

「柴倉泰元が造り出した神は崩壊し、銅鏡はかつての神の御霊代《みたましろ》でしかないはずだ。手に入れたところで、教団にとっては異教の神に過ぎない。だがそれをあえて手に入れ、失われた神を再生し教団のシンボルとすることで、かつて泰元が達成できなかった偉業を成し遂げる。そんな所だろう？」

スピーカー越しに、圭伍の拍手が響いてきた。

『正解だよ那々木先生。柴倉泰元が仏師の平方白舟に器を作らせたように、ぼくたちもすでに器を作る職人を見つけ出している。神の完成は、そう遠い話じゃない。今度こそ、ぼくたちだけの神を製造するんだよ』

　強い確信に満ちた口調で、圭伍は高らかに宣言する。

『それにしても、やっぱり那々木先生はすごいね。実はぼくたちみんな、先生のことを買ってるんだよ。道南支部では大変な失礼を働いてしまったみたいだけれど、それは教団の総意じゃない。先生ほど怪異に真摯《しんし》に向き合う人間は珍しいからね。もしかしたらぼくたちの思想を理解してくれるかもしれないって思っているんだ』

「……前向きに検討しておこうか」

　口ではそう言いながら、那々木の顔は一切笑っていなかった。これまでに、人とは思えぬような所業に手を染める人間たちに数多く遭遇してきた那々木が、他人に対してここまで嫌悪感を露《あら》わにするのは珍しい。

　この青年に対する那々木の態度は、そっくりそのまま人宝教と那々木との間にある溝の深さを物語ってもいるのだろう。

『いい返事を期待しているよ那々木先生。裏辺刑事も、またどこかで会える日を楽しみにしてるからね』

「上等だ。次は容赦なくお前の腕に手錠《ワッパ》かけてやるよ」

　そう返すと、圭伍は噴き出すように笑い出した。

『威勢だけはいいね。公安が僕たちをマークしてるから安心かい？　でもね、見られているのは僕たちだけじゃない。あんたたちにも、すでに監視の目は向けられているよ』

「なんだと？」

『ぼくたちは人宝教。書いて字のごとく、人を宝として慈しんでいる。ぼくたちの教えはあなたたちが思うよりずっと広く、多くの人々に浸透しているんだ。目に映る全ての人間が、ぼくたちの同志である可能性を考えてごらん。その気になれば、不慮の事故に見せかけてあなたたちに危害を加えることだって難しくないんだよ』

思わずはっとして、裏辺は通りを見渡した。犬の散歩をする老人、トレーニングウェアでランニングをしている若い女性、営業途中のサラリーマン、学生服姿の一団に至るまでが不自然に立ち止まり、敵意に満ちた眼差しでこちらを窺《うかが》っている。目に映るすべての人間により向けられる圧倒的な悪意。それらを感じ取った瞬間、裏辺は腐った沼に首まで浸《つ》かっているような感覚に陥った。

『でもね、勘違いしないでほしい。ぼくらは決して悪の教団なんかじゃない。すべては人を救うために善意でやってることなんだよ。そのためには、時に荒っぽいやり方が必要な時だってある。きれいごとばかりじゃ世界は変えられないし、甘い蜜《みつ》だけを与えられたら、人はえてして怠惰になる。だからこそ適度な毒が必要なんだよ』

わかるだろ、とでも言いたげな顔をして、圭伍は不敵に笑った。

この男が言っていることはまともじゃない。行動だって常軌を逸している。にもかかわらず、彼はそれを人を救うための『善意』だなどとのたまう。裏辺にはその神経が理解できなかった。

　おそらくは、人宝教の信者全員がこの『善意』から、自分でも気づかぬうちに取り返しのつかないことに手を染めているのだろう。すべては誰かを救うため、慈悲の心を示すため。そんな甘い毒に踊らされ、どれだけの人間が利用され、米山美佐のように使い捨てられてきたのだろうと想像するだけで、裏辺は戦慄《せんりつ》を禁じ得なかった。

　しばしの間、敗北感にも似た空虚な沈黙が落ちる。

「……くくく……くははは……」

　静寂を破ったのは、噴き出すような笑い声だった。

『那々木先生、なにがおかしいの？』

　息を呑むようにして、圭伍が言った。それに対し、那々木はこれでもかとばかりに嘲《ちょう》笑《しょう》を浮かべ、

「人を宝として、か。くくく……。随分と滑稽《こっけい》な話じゃあないか」

『なんだと……？』

　圭伍は薄ら笑いを消し去り、あからさまに気色ばんだ。

「人を救うためとのたまいながら、君たちは誰一人救えていないと言っているんだ。とんだ見掛け倒しのインチキ宗教だな。これはケッサクだよ。実に面白い」

『なんてことを……取り消せ！』

　それまでの余裕はどこへやら。圭伍は怒りをあらわにして声を荒らげた。

「ふん、図星を突かれて悔しいか？　本当は君も気づいているはずだ。自分たちの行い

が善意などではなく、独裁者の自己満足に過ぎないということに」

『そんなこと……』

「だったら、天田耕平の気持ちを踏みにじったことについては、どう申し開きをするつもりだ？」

『なんだよそれ。ぼくが息子だと嘘をついたことを言ってるの？　だとしたらそれはお門違いだよ。あれは彼に対する慈悲だったんだから。もし天田耕平に真実をそのまま伝えていたら、彼は孤独に消えていくしかなかった。きっと無念だったはずだよ。けど最期に息子に会えたことで踏ん切りがついたんだ。ぼくが本物かどうかなんて、きっと彼は疑いすらしていない。本当の息子はぼく以上に天田耕平のことなんて考えてもいなかったからね。そういう意味でも、ぼくの行動は彼の救いになったはずだ』

息も切れ切れにまくしたてる圭伍。その顔にわずかながら動揺の色が浮いているのを、那々木は見逃さなかった。

「くはは……。まったく勘違いも甚だしい。彼は自分の意志で『繰り返す世界』を脱した。現実を受け入れ、恋人が生き残り息子を産み育てたという事実がそれを後押ししたのも間違いない。だが、だからといって君が彼に慈悲を与えたことにはならない。君は己の目的のために天田耕平を利用し、その結果として彼が思い通りの選択をしたというだけのことだ。わかるかい？　上手く立ち回ったつもりかもしれないが、君の行為には肝心の『心』がなかった。君はただ、自分の描いたシナリオ通りに事が運ぶのを楽しんでいただけだ。私と裏辺、そして米山美佐を利用したのと同じように、天田耕平もまた盤上の駒に過ぎなかった。その手腕は認めざるを得ないが、大義名分を掲げ、愚かな行いを正当化することには異を唱えるよ。ゆえに今一度、はっきりと言わせてもらう」

那々木はそこで間を置き、猛禽《もうきん》めいた眼差しで圭伍を射すくめた。

「人を宝とするなどとのたまいながら、君と君の大切な教団は誰一人として救ってなどいない。本来守られるべきである『人』の想いや命すらも平気で踏みにじる信仰など、この世に存在する意義がない。唾棄《だき》すべき害悪なんだよ」

画面の向こうで、圭伍は視線を手元に落としたまま黙り込んでいた。たっぷり十秒近く黙りこくった末に、ゆっくりと持ち上げられた彼の顔には、不気味なほど取り澄ました微笑が浮かんでいた。

『……前言撤回。やっぱり那々木先生には、ぼくらの思想は理解できそうにないみたいだ。結局はあなたも大局を見極められない、ちっぽけな人間だってことだよね』

「わかってもらえて何よりだ。そのちっぽけな人間でいられることがどれほど恵まれているかということを、私はよく理解している。愚かで浅はかで疑い深く信じ難い、救いようのないほどに惨めな人間であることに誇りを持っている。私と君たちとの違いは、きっとその辺りにあるのだろう」

きっぱりと言い放つ那々木の顔に、迷いの色は微塵もなかった。

『ふん、まあ好きにすればいいよ。ぼくたちはこれからも、あなたの怪異譚《たん》蒐集《しゅうしゅう》に口出しするつもりはない。でもね、今後ぼくたちのやろうとすることに介入したり、まして邪魔をしたりするようなことがあれば、あなたはきっと不幸に見舞われる。大好きな叔父さんがそうであったようにね』

那々木の表情が、凍り付いたように固まった。どこか意味深に笑みをこぼした神波圭伍は、そこでふっと表情をかき消す。そして次の瞬間、彼が放った冷徹な眼差しは、血の通った人間のそれはとは思えぬほどに虚《うつ》ろで渇ききったものだった。

『──叔父さんみたいに殺されたくなかったら大人しくしてろよ。那々木悠志郎』

これまでとは別人のような口調と声色で一方的に告げると、圭伍は通話を終了させた。

画面が暗転したスマホを握ったまま、だらりと腕を弛緩《しかん》させた那々木は、軽く空を仰いで目を閉じる。

その横顔に浮かぶのは、耐え難いほどの苦悩。

最も尊敬し、師と仰いだ家族を奪われた者の、果てしない怒りであった。

参考文献

『仏像が好き！　天部像のすべて　古代インドの神々がルーツの仏像たち』　椭《えい》出版社
『すぐわかる　日本の神像　あらわれた神々のすがたを読み解く』　三橋健　東京美術
『本当は怖い仏教の話』　沢辺有司　彩図社
『来訪神事典』　平辰彦　新紀元社
『「カルト宗教」取材したらこうだった』　藤倉善郎　宝島社新書
『図解　曼荼羅入門』　小峰彌彦　角川ソフィア文庫
『写真・図解　日本の仏像　この一冊ですべてがわかる！』　薬師寺君子　西東社
『［図説］　呪具・法具・祭具ガイド』　原書房
『へんな仏像』　本田不二雄　学研パブリッシング
『現代仏師と読み解く　聖なる異形の仏像』　綜合図書
『ミステリーな仏像』　本田不二雄　駒草出版
『世界で一番美しいマンダラ図鑑』　正木晃　エクスナレッジ
『カルト宗教信じてました』　たもさん　彩図社

本書は書き下ろしです。

KADOKAWA HORROR BUNKO

邪宗館《じやしゆうかん》の惨劇《さんげき》
阿泉来堂《あずみらいどう》

角川ホラー文庫　23342

令和4年9月25日　初版発行
令和6年11月25日　再版発行

発行者――山下直久
発　行――株式会社KADOKAWA
〒102-8177　東京都千代田区富士見2-13-3
電話 0570-002-301(ナビダイヤル)
印刷所――株式会社KADOKAWA
製本所――株式会社KADOKAWA
装幀者――田島照久

●お問い合わせ
https://www.kadokawa.co.jp/ (「お問い合わせ」へお進みください)
※内容によっては、お答えできない場合があります。
※サポートは日本国内のみとさせていただきます。
※Japanese text only

ISBN978-4-04-112810-7　C0193